光文社文庫

文庫書下ろし＆オリジナル

応戦 1
たった一人の勲章

門田泰明

光　文　社

応戦1

たった一人の勲章

1

米国の首都ワシントンＤＣ。

ポトマック川西岸に位置する国防総省《ペンタゴン》・長官事務総局政策会議室——午後二時。

回転が利《き》くレザー張りの椅子《いす》八席が向き合う僅《わず》か十六席しかないこの小さな会議室に、十六人の男女が揃《そろ》ったのはまさに午後二時——と壁に掛かった五角形の電子時計が金色《こんじき》の針で示していた。

五角形とはペンタゴンの意であり、巨大な五角形の建造物からなっているここ米国・国防総省は、つまりペンタゴンなのであった。

五角形の電子時計が壁に掛かったこの小さな事務総局政策会議室には、いわゆる上座《かみざ》は無い。

が、いかなる会議にもリーダーが存在するように、この会議も決して例外ではなかった。

リーダーはいた。極めて頑固《がんこ》で優秀な実力者の。

出席者たちは、会議が始まる前によく見られるささやかな雑談を、誰も交《か》わそうとはしなかった。手にしたかなりの厚さの会議資料を見たり閉じたり、また万年筆のキャップを取りペン先を熟《じ》っと見つめたりと、一人の世界に閉じ込もった。

ただ、それは短い時間だった。

会議室のドアが静かに開《あ》いて、事務総局応接部門の女性スタッフ三名がコーヒーの香りと共に入ってくると、出席者たちの表情は救われた者のように少しばかり緩《ゆる》んだ。

手際よくコーヒーを配り終えた女性スタッフたち三名が、足音を立てることもなく、そっと退室した。

彼女たちの気を配り過ぎているかに見える退室の様子は、間《ま》もなく行なわれる会議が決して軽いものではないことを物語っていた。

この日の集まりは『まぎれもなく会議』ではあったが、合衆国連邦議会の**主体的存在**である委員会でもなかったし、その下部に位置付けされる小委員会でもなかった。

出席者たちは、間もなく一人の人物が口を開くのを待って、ブレンドの味に定評があるコーヒーの味を楽しんだ。

しかし、隣の席の者と静けさを崩さない程度にひっそりと小声で会話を交わすことなどは、しなかった。出席者たちは、間もなく口を開くであろう一人の人物に、明らかに遠慮していた。

その人物は、国防総省の建物に囲まれた矢張り五角形の中庭を眺めることの出来る、大きな窓を背にするかたちで八席の内のほぼ中央に座っていた。

彼は、この政策会議室に一番乗りした人物だった。その時から彼は目を閉じて腕組をし、むっつりとした表情を拵《こしら》えていた。

美しい白髪《しらが》に恵まれ、通った高い鼻すじによく似合う黒縁眼鏡《くろぶちめがね》を掛け、上品に調《ととの》えられたコールマン髭も手伝って豊かな知性を感じさせる風貌だった。

ただ、その表情はどこか冷《つめ》たい。

彼の名はエリオット・オクスレー。年齢は六十一歳で、合衆国連邦議会上院軍事委員会の下部に位置する小委員会・委員長という要職にあった。

目を閉じ腕組をしていた彼は、漸《ようや》く目を見開いて皆を見わたしつつ、「さて……」と漏《も》らし腕組を解いた。

出席者たちは、コーヒーカップを手にしていた者はそれをすかさずテーブルの上に戻し、会議資料に目を通していた者は頁《ページ》を閉じて、白髪が美しいエリオット・オクスレーの方へ耳目《じもく》を集中させた。

出席者たちは、彼が共和党の上院議員歴三十年に及ぶ**長老格**であることを充分に承知している。

また上下両院に多数ある委員会および小委員会において、小委員会・委員長の権威が、このところ委員会・委員長の権威に迫りつつあることも理解していた。

これは合衆国連邦議会のあらゆる委員会、小委員会において共通する政治的な現象だった。

「それでは諸君、我我の大切な友人、日本国についての議論を始めようではないか。連邦議会の委員会にも小委員会にも該当しないこの会議の部屋には小槌《こづち》の用意が無いが、ま、我慢してくれたまえ」

遠慮がちな笑いが出席者たちの間に生じたが、直《す》ぐに鎮《しず》まった。

上院軍事小委員会・委員長エリオット・オクスレーが言った小槌とは、会議の開会や閉会の際に机上でドンと一回打ち鳴らす小槌のことだった。

議場がざわついて審議の集中に問題が生じていると判断された時には、委員長の座右に備わっているこの小槌が、やかましく乱打されることもある。

長老オクスレーが穏《おだ》やかに、言った。

「今日はコリーン・キングストン君の帰国報告を聞くことから始めようではないか。キングストン君、君が約一か月に亘《わた》って日本へ出向いている間に、見て判るようにこの会議は新しく若い三人のメンバーを加えている。様様《さまざま》な経験がまだ充分ではない三人には後ほど挨拶《あいさつ》して貰《もら》うとして、先《ま》ず彼等《かれら》のために君の自己紹介からしてやってくれ給え」

「はい」

と立ち上がったのは、長老オクスレーと向き合った席の黒人女性だった。三十半ばくらいであろうか。すらりと伸び切った姿勢と彫《ほ》りの深い顔立ちが、静かな自信を覗《のぞ》かせているかに感じられる。

長老の手が軽く上がって、「座ったままでいいから……」を命じるかのように、掌《てのひら》が上から下へひらりと二度泳いだ。

黒人女性コリーン・キングストンは頷《うなず》いて着席し、切り出した。

彼女の視線は長老の左手側の席へ向けられ、動かなかった。そこに今日が初対面となる三人の新メンバーが、並んで座っていたからだ。

「私《わたし》、コリーン・キングストンは、スタンフォード大学学士課程、リッチモンド大学修士課程で法学を学び、連邦捜査局（ＦＢＩ）に入局しました。五年間、ＦＢＩに籍を置きましたが、担当した職務について述べることは現在も守秘義務があって省略します。今は連邦議会調査研究局・軍事問題研究チームの首席チーフに就《つ》いて、七チームを統括しています。オクスレー先生の『ジャパン・コーカス』のメンバーに加えさせて戴《いただ》いて五年になります。自己紹介はここまでとさせて下さい」

言い終えて、了解を求めるかのようにキュッと唇を結び、長老と目を合わせる彼女だった。無駄がない簡潔な話し振りで、守秘義務があって話せない部分は「話せない」と凛《りん》とした響きで言い切り、芯《しん》の強さを新メンバー三人に見せつけた。

長老は「それでよい……」という目つきで応じると、自分の隣に座っている新メンバーのひとり――金髪の若い白人女性――の横顔をちょっと見てから口を開いた。

「新メンバーを除いた諸君らは既《すで》に承知しているように、連邦議会の議員や委員会が活動するためには、冷静で誤りのない様様《さまざま》な必要情報を充分量以上に得ることが重要となってくる。このことを、この場において、改めて強調しておきたい。これら必要情報の分析と提供に中立的立場で尽力してくれているのが、連邦議会の補佐機関である連邦議会調査研究局、連邦議会予算局、そして会計検査院と技術評価局の四機関なのだが……この四局の存在の重要性を、新メンバーを加えた全員が、改めてよく噛みしめておく必要がある」

そこで言葉を切った長老は、隣の金髪の若い白人女性を、再びチラリと見た。

盗み見た、というのでは決してなかった。この長老の性格の内には、そのような賤《いや》しい部分など針の先程も存在しない。

権威を背にして女性を見たり圧力をかけたりすることが決してない人物、と言えた。

彼は話を続けた。ゆったりとした口調だった。

「さてと、話の先を少し急ぐとしようか……私が大統領から、ある重大な事案の研究に取りかかるよう指示されたのは、一昨年の四月三十日、ニューヨークのホテル

『インター・コンチネンタル』においてだった。レストラン『ザ・バークリー』に併設された一階上のミーティングルームで、一対一で向き合った私を睨《にら》みつけるようにして大統領は小声で、こう言われた。一九六〇年一月十九日に米国と日本との間で取り交わされた安全保障条約を解消できそうな時期について研究してみてくれ、と」

長老のこの言葉に、新メンバー三人の口から「え……」という小さくない驚きの吐息が漏れた。声ではなく、吐息だった。

なぜならこの集まり『ジャパン・コーカス』がそのような研究課題を背負っているとは、三人は全く聞かされていなかったからだ。

彼等にとっては、まさに驚愕《きょうがく》的と言ってよい研究課題だった。

彼等を除く他のメンバーは、とくに驚きの表情は見せていない。

メンバーは既に、大統領から指示された長老の〝命令に近い依頼〟に従って、日本の政治力、財力、企業力、科学文化の面、などから粛粛《しゅくしゅく》と研究を進めていた。

日本から帰国したばかりらしい連邦議会調査研究局のコリーン・キングストン首席チーフは、日本の軍事能力の面に絞《しぼ》って研究に取りかかってきた。

軍事力ではなく、**軍事能力**という点にどうやら深い意味があるようだった。

『ジャパン・コーカス』という集まりだが、コーカス（CAUCUS）とは自由勉強会、あるいは有志研究会といった集まりを意味し、連邦議会の中には有力議員を柱とするこのようなコーカス（集まり）が幾つも存在している。

そして正規の委員会や小委員会などに対して強い影響力を持っていた。いずれのコーカスもすぐれた人材を揃えている場合が多く、一種のプロフェッショナル集団という見方でいいだろうか。

「少し驚かせてしまったようだね、ランバート君」

長老は回転が利くレザー張りの椅子を少し回して姿勢を斜めに向けると、隣の金髪が美しい白人女性の横顔を、にこりともしない表情で眺めた。

ランバートと呼ばれた胸の豊かさが目立つ彼女は、金髪に軽く手を触れる仕種を見せつつ、矢張り椅子を少しまわして間近な長老と目を合わせた。

「はい、びっくり致しました先生。日本は我が国にとって大事な同盟国の一つではありませんか。先生が仰《おつしや》いました一九六〇年一月十九日に米国と日本との間で取り交わされた条約の正式名称について念のために確認させて戴きますが、『アメリカ合衆国と日本国との間の相互協力および安全保障条約』のことでございますね」

「その通りだよ。それで間違いない。日本側で一般に『日米安全保障条約』と言われているものだ」

「その条約を我が国の方から解消しようとする理由を教えて下さいませんか」

「その答えは君達が研究を進めることで出てくる筈《はず》だ。つまり、その答えを見つけるための研究でもあるのだよ。その答えから生み出されるのが、条約解消の時期であると思ってくれていい」

「日本は、突き付けられた条約解消を、承知するでしょうか」

「この安全保障条約の解消については、米・日いずれか一方から終了の通告が出来るようになっており、その通告の日から一年後に条約解消は成立する」

「ええ、その点については知っております。しかし、これほど重要な条約になってきますと、いずれか一方による終了の通告およびその一年後の終了成立、という事務的約束事は、あくまで原則、の範囲に止《とど》まるのではありませんか」

「我我が条約解消を望んでも、日本側の拒絶、の方が有効になるのではと、とランバート君は懸念するのかね」

「仰るように、懸念いたします。日本側は執拗に協議を求めてくると考えられます」

「我我の研究成果は必ず、日本側が執拗に求めてくる協議を一蹴できる、と確信しているよ。また、そうでないと、多額の金《かね》と時間と人手《ひとで》をかけている研究の意味がない」

「大統領はオクスレー先生に対して、日本以外の同盟国との間で取り交わされている安全保障その他さまざまな条約に関しては、言及なさらなかったのでしょうか」

「ニューヨークのクラシックなホテルで、大統領と私との間で取り上げた国は日本だけだ。その時の大統領の表情は恐ろしいほど真剣だった。大統領は、私や私の人脈、私が擁《よう》する大勢の優秀なスタッフに大変期待しておられた。私の『ジャパン・コーカス』に今日から新たに加わってくれたランバート君ほか二人も、アジア民族とくに日本民族の研究では、抜きん出た業績を積み上げつつある若手学者だ。私の期待は非常に大きいと思ってくれ給え」

「有り難うございます。オクスレー先生のような実力者の下《もと》で仕事の出来ることを私《わたし》ランバートは光栄に思います」

因《ちなみ》に彼女が言う**先生**とはhonorable（敬意を表せる人、など）を指しており、日本語の先生とは意味が同質ではない。

「そう言ってくれると私も嬉しい。日本民族研究にすぐれるランバート君ほか二人には、『日本民族の特質から導き出される条約解消の方向性』について研究を進めて貰いたいと思っているが、細かな研究項目については私を加えた四人で別の日に早目にミーティングをしたい。私の隣に座ったのが運の尽きだよランバート君。私から三人へ連絡したい事務的なことは、全て君に集中させたい。窓口になってくれるね」

「畏《かしこ》まりました。喜んで引き受けさせて戴きます」

ランバートの返事に頷いたオクスレーの顔に、漸く笑みが浮かんだ。

彼は椅子の向きを戻すと、秀才の言葉以外は似合いそうにない印象の黒人コリーン・キングストンと顔を合わせた。始めたまえ、という目つきだった。

彼女は自分の目の前に置かれた、『日本の軍事能力について、其の一』と題する厚い報告資料を手前に引き寄せた。

彼女の凡《およ》そ一か月に亘る日本滞在は、今日《こんにち》に至るまで殆《ほとん》ど公《おおやけ》にはされてこなかった。

『ジャパン・コーカス』の中で彼女の日本への長期出張を知っているのは、それを命じるように依頼した長老オクスレーひとりであったし、彼女が所属する連邦議会調査研究局でも局長ひとりが承知しているだけだった。

彼女は苦労して仕上げた厚い報告資料をテーブルの上に置いたまま立ち上がり、皆の顔をはじめて見る者のように見まわした。

長老オクスレーは、今度は掌《てのひら》を上から下へひらりと泳がすようなことはしなかった。

コリーン・キングストンの知性の宝庫を思わせるような引き締まった薄い唇が開こうとした、まさにその時、金髪の新メンバーであるランバートが慌《あわ》て気味に挙手《きょしゅ》をした。

報告の最初の言葉をその挙手によって封じられたキングストンではあったが、彼女は寛容な笑みを浮かべて「いいわよ」と、着席した。

「なんだね、ランバート君」

再び椅子を少し右へ回転させねばならなくなった長老オクスレーであったが、彼もキングストンと同じように寛容な笑みを見せていた。

「新メンバーの身でありながら、失礼を承知で挙手をさせて戴きました。ご容赦《ようしゃ》ください。大統領がオクスレー先生に指示なさいました此度《このたび》の条約解消に関する研究。これが大統領にとって如何《いか》に覚悟の大きなものであったか今、気付きました」

「ほう、覚悟ね……言ってみ給え」

「オクスレー先生が大統領から指示を受けなさいました四月三十日というのは、英国より独立した我がアメリカ合衆国に、初代大統領ジョージ・ワシントンが就任した一七八九年四月三十日と月日《がっぴ》の部分が一致いたします。また大統領とオクスレー先生の会談場所となったニューヨークの『インター・コンチネンタルホテル』のロビーには確か、ジョージ・ワシントン初代大統領邸の屋根に聳《そび》えている〝ヒルトップ構造物〟が立派に格調高く模造されていたと記憶致します」

「見事だよランバート君。その通りだ。だからこそ、大統領の覚悟が生半《なまなか》なものではない、と言いたいのだね」

「大統領が四月三十日という日と『インター・コンチネンタルホテル』を、先生との打合せ場所に選ばれたのは決して、偶然なことではないと思いました」

「判った。君の意見はそこで止《や》めておきたまえ。ところで君は、ニューヨークの『インター・コンチネンタルホテル』に詳しいのかね」

「私の母はニューヨークの生れで、その生家は今もありますことから、年に二、三度母と共に訪ねます。生家の家族たち大勢とディナーを楽しむのは……」

「たいてい『インター・コンチネンタルホテル』という訳だな」

「はい」

長老オクスレーは深深と頷《うなず》いて見せたあと、これまで報告を控えていた連邦議会調査研究局のコリーン・キングストンと顔を合わせた。

「すまない。待たせてしまったね。では、君の重要なる報告を始めて貰おうかなキングストン君」

「承知しました」

と応じておいてから、引き締まった眼差《まなざ》しでメンバーたちを再びぐるりと見まわす連邦議会調査研究局の逸材コリーン・キングストンであった。

2

『ジャパン・コーカス』の会議を終えて、入出退が格段に厳しい国防総省を、愛車トラバースで出たコリーン・キングストンの表情は険《けわ》しかった。片方の耳には、通信用の小さく目立たないイヤホーンを嵌《は》めている。

「遠慮というものを知らないのね。あの金髪の若い学者さん」

呟《つぶや》く彼女の口許は、いささか歪《ゆが》んでいた。

調査報告を進めるその途中途中で、挙手をしては執拗に質問を繰り返す新メンバーのランバートに、コリーン・キングストンは強い苛立《いらだち》を覚えていた。

ワシントン科学大学でアジア民族学の教授を務《つと》める若きヘレン・ランバートの舌《ぜっ》鋒《ぽう》鋭い質問は、学者らしいと言えば学者らしいのであったが、コリーン・キングストンが会議のあとで長老オクスレーに一対一で報告する予定であった「高度な機密事項」にまで踏み込んで来かねない勢いがあった。しかし当のランバートは、そのことを全く意識していないかに見えた。

コリーン・キングストンがしばしばランバートへの返答に難渋するのを見かねて、長老オクスレーがランバートの態度・姿勢を抑《おさ》えたことで、事無きを得たのであったが。

「あの金髪学者は、要注意人物になるかも知れないわね」

ハンドルを握るコリーン・キングストンは呟いてバックミラーを眺めた。

長老オクスレーに強く乞われて、『ジャパン・コーカス』のメンバーとなってからの彼女は、常に身辺に注意を払うようになっている。

とくに長老オクスレーの指示で『米日安全保障条約の解消時期の研究』に取り組むようになってからは一層だった。

彼女はまた、バックミラーを見た。見たとしても後続の多数の車の中から、尾行車を見分けることなどＦＢＩを五年経験した彼女でも容易ではない。

身の回りを警戒しなければならない理由が、彼女にはあった。

長老エリオット・オクスレーが就いている『連邦議会上院軍事委員会の小委員会・委員長』の肩書が、その理由を成すものだ。

この軍事委員会および小委員会の職務範囲は次の通りとなる。

・防衛装備の調達および防衛産業の基盤の強化
・連合防衛能力の強化と必要反撃戦力の具体的構築
・陸・海・空、防衛技術の研究
・軍事戦略・戦術のための人事的研究
・有事即応態勢の維持と手段の具体的強化
・核攻撃戦術とその仮想敵国の調査および殲滅《せんめつ》の対応研究
・防衛情報把握の強化
・予備軍の確立と沿岸防衛能力の強化
・軍縮問題の研究

以上の九項目である。これは「大項目」であって、これを具体的に「小項目」に分けてゆけば、裾野《すその》は幾十項目にも亘って大きく広がっていく。

右で記述が最後となっている、軍縮問題の研究、を除けば何れ《いず》の「大項目」も、**自国は力で護《まも》る**というアメリカの強烈な闘争精神が見えてくる。が、これは米国にとっては至極、当たり前のことなのだ。

コリーン・キングストンは再びバックミラーに視線を走らせた。

彼女の愛車トラバースは、燃費性能向上型の3.6ℓ・V6エンジンを殆ど唸《うな》らせることもなく、ポトマック川に架かるアーリントン メモリアル ブリッジを対岸のリンカーン記念館方向へと疾走していた。

コリーン・キングストンの日本に関する調査は、『米日安全保障条約の解消の時期』を探《さぐ》る上で、大きな影響を有していた。他のメンバーが手がける調査研究よりも遥《はる》かに強い影響力を。

米国の防衛産業界は、日本に対して巨額の防衛装備品を輸出している。

若《も》しも、米日安全保障条約が解消され日本が陸・海・空の防衛装備品の純国産化へと突っ走れば、米国防衛産業界は不快感を強く表明することとなろう。

此度《このたび》の『日本の調査』の担当責任者であるコリーン・キングストンは、米国の防衛産業界の不快感がどのような形で出るかを心配し警戒しているのだった。

不快感が**闇の第三者**へと伝わって**沸騰するかのように歪んで理解**され、その第三者が自己の判断で、暗殺、という形を選択する恐れは多分にある。それが強国アメリカが持つ『もう一つの顔』と言えるのだ。

コリーン・キングストンは長い橋を三分の二ほど過ぎた辺《あた》りで車のスピードを落

とすと、グローブボックスの左端に付いている1から0までの小さなキイナンバー・トレイに右手の指先を近付け、素早く四つの番号をプッシュした。

視線は用心深く前方を捉《とら》えている。

キイナンバー・トレイに触れ馴《な》れている指先は、プッシュすべき番号を誤らなかった。

カチッという微《かす》かな音と共に、グローブボックスが手前に開いて、中に入っているものを彼女の視線が一瞬の内に確認した。そして、視線は再び何事もなかったかのように、前方を見る役目へと戻った。

それで彼女のグローブボックスに対する用は、ひとまず終った。

グローブボックスの狭苦しい空間にひっそりと横たわっていたそれは、S＆Wボディガード……回転式弾倉に弾丸五発が装塡《そうてん》されているダブル・アクション・リボルバーだった。

このリボルバーは全長が162㎜と小柄で、なかなかの美人だ。弾丸を叩き出す撃鉄《ハンマー》は、ホルスター或《あるい》は胸のポケットやハンドバッグなどから素早く取りだす必要がある場合、引っ掛かって暴発《ぼうはつ》せぬようシュラウデッド・ハンマーとなっている。

つまり撃鉄《ハンマー》が銃体《フレーム》に深目に沈み込んで隠れているタイプで、シュラウド（shroud）とは、覆《おお》い隠す、という解釈でいいだろう。

コリーン・キングストンはグローブボックスを閉じたが、ロックはしなかった。自身に迫ってくるかも知れない、見えない不安に備えているのだった。S＆Wボディガードを直ぐにでも取り出せるようにと。

当たり前のことだが、銃の所持許可はむろん得ている。

と、ショルダーバッグの中にある携帯と連動する車載受信装置が着信音を鳴らした。

コリーン・キングストンの指先が待ち構えていたような早さで、装置の釦《ボタン》を押した。

だがその割には、彼女は「はい……」としか応答しなかった。幾度目になるのだろうか、視線はバックミラーへと向けられている。彫りの深い整った表情は険しい。

「レディ　キング（キング姫）？」

彼女のイヤホーンから流れてきたのは、野太い男の声だった。

途端、彼女の濃い褐色《かっしょく》の表情が緩んだ。

「ごめんなさい。会議が予定より四十分も長引いてしまって……」

「時間というものに厳しい長老オクスレー氏の会議には珍しいことだな」

「新しいメンバー三人がレギュラー・ポジションに加わったものだから、会議の進行が少し脇道へ逸《そ》れてしまったの。本当に、ごめんなさい」

「新メンバーというのは、どのような人物なんだ」

「いつも言っているように、長老オクスレー氏が仕切る会議のことは、たとえ信頼できる貴方《あなた》であっても言えないわ。FBI時代に、空手を徹底的に教え込んでくれた貴方であっても……」

「英国《イギリス》から帰国早早の私への土産《みやげ》が、君らしい冷《ひや》やかさであったとはな」

「欧州連合（EU）脱退で揺《ゆ》れ続けてきた英国は、どこもかしこも冷え込んでいたわ。それが仕方なく体に染《し》み込《こ》んだ冷やかさであると、大目に見て頂戴《ちょうだい》」

「判った。ともかく久し振りに会えるのを楽しみに待っている」

「はい」

相手が先に切った。

レディ キングと相手から呼ばれた彼女は、溜息を一つ吐《つ》いて首を小さく横に振った。

日本から帰国した筈の彼女を、英国から帰国したと思い込んでいるらしい相手の男だった。

彼女の胸はそのことで、微かに痛んでいた。日本への出張は、機密扱いであった。そのため、彼には已《や》むを得《え》ず、英国への出張である、と嘘《うそ》をつき通した。

彼女の愛車トラバースは、小高い丘キャピトル・ヒル（Capitol Hill）の上に建つ米国の最高機関である巨大な白亜《はくあ》の連邦議会議事堂（略称、The Hill《ザ　ヒル》）に差しかかっていた。

米国のどの州にも属さない、連邦政府独立行政区（首都）ワシントンＤＣは、この連邦議会議事堂を中心にして造られてきた。

ワシントンＤＣのＤＣとは、米国の州の一つワシントン州との紛《まぎ》らわしさを避けるために付されたもので、Washington, District of Columbia（ワシントン・コロンビア特別行政区）を意味している。

レディ　キングは身分証明書を提示してセキュリティの確《しっか》りとした労働省の駐車場へ愛車を預けると、遅めの午後の日差しがまだ充分に明るい中を、足を急がせた。

彼女は、かなり空腹を覚えていた。『ジャパン・コーカス』で報告する資料の整理に追われて、昼食を摂《と》り損《そこ》ねていた。

これから訪ねる待ち合せの場所、レストランＣＰＳ（Charlie《チャーリー》 Palmer《パーマ》 Steak《ステーキ》）は肉料理の旨《うま》い店だったが、コーヒーや紅茶の味もなかなかの店だった。連邦議会議事堂を東南方向の間近に眺めることが出来る労働省からは程近い。

肩から下《さ》げるショルダーバッグの中に、レディキングはダブル・アクション・リボルバーＳ＆Ｗボディガードを潜《ひそ》ませていた。

しかし、射撃に自信のある彼女ではなかった。出来れば、ややこしい連中には近付いて来てほしくないと思っている。指示された職務の遂行《すいこう》が原因で、物騒な連中に近付いて来られるなど、堪《たま》ったものではない。

その思いが、内心にはあった。

とは言っても職務の遂行に弱腰になる積もりなど、毛頭なかった。痩《や》せても枯《か》れても、ＦＢＩに五年間籍を置いていたという誇りが、それを許さなかった。

レストランＣＰＳの落ち着いた灰白色の建物が、前方に見えてきた。

てっきり店の中でコーヒーか紅茶を飲みながら待っているだろうと思っていた野

太い声の相手は、すらりとした長身を店の外に立たせ、こちらを見て待っていた。

身近の安全に気を配っていたレディ キングは、かなりホッとした気分になって力《りき》みがちだった肩を楽にさせ、ちょっと左手を上げ胸前で振ってみせた。

彼女が、かなりホッとした気分になる、もう一つ理由がこの界隈《かいわい》にはあった。

連邦議会議事堂の**北西二キロ余**の位置には『**世界最強の住居**』が存在している。

言わずと知れた、ホワイトハウスだ。

そのホワイトハウスと連邦議会議事堂を結んだ丁度線上に、『国家的重大犯罪の捜査・制圧と情報の収集』および『各州にまたがる犯罪の捜査』などが任務の**FBI連邦捜査局**と、**司法省**の建物が北西に走る大通りを挟《はさ》んで向き合っていた。

また、北西に走るその大通りがホワイトハウスに接触する位置に、合衆国大統領ら要人警護を任務とする**シークレット・サービス**（財務省機密検察局）の拠点、財務省ビルが在《あ》る。

つまり合衆国政治の中心地であるこの界隈には、其処彼処《そこかしこ》に鍛《きた》え抜かれた有能な官憲《かんけん》の目が光っているのだ。目立ったり、目立たなかったりして。

そのことがレディ キングを、かなりホッとした気分にさせている、もう一つの理由だった。

彼女は、待ち合せの相手へと、笑《え》みを浮かべながら近付いていった。不用意に歩みを急がせれば、彼に惹かれつつある自分の気持が、相手に気付かれるかも知れない。そのような心配を邪魔に感じながら、早く彼の前に立ちたい彼女だった。

このとき、右手方角から背丈のある白人女性が、ボックスタイプの乳母車を押しながら近付いて来つつあるのを、レディ　キングは視野の端で捉えた。

彼女は立ち止まって視線をその方へやった。自宅でベビーシッターが面倒を見てくれている二歳のひとり娘をふと思い出したからだ。酒癖《ぐせ》、女癖《ぐせ》の悪い博物館勤務の夫とは、娘を出産する前に離婚している。仕事では大変有能な夫ではあったが、とにかく酒癖、女癖が感心しなかった。

乳母車の白人女性が歩みを止め、乳母車に笑顔を近付けた。子供を愛《あや》すかのように何やら語りかけているが、二十数メートルは離れているその距離が、白人女性の声をレディ　キングの耳へ届けなかった。

レディ　キングはひとり娘の可愛《かわい》い顔を脳裏《のうり》に思い浮かべながら、視線を待ち合せの相手に戻して歩きかけた。

次の一瞬だった。

こちらを見守ってくれていた彼が、「伏せろっ」と大声を放った。

だが、その大声はかえって彼女を混乱させた。迂闊《うかつ》にも彼女は、伏せるかわりに乳母車の白人女性の方へ視線を振っていた。

白人女性が乳母車の中から取り出した自動拳銃の銃口を、レディ キングに向けたまさにその瞬間だった。

彼女にドンドンという重い二発の銃声が襲い掛かるのと、彼女が伏せるのとが殆ど同時だった。しかし、周囲《まわり》に大勢いて咄嗟《とっさ》に悲鳴と共に這《は》い蹲《つくば》った人人の目には、彼女は倒れたひととしか見えなかった。

彼女は確かに伏せたのではなく倒れた。そして意識が遠ざかる充分な寸前に、別の違《ちが》った響きの銃声三発を耳にしていた。はっきりと。

（逞《たくま》しい彼が反撃してくれた……）

彼女はそう信じて、意識を遠ざけていった。

倒れたレディ キングに一番に駆《か》け寄ったのは、背の高いがっしりとした体格の、彼女と待ち合せしていた相手だった。

彼の右の手には、小型の自動拳銃があった。

彼はスーツに隠されたヒップホルスターに自動拳銃を納めると、レディ キングの出血が左大腿部と右腹部からであることを用心深く確かめながら、携帯で救急車を要請した。

落ち着いていた。

倒れているレディ キングの耳許へ、上体を深く折り曲げるようにして口を近付けた彼は、「必ず助けてやる。心配するな」と呟いて、立ち上がった。身長は一八〇センチを軽く超えているだろうか。日焼けして彫りは深いが明らかにアジア人の風貌だ。

日本人か？

警察官三人がそれぞれ拳銃《ハンドガン》を手に、血相を変えて駆けつけた。首都ワシントンDCの犯罪発生率が決して低くないことを物語っている彼らの顔色だった。

「あ……貴方《あなた》はFBIの……」

先頭を切って走ってきた若い警察官が、男性が何者であるか直ぐに気付いたようだった。

息を弾《はず》ませながらも、アッという感じで表情を改めている。

男は若い警察官のその様子など気にもとめず、乳母車の方を指差した。

「現行犯逮捕でお願いします。死んではいない筈《はず》……」

レディ　キングが意識を喪失する寸前に耳にした三発の銃声は、彼が発砲したものであったが、発砲者には似つかわしくないほど落ち着いている彼だった。口調も丁寧《ていねい》だ。

乳母車の脇には、背の高い白人女性が横たわっている。

三人の警察官は「判りました」とばかり身を翻《ひるがえ》すようにして、乳母車へと向かった。

救急車のサイレンの音が聞こえ出した。

男は片膝をついてレディ　キングの頰にそっと触れると、「ここにいるぞ。大丈夫だ……」と呟いた。

三人の警察官は、乳母車の脇に倒れている白人女性を間近に見て、一様に驚きの表情を見せた。

白人女性は先ず首から上一面に朱色のペイントを浴びていた。その朱色はとくに右の頰で破裂状態を呈している。

次に右肩、右脇腹の二か所で、朱色は矢張り破裂状態を見せて広がっていた。

三人の警察官は、白人女性はおそらく9㎜×19FX・シムニッション訓練弾三発を浴びた、と理解した。とくに右の頰に命中した一発は、相当に堪《こた》えたであろう、と彼らは想像した。

実弾ではないとはいえ、頭部など当たり所によっては、生命《いのち》にもかかわる。

9㎜×19FX・シムニッション訓練弾は、カナダのシムニッション社が開発したもので、封入するペイントの量を微妙に加減調整できることから、諸外国の警察機関で広く採用されていた。ただ、薬莢《やっきょう》の先端が強化樹脂となっているこのペイント封入訓練弾を使用する場合、実銃のスライドやバレルなど幾つかの部品を、シムニッション訓練弾に適合するものに変える必要——小さな不便さ——があった。

救急車がサイレンを絞り込んで、レディ キングの端整な顔を熟《じ》っと眺めている男の背後に滑《すべ》り込んできた。

微かに鳴ったブレーキの軋《きし》み音。

男は立ち上がり、三人の警察官の内の一人が、男の傍《そば》に戻ってきた。

そして、乳母車の方を指差し、まるで叫ぶような甲高《かんだか》い声で言った。

「男です。奴は……あの女は男です」

告《つ》げられて男は、「そうですか」と答えただけだった。

レディ キングが救急車に運《はこ》び込まれ、男も乗り込んで、見守る警察官に彼はちょっと手を上げて見せた。

3

『キャピトル・ヒル自由と平等総合病院』の3001号室は、ナースセンターを目の前に置き、隣に第3集中治療室を併設する一人用の救急病室だった。

広さは凡そ三〇平方メートル。患者の親族の付き添いが許されている病室であり、したがって仮眠用ベッドやソファの備えなどがあった。

男は窓際《まどぎわ》に身じろぎもせずに立ち、レースのカーテンの遥か向こう、連邦議会議事堂の白亜のドームを背に翩翻《へんぽん》とひるがえるアメリカ合衆国の国旗を眺めた。

合衆国の国民は国旗に対し、ゆるぎない誇りと敬意を抱《いだ》いている。国旗に横に走っている十三本の朱色と白のStripe《ストライプ》（縞《しま》）は独立（建国）当時（一七七六年）の州の数を表わしており、青地の中で〝輝いて〟いる星の数は、〝現在の州の数〟を示していた。

この病室の不幸な主人《あるじ》になってしまった黒人女性レディ キングが、合衆国・国旗をこよなく愛してることを、９㎜×19ＦＸ・シムニッション訓練弾三発を発砲した彼は、誰よりもよく知っていた。

彼の発砲によって倒された襲撃者は、一階上、４００１号の病室で警察官の厳重な警戒監視のもと、意識不明に陥《おちい》っている。

と、誰かが病室のドアを控え目にノックした。この病室も廊下に立つ選りすぐりの警察官四名によって、むろんガードされている。

「どうぞ……」

レディ キングに付き添う男の応答を待って、ドアが静かに開き、濃紺のスーツを着こなした黒人の中年紳士が入ってきた。眼光鋭くがっしりとした体格だった。従えるようにして二十代後半くらいに見える青い目の白人青年をすぐ背後に控えさせている。

「統括本部長、お忙しい中、二度に亘って来て戴いて……恐縮いたします」

「どうだ。まだ目を開《あ》かないかね」

「ええ……」

「ＦＢＩ射撃競技大会にゲスト出場して優勝杯《ゴールドカップ》を手にした君がいなかったら、彼女はおそらく危なかった。彼女はＦＢＩ時代、情報秘書官として、統括本部長の私に実によく尽くしてくれた。それだけに犯人に対する怒りが治まらない」

「お気持は、よく判ります」

「君は今夜の飛行機で東京へ戻る予定だったな」

「そうですが、帰国便は先程キャンセルしました。気にしないで下さい」

「申し訳ない。しかし我が国で生じた事件が原因で、君のスケジュールに狂いが生じることを私の立場で見過ごす訳にはいかない。なにしろ君は日本政府の直命でＦＢＩの上級捜査研修センターへ遣《つか》わされた有能な特待生だ。一年近くに及ぶ過酷な研修期間は満了したのだ。日本政府の帰国命令には従って貰わねばならない」

「判りました。統括本部長がそこまで仰るなら……」

「明日の帰国便をファーストクラスで私に準備させてくれ給え。レディ　キングを護ってくれた君に対する感謝の気持だ。ＦＢＩからのね」

「有り難うございます。それじゃあ遠慮なく……」

「レディ　キングは完治まで我我が彼女の留守宅をも含めて、確りと見守る。安心して貰って大丈夫だ。明日は空港まで此処にいる彼に君を見送らせよう」

統括本部長という肩書を持つ黒人の紳士はそう言ってがっしりとした体を横に開くと、後ろに控えていた青い目の白人青年の肩に手をやった。

「気立ての優しいところがあるレディ　キングが、出産と育児を理由に情報秘書官を辞したあと、このピーター・モレルが後任として頑張ってくれている。レディ　キングは銃を手にすることを嫌う傾向が強かったが、このピーター・モレルの射撃の腕は第一級のものだ。但《ただ》し、ＦＢＩの多くの捜査官が今や、天才以上の天才、と認めている君の射撃の腕には、とても敵《かな》わないがね」

にこりともせずに言い終えて、白人青年の肩から手を放した統括本部長だった。

白人青年は右手を差し出したが、やはり笑みはなかった。

「ＦＢＩ統括本部・情報秘書官ピーター・モレルです。初めてお目にかかりますが、お名前も顔も既に存じ上げております。ＦＢＩ広報機関誌『自由と不自由』に、右手射撃でも左手射撃でもゴールドカップを獲得、と写真入りで載りましたからね」

「日本政府の直命でFBIに遣わされすっかり御世話になった、イッシ・アサクラ(朝倉一矢《あさくらいっし》)です。よろしく」

二人は握手を交わした。ここでも、双方に笑みはなかった。

身長が一八〇センチを優《ゆう》に超える彼は、まぎれもなく日本人だった。日本政府の直命……と彼は言った訳だが、日本政府内の一体どの省庁・部門に所属しているのであろうか。

「じゃあ、朝倉君、今日のところ我我が訪ねて来るのは、これで終わりとさせて貰っていいかな。君には明日空港へ向かう迄、この病室で負担をかけてしまうね。申し訳ないがひとつ協力して戴きたい。彼女が目を見開いて君の名を呼ぶことを、心から祈りたいのだよ」

「はい、私もです。彼女の傍《そば》に居てやります」

「本当にすまない。そして有り難う。ところで、連邦議会調査研究局の関係者は、この病室へ駆けつけてくれただろうね」

「もちろんです。驚いて直ぐ様《さま》……彼女の幼子《おさなご》がいる自宅へは、彼女の部下の三、四人が泊まり込む積もりで訪ねている筈です」

「それを聞いて安心したよ。それじゃあこれで、我我は……」

「御苦労様でした」

朝倉一矢は、ドアのところまで二人と一緒に歩いていった。

黒人の紳士──名をジョージ・フランクスと言った──と青い目の白人青年ピーター・モレルがエレベーターの中に消えるまで、朝倉一矢は病室の外に一歩出て見送った。

エレベーターのドアが微かな音を立てて閉まり出してから、ジョージ・フランクスが漸く口元に笑みを浮かべて、手を軽く上げて見せた。

朝倉は頷きで応じ、そして病室へと一歩下がってドアを静かに閉じた。

法学博士の学位を持つジョージ・フランクスは、FBI上級捜査研修センター、FBI高等情報大学、FBI法科大学院の三つの機関を統括本部長の肩書で監理する、この世界きっての実力者であった。

深刻な人種問題を抱えている、『自由と平等の国』アメリカ合衆国。

首都ワシントンDCは、その『自由と平等』の精神を〈決して失ってはならない〉としている都市だった。その精神に縋《すが》るようにしてマイノリティ（弱者・少数民族）がこの大都市へ続続と訪れる。

今や首都ワシントンＤＣの全人口の凡そ五〇パーセントが、アフリカ系の人人である。

ＦＢＩの異才ジョージ・フランクスもまた、アフリカ系だった。

朝倉一矢は、そっとベッドに歩み寄った。

「お……」

と、彼の表情が思わず止まった。酸素マスクを充《あ》てているレディ　キングが、はっきりと目を見開いているではないか。

「よかった……気分が悪くなければ、切れ長な二重《ふたえ》が美しい君のその瞼《まぶた》で一度、微笑《ほほえ》んで見せてくれ」

実に流暢《りゅうちょう》な彼の英語については、改めて述べるまでもない。朝倉一矢の求めにレディ　キングは瞼を一度、パチリとさせて応じた。

「いい子だ……」

やさしく微笑んで彼女の艶《つや》やかな髪を二度撫《な》でてやりながら、彼のもう一方の手はナースセンターに通じるコールボタンを押していた。

直ぐに勢いよく病室に入ってきたのは、ナースを従えた女医だった。二人とも黒人で若くはない。

「どうしましたか朝倉さん」

「たった今、彼女の意識が戻りました」

「まあ、よかったこと……」

医師はベッドに歩み寄ると、レディ キングの瞳に自分の目を触れんばかりに近付けてから、「マスクを外しましょう」と告げて顔いっぱいに笑みを広げた。

レディ キングが頷いた。

医師、ナースと患者が囁《ささや》き合っている間、朝倉は窓際に立ってレースのカーテン越しに外の様子を眺めた。

日は既《すで》に深く傾いて、地上には茜《あかね》色の日差しが降り注ぎ、日没が近いことを物語っていた。ビルの影が地上に長い尾を引いている。

その中で、ワシントンDCはまだ躍動を休めていなかった。ガイドに引率された観光客たちも、黒いアタッシェケースを手にしたビジネスマンたちも、忙しそうに動きまわり、二人連れ或は三人連れでパトロールする警察官の姿も目立っていた。レディ キング襲撃で急遽パトロールが強化されたのであろうか。

このとき朝倉の背後で、女医の白衣のポケットに入っている院内用携帯が鳴った。

朝倉が振り向き、女医がポケットから取り出した携帯を耳にあてた。

彼女と相手との遣り取りは直ぐに済《す》んだ。

朝倉は、自分の方を意味あり気に眺めつつ携帯を白衣のポケットに納めた女医に近付いてゆき、彼女も朝倉へと歩み寄った。

「たった今、4001号の病室で、犯人が息を引き取りました」

「そうですか」

「彼女はもう心配ありません。私が保証します」

「先生の見事な手早い手術の御蔭《おかげ》です。有り難うございました」

「いいえ、彼女を救ったのは日本人である貴方《あなた》の勇気とパワーです。合衆国国民の一人としてお礼を言わせて下さい。有り難う」

「こちらこそ先生」

女医は朝倉と短い握手を交わすと、ナースを従えて出ていった。

朝倉はベッドに近付いていった。

「犯人がたった今、一階上の４００１号室で息を引き取ったそうだ」

「ええ、聞こえていました。撃たれて意識が遠ざかる寸前、貴方が素早く発砲してくれた銃声三発もはっきりと耳にしたわ」

「余り一気に喋《しゃべ》ると傷に響かないかね」

「大丈夫よ……平気。それよりも御免なさい。予定通り帰国できなくさせてしまって」

「君の責任じゃない。しかし、そんなに前から目を覚ましていたとは驚いたな。だとすると、私とジョージ・フランクス統括本部長との間で交わされた話は、殆ど耳に入っているね」

「はい、入っています」

「留守宅の警護も心配はないそうだ。ゆっくりと体を安めたまえ」

「ええ。幼《おさな》い娘のことが気がかりだけれど、これほどゆっくりとベッドの上で体を休めることが出来るなど、これ迄《まで》になかったことだわ」

「真に有能な女性というのは、好むと好まざるとにかかわらず、周囲の期待に応《こた》えようとしてつい働き過ぎてしまうものだ」

「ねえ……朝倉さん」

「ん？」

「貴方《あなた》に心からお詫びしなければならないことが一つあります」

「ほう……私には見当もつかないが」

「私は英国へ出張と貴方に言ったけれど、実はそうではないの。私が出張していた先は日本の大首都たる東京、そして**APEC**（アジア太平洋経済協力会議）や**G20サミット**（主要20カ国・地域首脳会合）の開催地で知られる准《じゅん》首都たる大阪……ごめんなさい。嘘をついたりして」

「君の現在の仕事が、ＦＢＩ時代に続いて機密事項の多いことは理解できているよ。守秘義務のために偽りの世界に逃げ込むことは悪ではないさ。ましてや私は、君から見れば異国人だ。気にしなくていい」

「どのような目的で日本の巨大都市、東京と大阪を訪ねたのか、命の恩人の貴方には打ち明けてもいい、という気持に私はなりかけています」

「いや、それは駄目だ。聞かないでおこう。君のためにも、聞きたくはないね。私が今の君の立場に置かれていたなら、一層のこと守秘義務を大事にしていたと思うよ。間違いなく」

「そう……そうよね。その姿勢を貫くべきだわね。でも、ちょっと恨《うら》めしいわ」

「恨めしい？」

「私に対して、そのように冷然《れいぜん》と言ってのける貴方の強さがよ」

「冷然と……というのは、いささか引っ掛かるなあ」

「ま、いいわ。私も貴方の冷然さを見習うように約束します。でも、貴方のことがとても心配。何事もなく無事に日本の空港へ着いてほしいのだけれど……」

「亡くなった君の襲撃者には、仲間がいたのではないかと、気遣っているんだな」

「命を落とした襲撃者の仲間が、事件現場近くにいたなら、次はきっと貴方が狙《ねら》われるわ。私を救ってくれた貴方が」

「私が発砲したのは、ペイントを充填した9㎜×19FX・シムニッション訓練弾だ。異国人の私がこのワシントンDCで、拳銃所持の許可を得ているとはいえ、実弾装《そう》塡《てん》の銃を持たない主義であることは、君も理解している筈だ。事件現場近くに若し襲撃者の仲間がいたなら、その仲間も私が発砲したのはペイント弾であると目撃している筈《はず》さ」

「でも襲撃者が官憲の手に落ちた以上、仲間の憎悪は貴方に向けられるに違いないわ。たとえ発砲したのが、ペイント弾であろうと、なかろうと」

「君の恐れ様《よう》は随分《ずいぶん》と深刻だな。それほど重大な機密業務に従事し、そしてその任務が、見えざる組織を刺激して動かすことにつながった……そういう事なのかな、レディ キング」

「否定はしません。でも私は今、貴方の冷然さを見習う、と約束したばかりだわ。だから、たとえ口が裂けても、此度《このたび》の日本における任務内容については貴方には打ち明けられません……ね？　その方が宜《よろ》しいのでしょ」

「うむ、それでいいのさ……私は、次に自分が狙われるかも知れないことなど、べつに恐れたりはしない。むしろ君のことが一層心配になってきたよ」

「いいえ、御心配は無用にして戴きたいわ。わが国の警察組織は非常に優秀よ。私は自分の器量で我が身と幼子の安全は必ず確保します。だから貴方は御自分の器量で一刻も早く無事に日本へ帰国して下さいな」

「わかったよ……わかった。さ、もうひと眠りしたまえ」

朝倉は大きく頷いてやりながら、レディ キングの頰を両手でやさしく包んでやった。

4

迎えの白人青年ピーター・モレルがハンドルを握る車は、6.2ℓ・V8エンジンを搭載したワインレッドのボディを持つ真新しいキャデラック・エスカレード(ESCALADE)だった。

世界中のVIPに愛用されていることで余りにも有名なラグジュアリーSUV車だ。

なかでもワインレッドボディのSUV車は最も人気があるという。

ハイウェイの走行車線を走るエスカレードのエンジンは、さすがに静かであった。

「一年近いアメリカでの滞在はいかがでしたか」

それが、車が動き出して最初に朝倉へ向けられた、ピーター・モレルの言葉だった。

「短期の滞在も含めると、これで三度目なのでね。自宅に滞在しているような気分でしたよ。ＦＢＩの職員たちも、親しみをもって接してくれたしね」

「そう言って戴けると嬉しいです」

「ジョージ・フランクス統括本部長には、目に見えない部分で実に細やかな御世話になった。東京へ着いたら直ぐに電話を入れたいと思っています」

「そうと伝えておきます」

「君はＦＢＩでの経験はどれくらい？」

「レディ　キングがＦＢＩを辞して、暫《しばら》くしてから現職へ引っ張られたので、まだ三年です」

「ほう、三年ねえ……その割には私と顔を合わせることがなかったが……失礼だが年齢を訊《き》いてもいいだろうか」

「二十八歳です。ハーバード大学の学士課程を出て、下院議員の伯父に推《お》されて入ったのがホワイトハウス事務局でした」

「それはまた……ホワイトハウス事務局と言えば、大統領府を構成する筆頭機関ですね」

「はい、そうです。その他に国家安全保障会議（ＮＳＣ）、米国通商代表部（ＵＳＴＲ）、政策推進局など十を超える機関で成っています」

「そしてその多くは現在も、ホワイトハウスの直ぐ西に隣接するオールド・エグゼクティブ・オフィスビルに入っている？」

「ええ、その通りです。さすが、よく御存知ですね」

「そのホワイトハウス事務局を辞《や》めて、なぜＦＢＩに入ったのか、その理由を訊《たず》ねたいという気分になりかけているのだが、駄目だろうか」

「一向に構いませんよ。伯父は私に、ホワイトハウス事務局で米国政治の風というものを学ばせる積もりだったようですが、活動的で気性が決して物静かではない私にとっては、退屈な職場でした。だから、短期間で辞めてしまったのです」

「いささか勿体《もったい》なかったという気もするね……それにしても、ジョージ・フランクス統括本部長の話によれば、射撃が大変得意なようだが」

「ＦＢＩに入ってからは、研修の自己申請が通って、支局を転転と回り射撃他の技術を研《みが》いてきました。それで朝倉さんと出会う機会が遅れたのです。また幼い頃から、狩猟が趣味の父に付き添って、山野を駆けまわっていました。これは楽しかった。銃の所持許可を得てからは、私の狩猟成果は、見る見るうちに狩り自慢の父を凌ぐようになりましてね……しかし最近は父も私も、命あるものに対して銃口を向けるのを、恐ろしいと思うようになりました。もう随分と長いこと、猟には出かけておりません」

「確かに、何の罪も無い野生動物に対して人間の都合だけで矢鱈《やたら》に銃口を向けるのは、酷いことだと言えるかも知れないねえ。彼等《かれら》にも自然の中で生きてゆく権利があるのだ。地球という星の主人《あるじ》だと思い込んでいる人間という奴は、同じ人間に対してさえ理不尽に銃口を向けてくる。これだけは許すことができない」

「はい、そう思います。とくに我が国では発砲事件による善良な市民の犠牲者が多過ぎます」

「確かにねえ……あ、そうそう……これをＦＢＩに返さなければならないのだった……」

朝倉は、レディ キングを救った銃が納まった牛革製のヒップ・ホルスターを腰から取り外すと、ゴトッと小さな鈍《にぶ》い音をさせてコンソールボックスの上に静かに置いた。

「承知しました。オフィスに戻しておきます」

モレルは前方を見ながら、右手をハンドルから離してアッパーボックス（運転席の）を開け、ヒップ・ホルスターに納まった銃を格納した。

「君は……レディ キングをよく知っているのですか」

「いいえ、実は此度《このたび》の騒動ではじめて、有能な情報秘書官だったとの噂を残している彼女と会ったのですよ。彼女のＦＢＩからの離職と、私の情報秘書官への着任には、年月の差があり過ぎましたから引き継ぎ業務などは無かったのです。また原則として、情報秘書官は人事異動に際して、業務引き継ぎをしてはならないことになっています。業務引き継ぎなどがあると、漏《も》れなくてもよい重要機密が、引き継ぎという名の隙間《すきま》から漏れ出す危険がありますから」

「うむ。確かに、それは言える」

朝倉は頷いて、あたたかな友情を抱いて付き合ってきたレディ キングとの昨日までを、改めて色色と思い出すのだった。

朝倉とモレルとの会話が途切れた。べつに沈黙が二人を包んだ、と表現しなければならないほど、深刻なものではない。モレルは安全運転に専念し、朝倉はレデイキングの知的で端整な容貌《ようぼう》に少し取《と》り憑《つ》かれただけだった。

車が軽く二度バウンドして、朝倉とモレルの体がシートの上で小さく弾んだ。それが、モレルから沈黙を奪った。

「ホワイトハウスは近頃、日本のことをかなり心配しています」

「心配？」

朝倉は怪訝《けげん》な目で、運転席のモレルの横顔を見た。

「ええ、そうです。いや、心配というよりは、そのう……何というか……よく判らん国だ、という声が要人たちの間で上がるようになってきました」

「ホワイトハウス事務局をかなり前に辞した筈の君が、どうして、そのようなことが言えるのかな」

「その程度のレベルの情報なら、囁きかけてくれる友人は、ホワイトハウス事務局内に何人もいますよ」

「で、どのようによく判らない国なのかね、日本という国は。政府閣僚たちのこと？　それとも日本の政治家たち全体のこと？」

「それらに、日本民族を含めた日本国全体のことですよ。ホワイトハウスの要人たちの間で日本のことが話題に上がると、首を傾《かし》げ、不快気に渋い表情をつくる者がとくに最近、多くなってきたと言います」

「どうも抽象的だね、モレル君の言っていることは……」

「ええ、抽象的です。だからこそ恐ろしいのではありませんか。国と国の関係などというのは……」

「抽象的な濁《にご》りの中から、亀裂が生じ始めるとでも言いたそうだな」

「まさに仰る通りです」

「合衆国政府も、最近は個性的に過ぎる大統領を中心に置いて、ゴタゴタが少しばかり多いのではないのかね。有能で重要なスタッフが大統領の専横に不満を抱いて次次と辞めていっている」

「その問題ある現実を我我アメリカ人は、深刻に認識し、また憂慮しています。この現実は正しく改める必要がある、とアメリカ人の誰もが今強く願っています。思想とか信条などに意固地《いこじ》に捉われることなく、正しい方向へ改めるべき、或は正しい方向を見つけるべき、という共同認識を持つことにアメリカ人は極めてすぐれていると自負しております。我我アメリカ人は、一点にしがみ付いてはおりません」

「うん、その点については私も認めよう」

「生意気なことを言って申し訳ありません。お気を悪くしないで下さい。私は、全米ＦＢＩ射撃大会において異国人としてはじめてゴールドカップを授与された朝倉さんを、尊敬し且《か》つ憧《あこが》れています。だから日本人である朝倉さんには嫌われたくはありません」

「ははは っ。有り難う。嬉しい餞別の言葉です」

「次の全米ＦＢＩ射撃大会は、一年を間に置いた再来年です。そのときは再びアメリカに帰って来て下さい。フランクス統括本部長から、招待状を出して貰いますから」

朝倉は、アメリカに帰って来て下さい、と表現したピーター・モレルの言葉に思わず胸を熱くさせた。

「招待状、心から楽しみにしているよ」

「あと二十分ほどで空港です。なんだか別れが惜しいですね。実の兄貴と別れてしまうかのような感覚です」

モレルがそう言ったとき、助手席に座る朝倉は、追越車線をスウッとした感じで走り抜けたホワイト・ボディの車を左目視野の端で捉えた。

その車がやや急ハンドルで、キャデラック・エスカレードの前方へと回り込んだ。

車間距離は充分に空いていたが、その急ハンドル振りに、モレルは小さく舌を打ち鳴らした。

「気にしないで……知らぬ振りでそのままの運転を」と、朝倉が言った。

「は、はい」とモレルが短く答える。

異国人ながら朝倉にはそのホワイト・ボディ車が、シボレー・サバーバン(SUBURBAN)だと判った。

エスカレードの向こうを張る5.3ℓ・V8エンジン搭載のSUV車で、シボレーをナンバーワン・アメリカンブランドに仕立て上げた立役者《たてやくしゃ》(車)だ。

朝倉が左手首の腕時計を外したので、モレルの視線がチラリと彼の横顔に流れた。

その腕時計の裏側がすぐれた鏡面加工となっていることを、むろんモレルは知らない。

朝倉は前方に向けた姿勢を微塵も揺《ゆ》らせることなく、腕時計の裏側を軽くズボンの膝頭でひとこすりし、そっと左肩の上に覗かせた。

時計裏の鏡面が、疾走するエスカレードの後方を鮮明に捉えた。

朝倉の親指が、文字盤6の下に小さく出た釦を押すと、鏡面に32という数字が白い色であらわれた。朝倉は腕時計を左手首へ戻しながら言った。

「走行車線後方三十二メートル付近に前方シボレー・サバーバンと同型のSUV車が走行。運転席・助手席ともにサングラスの男で車体はブラック」

「前方と後方に同型車……若《も》しや我我に対して何らかの目的を持つ車でしょうか」

「さあ……判りません」

「正直に言います朝倉さん……私はFBI射撃場での練習には熱心でも、実はまだ銃撃戦の経験がありません」

そういうモレルの声の響きには、明らかに怯《おび》えの色があった。

「銃撃戦の経験など、ない方が宜《よろ》しい。あったとしても、自慢《じまん》になることじゃあない」

「仰ることは判りますが、銃撃戦の経験の有無が、アメリカというこの国では生死に深くかかわってくることがあるのです」

モレルはそう言うと、ハンドルから外した右手をスーツの裾に隠されているヒップホルスターへとやった。

「申し訳ありません。いざという場合には朝倉さん、応射をお願いします。その場合の正当性については、FBI情報秘書官である私が全責任を負います。必ず負います。ですから私には自信のある運転に全力を注《そそ》がせて下さいませんか」

モレルがコンソールボックスの上に鈍い鋼《はがね》色の艶を放つ自動拳銃を置いた。ひと目でSIG・P229ナイトロンコンパクトと判らぬ筈がない朝倉一矢であった。マガジンに強力な9㎜×19弾を、15発装塡するが、全長180㎜、重量839gと自動拳銃SIGシリーズの中ではコンパクトだ。

二〇一〇年代に自動拳銃市場に出まわった45ACP弾使用のSIG・P220スーパーマッチになると、全長227㎜、重量953gにもなる。しかもマガジン装塡弾数は8発でしかない。

朝倉は黙ってコンソールボックスの上のP229を手に取ると、手早くマガジンや機関部などを検《み》終え、スライドを引いて薬室へ最初の一発を送り込んだ。

それでホッとした表情のモレルがバックミラーに視線を走らせた。

「あっ、後方のSUVが追越車線に移りました朝倉さん」

「前方のSUVがブレーキランプを点《とも》したぞ。わざとらしい急減速だ」

「任《まか》せて下さい。運転なら負けません。カーレーサー並の自信があります」

言うなりモレルは、ハンドルを左へ切って追越車線へと躍《おど》り出、後方SUVの前を塞《ふさ》いだ。

両車の間が一気に縮《ちぢ》まる。

モレルがアクセルを踏み込み、6.2ℓ・V8エンジンが咆哮してワインレッドの車体が矢のように加速。空気が唸った。

前方のSUV車も追越車線に入った。塞ぐ気か。

バシッバシッバシッバシッと革《かわ》の鞭《むち》で机上を打ち叩くような音がしたのは、この時だった。

エスカレードの後部から前部にかけ、窓ガラスに貫通弾三発の穴があいてモレルが意味不明な恐怖の金切り声を上げた。

だがVIP仕様のラグジュアリー車だ。強靭《きようじん》な窓ガラスは、易易《やすやす》とは砕《くだ》け散らないし、蜘蛛《くも》の巣も走らせない。

前方のSUV車がスピードを上げ、同時にリアウインドウ・ガラスが日を浴びて鋭く光った。

またしても鞭打つ音がして、エスカレードの後部から前部にかけ窓ガラスに三発の貫通孔があいた。

明らかに後方からの射撃だ。

銃声は無かった。公道での銃撃だ。サイレンサーを用いているらしい。

「頭を低く下げろ、モレル君」

「なんとかして下さい朝倉さん」

モレルがハンドルにしがみ付いて叫んだ。殆ど悲鳴であり絶叫だった。

(もう、いいか……)

朝倉は胸の内で呟いた。

矢張り彼は日本人だった。先に相手に充分撃たせていた。それを待っていたのだ。

一歩判断を誤れば命にかかわる〝待ち〟だった。この国では批難《ひなん》に値《あたい》する〝待ち〟だ。

「何をしているのですか朝倉さん」

モレルの悲鳴が怒声に変わった。

その途端であった。

助手席で左後方へ振り向きざま伸ばした朝倉の腕の先で、Ｐ２２９がバンバンバンバンと遂に火を噴《ふ》いた。

銃口が躍り上がり、チェンバー（薬室）から弾き飛ばされた薬莢が狭い車内に舞って天井が鳴る。

その三発の銃声がモレルには殆ど一発の銃声にしか聞こえなかった。猛烈な速さの、朝倉の左片手連射。

モレルは息を飲んだ。

黒いＳＵＶ車のムーンルーフ（サンルーフ）から身を乗り出し銃口を朝倉に向けていたサングラスの男がのけ反《ぞ》って車内に沈んだ。

朝倉は運転席の男に向けても、即座に三発を撃った。これは脅しだった。その脅し撃ちで、黒いＳＵＶ車のフロントガラスが粉微塵《こなみじん》に砕け散った。

エスカレードのフロントガラスの素材とは、強さに差があったのだろうか？

衝撃を受けて運転手がハンドル操作を誤り、黒いＳＵＶ車は道路擁壁に激突。宙に浮き上がって横転した。凄《すさ》まじい音。

後続のトラックが急ハンドルで危《あや》うく避ける。

「朝倉さん、前方」

モレルがまたしても黄色い叫びを発した。

朝倉の左腕が旋回機銃のように、前方へ振り戻る。

エスカレードの前方を塞ぐかたちで疾走するホワイト・ボディのＳＵＶ車が、リアウインドウ・ガラスを下げつつあった。

モレルがエスカレードを、追越車線から走行車線へ、再びその逆へと激しく蛇行させる。

視力にすぐれる朝倉が、前方ＳＵＶ車の後部でこちらに向けライフルを構えている男を捉えた。

ライフルは強敵だ。容赦できない。

「アクセルを踏み込んで車間距離を詰めろ。頭を低く」

朝倉がはじめて怒鳴った。

「判りました」

モレルが一層上体を沈め、アクセルを踏み込んだ。エンジンピストンがたちまちハイパワーに達し6.2ℓ・V8エンジンが唸りを発して前方車に挑み掛かる。朝倉はアッパーボックスの上に左腕を真っ直ぐに伸ばして載せ、矢張り上体を沈めていた。

と、前方車の後部で連射の閃光《せんこう》が迸《ほとばし》った。はっきりと朝倉は見た。

モレルがハンドルを右へ左へと激しく切る。

が、相手の数発はエスカレードのフロントガラスを捉え、大粒状に粉微塵となったガラスが風圧で車内に飛び込んだ。

モレルが「わあっ」と叫んでのけ反る。

だが、足をアクセルの上に、手は確りとハンドルを摑《つか》んで放さない。

フロントガラスが吹き飛ばされるのを、大胆にも待っていた朝倉の左腕の先で、P229が痛烈に火蓋を切った。

車内に吹き込む風圧の加減でか、銃声が先程とは妙に違った。ドンドンドンドンと大太鼓《おおだいこ》の乱れ打ちを思わせる重い音が朝倉とモレルの聴覚を叩く。

目にも止まらぬ速さでスライドが往復し、チェンバーから薬莢が帯状に連続して舞い上がった。

前方車の後部で男が張り倒されたように沈む。

(凄《すご》いっ……)

初めて目《ま》の当たりにした朝倉の凄絶《せいぜつ》極まる実戦射撃に、モレルは胸の内で快哉を叫び震えあがった。顔色と言えば、真《ま》っ青《さお》だ。唇にも血の気が無い。

「おい、モレル君。風がたまらん」

フルスピードで逃走に移った前方のSUV車を認めながらも、朝倉の指先はセイフティ(安全装置)を忘れていない。

「あ、すみません」

モレルがブレーキを静かに踏み込んで、エスカレードが速度を落ち着かせた。

「この車に通信装置は？」

「あります。携帯に連動させている装置の他に、別にもう一つ……」

「では、この有様《ありさま》をFBI本部へ報告して下さい」

「そうですね」

「これで暫《しばら》く、私は矢張り帰国できなくなってしまった」

そう言って苦笑しつつ、P229をモレルのヒップホルスターへ戻してやる朝倉だった。

「いいえ、予定通り帰国して戴いて結構ですよ朝倉さん。いや、帰国して戴きます」

「しかし……」

「後のことは、この私を信頼して任せて下さい。それよりも、ＦＢＩは、いえ、合衆国政府は朝倉さんをこのような危険な目に二度に亘って遭《あ》わせてしまったことを、深く謝罪しなければなりません。とにかく、朝倉さんに応射を依頼したのはＦＢＩ情報秘書官たるこの私です。私が全責任を負います」

「有り難う。入院中のレディ キングの身の安全と、彼女の幼い娘の保護についてもひとつ確《しっか》りと頼みます」

「ええ、その点も心配ありません。いずれにしろ逃げた襲撃者は時間をかけずにＦＢＩが必ず逮捕してみせます。お約束しますよ」

モレルはそう言い終えると、車載の通信装置のスイッチに手を伸ばした。

5

オーストラリア連邦の旧首都メルボルン、午後三時半（現首都はキャンベラ）。

日本の内閣総理大臣・安岡勇三郎《やすおかゆうざぶろう》は、美しい建物で知られるヴィクトリア州議事堂の外へと、大股のゆっくりとした足取りで出た。

彼の右手にはまだ、会議を予定より三十分も早く成功裏に終えて交わした各国首脳との握手の感触が、残っている。

周囲に報道陣の姿は見当たらない。

大股でゆっくりと歩く総理安岡と彼のスタッフたちの前後左右を、オーストラリアと日本の双方から成る屈強のＳＰたちが、辺りに鋭く注意を払いながら囲んでいた。

シドニーやメルボルンでは現実にテロが起きている。

「総理、あまり議事堂から離れ過ぎないで下さい。ここは東京ではありませんから」

安岡勇三郎から半歩ばかり下がった位置にあったスタッフの一人が、囁くように早口で告げた。

濃い茶色のスーツをりゅうと着こなした、いかにもエリートという印象の四十代に見える男だった。

総理秘書官牧原芳行《まきはらよしゆき》である。表情がどこか冷たい。

安岡勇三郎は黙って小さく頷くと立ち止まって振り返り、少し目を細めた。

「美しさと威厳に満ちた堂堂たるヴィクトリア・ロマネスク様式とでも言いたい建造物だね。実に素晴らしい。今日《こんにち》に至る迄のメルボルンの歴史を気高く輝かせている建物だ。私はこの芸術都市がすっかり気に入ってしまった」

総理安岡は流暢な英語で言った。自分を警護してくれているオーストラリア側のSPたちに対する配慮だった。京都大学を出た安岡の英語能力は、外務省北米局の官僚たちでさえ、舌を巻くという。

州議事堂を離れた位置から眺め、ヴィクトリア・ロマネスク様式美の感動を味わいたくて、SPたちを少しばかり困惑させた安岡である。もっとも、この小さな計画変更は予《あらかじ》めスタッフたちやSPたちに周知徹底されてはいた。

今朝、この州議事堂へ入る際には、大階段を上がった正面玄関を飾っている十本の大円柱をじっくりと眺める余裕などなかった安岡だ。

一八五六年に建設されたこの荘厳な砂岩《さがん》（砂粒が膠結《こうけつ》されて出来た灰白色の堅硬な岩石）造りのヴィクトリア州議事堂は、オーストラリア連邦を結成した一九〇一年から一九二七年までは、首都メルボルンの**連邦議事堂**として機能していた。

一八五六年と言えば、日本では安政《あんせい》三年に当たり、アメリカ総領事ハリスが下田《しもだ》に上陸して下田玉泉寺《ぎょくせんじ》を領事館とし、アメリカ領事館旗を高高と掲げた年だ。

その翩翻《へんぽん》と翻る領事館旗を見て、下田の人人は「ああ、下田がアメリカになってしまった」と嘆いたとか、嘆かなかったとか。

「牧原君、州議事堂をバックにして君の携帯で一枚か二枚撮《と》ってくれ給え」

総理安岡に不意に命じられて、総理秘書官牧原は「あ、はい……」と慌て気味にスーツの内ポケットに納めた携帯を取り出した。

SPたちの表情に緊張が走った。こういう瞬間が危ないことを彼らはよく知っている。

安岡勇三郎を魅了した州議事堂玄関の『顔』とも言うべき灰白色（光の具合で黄白

色）の十本の大円柱は、古代ローマの遺跡『アントニウスとファウスティーナの神殿』を想わせるものだった。

携帯での写真撮りを二枚済ませて、総理秘書官牧原は安岡に歩み寄った。

「総理、ホテルでの次の会議が控えております。そろそろ急ぎませんと……」

「と言ったって君、直ぐ其処《そこ》じゃないか」

安岡はやんわりと応じて視線を目の前の大通り、スプリング ストリート（Spring St.）の向こうへとチラリと流した。

確かに、ヴィクトリア州議事堂での会議を無事に終えた安岡勇三郎には、次の重要会議が大通りの向こうに圧倒的なヴィクトリア建築様式で佇《たたず》む『ホテル ウインザー』で待ち構えていた。

ホテル ウインザーはオーストラリア最古の五つ星ホテルとして、その名声と格式はまさに別格のものであった。

一八八三年十月二十三日の開業時のホテル名は『ザ グランド』だった。

しかし、一九二〇年代に入って宗主国イギリスのウインザー公（エドワード八世）がたびたびこのホテルへ訪れるようになり、それが契機となって『ザ・グランド』

を『ホテル ウインザー』に改めたのだ。

ウインザー公（エドワード八世）と言えば、王位を捨ててまでして離婚歴あるアメリカ生れの女性（シンプソン夫人）と結婚した〈熱烈の人〉としても知られる。

彼女はアメリカ海軍士官の妻だったが一九二七年に離婚し、その翌年ロンドンの船舶業者アーネスト・シンプソンと再婚。たちまちロンドン社交界の『花形シンプソン夫人』として知られるようになり、エドワード八世を〈熱烈の人〉にさせたのだった。

「じゃあ牧原君、ホテル ウインザーへ行きましょうか」

「そうですね、はい」

総理と目を合わせて頷いた牧原が、顔を振って手を上げると、その方向の比較的間近な位置に待機していた黒塗りの乗用車四台がそろりと近付いてきた。

うち一台は誰が見ても明らかにＶＩＰ車として名を売っているベントレーのミュルザンヌＥＷＢ（MULSANNE・EWB 英国製）だった。

頑丈な車体に強力な6・75ℓ・V8エンジンを搭載している。

あとの三台は背の高いバンタイプで、いわゆる白バイの姿はなかった。

総理安岡の間近にミュルザンヌＥＷＢが停車すると、前後のドアを素早く開けたのは首相秘書官の牧原だった。

ゆったりとした後部座席には、安岡を挟むかたちでオーストラリア側のＳＰと日本のＳＰが一名ずつ乗り、牧原は助手席だった。

あとのバンタイプ三台にはスタッフおよびＳＰたちが分乗して、ミュルザンヌＥＷＢを前後から挟み車列は走り出した。

目的地は大通りの向かいに在《あ》るホテル　ウインザーである。

間近だからと言って地下鉄のパーラメント駅が直ぐ傍《そば》にあるSpring St. を徒歩で横断するなどは、とんでもない事だった。

若し凶悪な奴が附近に潜んでいたなら、狙撃の絶好のチャンスを与えてしまうことになりかねない。

6

車列は短い距離を何事もなく走ってヴィクトリア建築様式が美しい、ホテル　ウインザーの正面玄関前で静かに止まった。

護衛車からスタッフやSPたちが飛び出す勢いで車外に出、総理安岡が乗るミュルザンヌEWBはたちまち彼らに取り囲まれた。

この、まるでアメリカ合衆国大統領に対するシークレットサービス並の厳重な警護態勢には、それなりの理由《わけ》があった。

昨日の夜からと、今朝からの二度に亘ってメルボルンのヴィクトリア州議事堂で開かれ成功裏に終了した会合は、『ASEAN＋《プラス》2 **公海公空**安全保障会議』と称されるものであった。

ASEANとは改めて述べるまでもなく、Association of Southeast Asian Nations（東南アジア諸国連合）のことであり、＋《プラス》2とは日本とオーストラリアを指していた。

とりわけ、会合の準備段階から語学が堪能な日本の内閣総理大臣安岡の主導ぶりが顕著《けんちょ》であったため、南シナ海は古来より中国の海と強く主張する中国政府と、公空域へ次次とミサイルを発射してきた北朝鮮との友好に踏み出そうと演じている韓国政府は激しく反発した。

総理安岡は中国、韓国をも加えて＋《プラス》4にしなければ、と懸命に努力したのであったが叶《かな》わなかった。

それどころか、ネット上に『活動家X《エックス》』なる不審の者が出現して、『安岡のメルボルン入りを命を張って阻止する』と宣言したのだ。

もっとも、この種の大言壮語《たいげんそうご》は、政治家たちに向かってはよく放たれ格別に珍しくはない。

が、しかし、余程にすぐれた調査・検索能力を有していると見え、『活動家X《エックス》』は総理のパソコンにまで暗殺予告を送ってきた。そのため、いま総理安岡の身辺は屈強のSPとスタッフたちによって厳重に固められているのだった。

総理安岡はSPやスタッフたちに自分の周囲《まわり》を取り囲ませて、直ぐ目の前のホテル ウインザーの正面玄関へと大股で進んだ。

日本の大ホテルに見られるような、間口を大きく開いた正面玄関では決してなかった。

日を浴びて輝くHOTEL WINDSORの金文字を掲げた軒の上には、神聖なる白亜の男女の聖像が背中合わせで座り、その軒を建物と一体構造のロマネスクな二本の角柱がなんとも美しい雰囲気で支えていた。

この二本の角柱にもホテル名の銘板が嵌《は》め込まれており、黒地のその銘板にも金文字でHOTEL WINDSORとあった。但し、これには頭にTHEが付されている。

正面玄関の二本の角柱と角柱の幅は、総理安岡を護る〝警護の形状〟がそのままではとても入れないほど〝上品に窮屈《きゅうくつ》〟なものだ。

その正面玄関のドアが内側に待機していた日本側ＳＰの手によって開かれると、漸くのこと安岡は〝警護の形状〟の前に出て、薄い朱色の四段の階段を独《ひと》りで上がった。身長一七五センチの安岡の引き締まった姿勢の良い体が、その薄い朱色の四段の階段にどことなく似合っている。

ホテル内に入った安岡を取り囲んだのは、待機組のＳＰたちだった。

彼らの動きも素早く的確で、このホテルにふさわしく何よりも静かだった。

〈日は決して没せず〉と言われた、ヴィクトリア女王の『黄金の時代』に建設された名門・ホテル　ウインザーである。

イギリス・ロンドンのパディントン駅から列車で四十分弱ほど走るとロイヤルタウン・ウインザー（セントラル駅あるいはリバーサイド駅）に着く。

このロイヤルタウンに着く迄の途中の駅で、巨大な猟犬などが飼主と共に突如、列車内に乗り込んでくることがあって驚かされるが、この地にある王室の居城としては世界最大級の城こそがウインザー城だった。

今もエリザベス女王が週末などに訪れる〝現役〟の城なのだ。

メルボルンのホテル ウインザーは、この英国王室のウインザー城の雰囲気を名建築家チャールズ・ウェッブがそのまま取り入れて設計したとされている。

なるほどホテル ウインザーの荘厳極まる王城のような威風は、英国ウインザー城の外周（外観）の印象と確かに、重なっている部分があった。

日英関係を議題として幾度となく英国を訪れ、またウインザー城へも足を運んだことのある安岡は、少なくともそう感じている。

安岡がSPやスタッフたちと共に最初に足を運んだのは、アフタヌーン・ティーも飲ませる『ザ・ウインザー・ラウンジ』だった。

落ち着いたイエロー・ベージュ色の天井が、なめらかなバーク（bark）調（木肌色）の角柱によって支えられたゆったりとしたクラシカルな空間には、充分な間隔《かんかく》を置いて濃い茶色のソファなどが配置され、明らかに日本人ではないかと思われる紳士たちが静かに談笑していた。

彼らは安岡の姿を認めると、申し合わせたように一斉《いっせい》に腰を上げた。

安岡は彼らに微笑を見せて小さく頷いたあと、傍《かたわ》らにいた首相秘書官牧原に囁きかけた。

「三十分後に、私の部屋に集合して貰って下さい」

「畏《かしこ》まりました」

牧原は一礼して紳士たちに歩み寄り、安岡は彼らにちょっと手を上げて見せてからSPやスタッフたちと共にラウンジを後にした。

牧原は総理の伝言を紳士たちに小声で告げた。

彼ら紳士は、総理と共に**外交専用機**ボーイング747・400でメルボルンに入り、それぞれが『ASEAN+2　公海公空安全保障会議』の部門別会議に出席して成果を出し終えた日本の閣僚たちだった。

肩書だけを簡潔に述べれば、外務大臣、防衛大臣、国土交通大臣、海上保安庁長官、警察庁長官および彼らのシンクタンク的存在である極めて有能な部下たち、つまり審議官とか参事官といった肩書が付いた優《すぐ》れたスタッフたちである。

総理安岡はSPたちに護られて『ザ・ヴィクトリアン・スイート』の前まで来ると、彼らの苦労と貢献に対し小声で犒《ねぎら》いの言葉を掛け、ひとり室内に入った。さすがに彼も疲労を感じていた。

『ザ・ヴィクトリアン・スイート』は会議室、居間、寝室、浴室、さらに執事用寝室から成る最高級のゲスト・ルームである。

この部屋で、二、三十分のちに、総理と三閣僚および二長官による**六名会議**が行なわれるのだった。

そのあと更に午後六時半から、このホテルの三百名収容可能な『ザ・ダグラス・ルーム』にて**ASEAN+2**の**大晩餐会**《ばんさんかい》が催《もよお》される。

公海公空安全保障会議の大成功を祝しての晩餐会になる訳だ。

安岡は会議室に隣接の、明るい日差しが窓から射し込む**居間**のソファに座って、ふうっと溜息をついたあと「このように立派な客室を宛行《あてが》われると余計に疲れる……」と呟き、苦笑を漏らした。

日本政府が総理のために要望した客室は、これより二ランク程度下のスイートルームだった。

しかしホテル側は、メルボルン入りした総理とのミーティングを求める他国首脳の人数（件数）や、総理のゲストルームでの会議の有無などを確認した上で「ザ・ヴィクトリアン・スイート」を使って戴きます」と断定するかのように決定したのだ。おそらく警備の面からこの最高級の部屋が最も適している、と判断したものと思われる。誇りをもって。

苟《いやしく》もアジアにおける日本国のトップ、総理が宿泊する部屋である。予算の都合でもっともっと安い部屋を、などと見苦しい主張を出来たものではない。そのような小心さが他国首脳の耳に入ると、それこそ大事な会議に影響しかねない。

しばらくぼんやりと孤独に浸っていた安岡であったが、腕時計にチラリと視線を走らせて腰を上げ、背中側に位置している**会議室**へと移った。

居間の壁や天井は、やさしいクリーム色の地に控えめな図柄が目立たなく入ったものであったが、**会議室**は壁も床もキャビネットも会議テーブルも、そして椅子までがチョコレート色で統一されていた。要人たちによる白熱の議論まで予測して、それを吸い取ってしまうかのような配色だった。天井だけは遠慮してクリーム・チョコレート色になっている。

「さてと……」

安岡は腕組をして、やや天井を見上げつつ会議テーブル——ちょうど畳一枚半くらいの大きさの——をひと回りすると、腕組を解いてキャビネットを背にした上座の椅子に腰を下ろした。

キャビネットの真上に当たる壁には、ミレーの画風を漂《ただよ》わせる『広大な牧草地に遊ぶ三頭の馬の親子』の絵が架かっている。親馬は茶系および純白で、白馬の方が少し小さく描かれているから母馬なのであろうか。子馬は茶系だ。

遠く離れたところに、あと二頭が描かれているが、これは主役ではない。

安岡はテーブルの中央にたった一つ置かれている、クリスタルガラス製の小さな灰皿を熟《じ》っと眺めた。

会議テーブルの大きさに比して、その灰皿の余りの小ささは、「お煙草《タバコ》をどうぞ……」と言っているのではなく、室内禁煙を示唆《しさ》するものだった。

ホテル側の穏やかな主張である。客がそれを察するかどうかが、この『ザ・ヴィクトリアン・スイート』にふさわしい人物かどうかを決める。

安岡は、酒は適量を美味しく嗜《たしな》むが、煙草《タバコ》はやらない。嫌っていた。

その安岡が今、気付いていないことが一つあった。会議テーブルとそれを囲んでいる六脚の椅子の特徴についてである。

会議テーブルと椅子の脚どれもが、その先端で鳥の足となっているのだ。しかも力強く開いた指・爪でがっしりと玉《ぎょく》を摑《つか》んでいる。

この芸術的にあざやかな彫刻こそが、一七〇〇年代後半にイギリスとオランダで大流行したデザイン『クロー・アンド・ボール・フット』と呼ばれるものだった。

このとき、安岡のスーツの内ポケットで携帯が鳴った。

彼は『クロー・アンド・ボール・フット』の椅子から立ち上がってドアの方へ歩いて行きながら、取り出した携帯を耳に当てた。

「はい……」

彼は応答したが名乗らなかった。もちろん用心のためだった。

「牧原でございます。いま、部屋の前に立っております」

「判りました」

携帯を内ポケットに戻した安岡は、すでにドアの内側にまで来ていた。

この客室の前にも、むろん屈強の日本・オーストラリアのＳＰたちが警護で立っている。

安岡はドアを開けた。

首相秘書官牧原芳行が立っていた。その後ろに、これから始まる会議を構成する三閣僚二長官が、彼ら専従のＳＰに護られて控えている。

牧原が体を横に開いて「どうぞ……」と言う風《ふう》に黙って頭を下げると、要人たちはにこりともしないで静かに『ザ・ヴィクトリアン・スイート』へと入り、そのまま会議室へと進んだ。

つまり彼らは、この部屋に入るのは初めてではなかった。短時間の打合せは、**四度に亘って**行なわれてきた。

「自室で待機していて下さい。会議が終了したら連絡します」

安岡は小声で牧原に告げ、彼が「承知致しました」と一礼して背中を向けてから、そっとドアを閉めた。

安岡は会議室へ戻ると、『クロー・アンド・ボール・フット』に体を預け、要人たちの顔を見まわしたあと、一言一言を確認するかのようにゆっくりと喋り出した。

小型の高性能な録音装置が正・副二台すでに会議テーブルの上で作動している。防衛大臣が調えたものだ。

「では只今より内閣法第四条に定める閣議を開きます。改めて述べる迄もなく、本日ここにおける閣議での取り決めを最終的かつ不可逆的な決定とするため、我我は本国において全閣僚出席のもと二度の予備的閣議を開いて参りました。とりわけ、私の留守を預かって戴いております副総理と官房長官のご尽力には頭の下がるものがございました。念のために再び申し上げておきますが、本閣議は、一人の人物に対して超法規的な職務権限を付与することについて協議するものであります。その職務が国家的なものであることは申すまでもありませんが、職務内容の詳細について具体的に申し上げることは差し控えさせて戴きます。ただ、現在の国際情勢から見て非常に危険をともなう職務であるということは申し上げられましょう。したがいまして、その対象人物が誰であるかを具体的に申し上げることも避けねばなりません。では武藤高宣《むとうたかのり》警察庁長官、議事進行をお願い出来ますか」

総理のきつい眼差《まなざ》しが、武藤警察庁長官に向けられた。

「はい。此処におけるこれ迄の四度に亘る打合せの調整役を担って参りましたので、私、警察庁長官武藤高宣が本日の最終閣議の議事進行を引き受けさせて戴きます。

ご承知の如《ごと》く、内閣法第四条が定める閣議は、議院内閣制のもとでは内閣総理大臣が主宰する国家行政の最高意思決定機関であります。全閣僚がかかわることが原則となっておりますこの閣議に、海上保安庁長官、警察庁長官の二名の長官職にある者が準閣僚扱いで参加して参りましたのも、本閣議の議題とのかかわりが深いためであります。また内閣法第四条が定める閣議は、**秘密会**であることを関係各位は確りと認識しておく必要がございます」

武藤の言葉に、先ず総理安岡が深深と頷き、他の者もそれを見習った。

武藤が言葉を穏やかに続けた。各メンバーの肩書などは緻密に表現すること、それがこの会議の大原則だった。なにしろ『閣議』なのだ。

「本国における全閣僚出席の二度の予備的閣議で、議題の最終的決定は本日この『ザ・ヴィクトリアン・スイート』における最終閣議に一任されました。議題は、国家的重要任務に従事する一人の人物に対して、銃砲刀所持を含む超法規的な職務権限の付与について協議することであります。この一人の人物というのが男性なのか女性なのかも私は知りません。また関心を抱き過ぎてはならない、と思ってもおります。この一人の人物の超法規的な職務権限について協議するには、自衛隊関連法、警察関連法、銃砲刀剣類関連法、その他諸法規の面などから詰めてゆかねばなりません。では先ず、新家康吾郎《しんけやすごろう》防衛大臣から、自衛隊関連法を踏まえて御発言をお願いします」

指名された新家防衛大臣が、総理安岡と一瞬視線を合わせてから、「うむ……」と考え込むように唇をへの字に結んだ。

実は、この最終閣議のメンバーの中に、超法規的な職務権限を付与される人物が一体何者であるのか、すでに秘密裏に知っている者が二人いた。

一人は内閣総理大臣安岡勇三郎、そして、もう一人が防衛大臣新家康吾郎だったのである。

それにしても、日本のような〝平和貪食《どんしょく》国家〟には異例な、**『超法規的権限を付与される人物』**とは一体どのような人物なのであろうか。

その人物は、果たして男なのか、それとも女なのか。

7

日本――東京。

ひたひたと重い小雨を降らす空に浮かんだ、溶け流れたように霞《かす》む橙《だいだい》色の大きな月が不気味な夜だった。

グレーの鳥打ち帽《ハンチング》を目深《まぶか》にかぶったその男は、噎《む》せる程に焼鳥や焼肉の煙が満ちて騒がしい通称『咳《せ》き込《こ》み横丁《よこちょう》』へと入ってゆくと、路地の左手五軒目の『鳥清《とりせい》』の薄汚れた暖簾《のれん》を気迷う様子も見せずに潜《くぐ》った。常連なのであろうか。

天井から吊り下がった裸電球の下の三十ばかりのカウンター席は既《すで》に花金《はなきん》客男女の喧騒《けんそう》で埋まり、カウンターが直角に折れている奥の方では右手にジョッキ、左手に串焼で立ったまま呑《の》んでいる客たちもいる。誰の声も、溜《た》めた昼間の不満を吐き散らすかのように甲高《かんだか》い。

『鳥清』は鰻《うなぎ》の寝床のように細長い店だった。身動きできないくらいに狭苦しい調理場の三人は若くなく、捩《ねじ》り鉢巻《はちまき》をしてそれぞれが俎《まないた》の上で懸命に両手を動かし、次次に浴びせかけられる注文に「はいようっ」と威勢よく応じている。

新しく店に入って来た客の方など、見向きもしない。

鳥打ち帽《ハンチング》の男は、カウンター席と壁との間の僅《わず》かな隙間《すきま》を気弱そうに肩を窄《すぼ》めた中腰の体を斜めにして、奥へと進んだ。

両手をジョッキと串焼に奪われて立ち呑む男女の客たちは鳥打ち帽《ハンチング》の男を迎え、いやな顔ひとつ見せず一様に両手を額《ひたい》の高さにまで上げると、壁に張り付くように端へと寄った。

「ども……」

鳥打ち帽《ハンチング》の男は無愛想な呟き声を出し一層その姿勢を気弱そうに小さく縮《ちぢ》めると、立ち呑み連中の前を更に奥へと向かった。更に奥へとは言っても、其処《そこ》から先右へ折れての暗い通路には、店の者たちが休憩《きゅうけい》や食事の場として使っている三畳ほどの板の間と薄汚ない造りの男女兼用の便所《トイレ》があるだけだ。

鳥打ち帽《ハンチング》の男はその便所へ小慌てに入ったが、彼の方へ注意を払う者など誰ひとりとしていなかった。呑み屋の客が便所に入ったり出たりする光景など、べつに珍しくも何とも無い。

男が入って直ぐ、水洗のかなり激しい音が薄っぺらな扉から漏れ聞こえてきたが、立ち呑み客たちはその音に関心などなかった。

鳥打ち帽《ハンチング》の男がハンカチで手を拭《ふ》きながら、便所から出てきた。が、しかし手が濡《ぬ》れている様子は無い。

甲高い声で話をぶっつけ合っている立ち呑みの客たちは、鳥打ち帽《ハンチング》の男に対して背中の壁を築き通路口を塞《ふさ》いでいる。

手を拭き終え、ハンカチを四つに折り畳んでズボンの後ろポケットに納めた鳥打ち帽《ハンチング》の男の動きは、終始落ち着いていた。つい先程までの気弱そうに小さく縮めていた姿勢も改《あらた》まっている。

肩幅も背丈《せたけ》も『鳥清』へ入ってきた時とは随分《ずいぶん》と違って見えた。貧弱でもなければ、小柄でもない。優に一八〇センチ以上はありそうな長身で、がっしりとした体格だ。

その彼が立ち呑み客たちに背を向け、便所の直ぐ左手つまり暗い通路の突き当たりの板戸と向き合って静かに押した。

店の勝手口だった。

相変わらず降っている重い小雨が、外に出た彼をまた濡らし始めた。薄気味悪く橙色に霞んだ月も、依然として墨を流したような空に浮かんでいる。

男の後ろで、勝手口の扉が微《かす》かな音を立てて閉まった。

「いやな夜だ……」

夜空を仰《あお》いで呟いた鳥打ち帽《ハンチング》の男は、顔にかかった雨粒を片手で撫《な》で拭《ぬぐ》いながら一方通行となっている信号の無い一車線の道路を、ゆっくりと渡り出した。日中は『鳥清』ほか呑み屋へ品を納める軽トラックの駐車が目立つ通りではあったが、日が落ちる前にはそれも殆《ほとん》ど無くなる。

この界隈《かいわい》は一車線のこの一方通行路を挟むかたちで、呑み屋が密集する繁華《はんか》地区と、六、七階建の小規模なマンションの建ち並ぶ居住地区とが向き合う、再開発区域だった。地盤が大地震に対して軟弱過ぎることから〝超高層超重量〟のビルは建設許可が下《お》りないとされている。

道路を横切った鳥打ち帽《ハンチング》の男は、そのまま目の前の七階建のマンションへと入っていった。周囲《あたり》を気にする様子などは無い。

マッチ箱を縦《たて》に立てたような奥行きのないマンションであることは夜目《よめ》にも一目《いちもく》瞭然《りょうぜん》で、煉瓦色《れんがいろ》のタイルを貼った小雨に濡れた外壁が、街路灯の明りで鈍く光っている。

オートロックになっていない玄関を入った男は独《ひと》りエレベーターに乗って⑤の釦《ボタン》を押した。定員七人の表示がある小型だ。

防犯カメラが付いていないエレベーターが、殆ど音も無く滑《なめ》らかに上昇してゆく。五階に着いて扉が左右に開いたが、男はエレベーターから出ずに、扉が自動的に閉まるのを待って、Ⓑ1の釦を押した。

暇《ひま》を潰《つぶ》している顔つきでは決してない。

地下一階にエレベーターが着いて扉が開くと男は今度は降り、目深《まぶか》過ぎる鳥打ち帽《ハンチング》をかぶり直した。

やや細いが濃い眉と、その下の鋭い目が露《あらわ》となった。

そこは東西に長く伸びた明るい廊下の、ちょうど中央あたりかと思われた。エレベーターの向かいはガラス窓となっていて、その窓の外側の薄暗い空間には、乗用車が整然と並んでいる。

此処《ここ》は地上に建ち並んでいる小規模マンション群の、地下共同駐車場だった。地上のマンション構造体と地下の共同駐車場構造体がL字形に強固に一体となっている。近い内に必ず訪れるとされている直下型大地震の揺れに備えているのだ。

その証拠に、東西に伸びる長い廊下に沿っては各マンションのエレベーター乗降口が概《おおむ》ね二台ずつ、一定間隔《かんかく》で並んでいた。

この地下共同駐車場を利用できるのは、マンション住民の、排出ガス規制をクリアした自家用乗用車に限られている。

鳥打ち帽《ハンチング》の男は、天井に小さなドーム型防犯カメラを付けている廊下を西に向かって、やや足を速めて歩き出した。

廊下に沿うかたちで並ぶエレベーター乗降口のところどころには少なくない人の姿があったが、誰も挨拶《あいさつ》を交《か》わし合うことはない。

男はかなりの距離を歩いて、西の端から二番目のエレベーターホールでようやく立ち止まり、いま歩いて来た方を然《さ》り気《げ》無い感じで振り向いた。

わざとらしさは全く見られない。

「何事もなし」とでも判断したのであろうか、男は鋭い目つきを少し和《やわ》らげて此処でも矢張り独りエレベーターに乗り④の釦を押した。

このエレベーターには、防犯カメラの備えがあって、扉の上の液晶モニターには男の長身が映《うつ》っていた。

男は四階でエレベーターを降りると、階段を使って足音静かに最上階の七階へと上がった。その間、脚の疲労や呼吸の乱れなどを少しでも表に出す様子はなかった。体力に恵まれているのであろうか。

このマンションは一階から六階までの各階には廊下を挟んで居住専用の四室が向き合い、合わせて八室があったが、最上階の七階だけは七〇一号室と七〇二号室の二室が向き合っているだけだった。

ただ、最上階のこの二室は、半透明で高さのあるアクリル製のプライベート・パーティション（衝立）で護られた出入口の位置を、お互い斜めに大きくずらして向き合わない設計となっている。

七階の七〇二号室は、百名の弁護士を擁《よう》する法曹界では高名な法律事務所だった。

広さに余裕があるこのフロアへ立ち入るには、エレベーターを使うにしろ、階段で上がるにしろ、オートロックキイを要する総ガラス製の自動ドアが立ち塞《ふさ》がっている。

静かに開閉するその自動ドアの内側へと入った鳥打ち帽《ハンチング》の男は『日本考古学研究

普及会』の白いプレートが貼られた七〇一号室のドアの鍵穴へ、どことなく慎重にキイを差し込んだ。

そして、そろりと右へまわすと全く音を立てることなく、ロックが解除された微かな震えがキイを持つ男の指先に伝わった。

男が気配りを欠かさぬ様子でキイを抜き取り、膝の部分が丸くなった穿《は》きくたびれた感じのズボンのポケットにそれをしまう。その一連の動作は一見如何にもゆるやかに見えるものであったが、実際は僅《わず》かな無駄さえも窺《うかが》えない、素早いものだった。

男はドアを開けるときも閉めるときも用心深くて、音を立てなかった。べつに何を恐れている、という風でもない。それが彼にとって当たり前の習慣なのであろうか。

室内はオフィスタイプなのであろう。彼は靴《くつ》を脱ぐこともなく明りが点《とも》っていない暗い廊下から奥の室内へと、そのまま入っていった。何処に何の設備があると判っているかのような彼の足取りは、この部屋がまぎれもなく彼自身のものであることを証《あか》している。

この部屋が明りを点したのは、彼が大型の冷蔵庫から取り出した缶ビールの小さいのを一本、立ったまま無造作に呑み干してからだった。手前からキッチン、ダイニング、リビング、書斎と連なっているワンルームタイプである。

部屋の左手には窓が続いているのであろう、カーテンではなくオフィスを思わせるベネチアン・ブラインドが向こう端まで下りている。

書斎の書棚にびっしりと並んでいるのは、考古学関連の文献でもあるのだろうか。パーソナルコンピューター（ＰＣ）と電話機を各一台のせたデスクが馬鹿でかい。

男は呑み干したビール缶を音立てて握り潰《つぶ》し足元の屑《くず》入れに落とすと、その馬鹿でかいデスクの方へと大股で歩き出した。その力強い歩き方はそれ迄《まで》とは、まるで違っている。

途中で、一体何年着ているのかと思われるよれよれの上着と鳥打ち帽《ハンチング》をリビングのソファの上へ脱ぎ捨て、大股で歩く勢いのまま書斎の肘付《ひじつ》き椅子《いす》に体を預けた。

椅子がかなりの音で軋《きし》み鳴った。

年齢《とし》の頃は三十を過ぎたあたり、と言ったところか。

男はデスクの下を覗《のぞ》き込み、次に引き出しの中を確認し、そして机上のファクシミリ機能が付いた電話機の本体内部と受話器を開いて点検した。

外出から帰って来た時は欠かさない馴れた作業なのであろうか。男の顔は淡淡として無表情である。

その一連の作業を短い時間の内に終えてから、男の指先がパーソナルコンピューターの右下にある赤いスイッチを軽く押した。

液晶画面が七〇一号室正面の人気《ひとけ》の無い廊下を映し出したが、男は直ぐに画面を消し用が済んだかのように立ち上がった。画像と重なるかたちで、No medicine can cure folly（馬鹿につける薬はない）が出たからだ。

それは男に対して、「留守中に誰の来訪もありませんでした」を告げるメッセージであった。

デスクから離れた彼は、書棚の前に立った。ガラス戸の嵌《は》まった天井の高さまである大きな書棚には、矢張り考古学に関する文献が隙間《すきま》なく詰まっていた。

彼はガラス戸の一隅へ右の 掌《てのひら》を触れるようにしてかざした。

するとガラス戸が掌紋《しょうもん》でも読み取ったのか、大きな書棚が殆ど音を立てることもなく右へとスライドし出した。

と、書棚の後ろの壁に灰色のスチール製の扉が現われた。

一メートルばかり移動《スライド》した書棚が停止すると、次にそのスチール製の扉がスライドを始めて、それ迄のワンルームタイプの部屋がそうではなくなった。

明りを点していない暗い部屋の出入口が現われたではないか。こちら側の部屋の明りはその暗い部屋に対し殆どと言ってよいほどに貢献出来ていないかのようである。なぜなら灰色のスチール製の扉のあとに現われた出入口は、幅こそ当たり前にはあったが高さが一メートル半もなかったからだ。

背をかがめるようにして男が暗い部屋の中に入ると、それを待っていたかのように書棚とスチール製の扉が揃って自動的に閉まり出した。

真っ暗な部屋の中を、男は躊躇《ちゆうちよ》することなく動いた。単に部屋の様子に馴れているからなのか、それとも絶対に物にぶつかったり、つまずいたりはしないという優れた動物的な感覚を持ち合わせているからなのか。

ともかく男が最初にやったことは部屋の明りを点すことではなく、窓を塞いでいるベネチアン・ブラインドのルーバー（羽根板）をやや水平に調節することだった。

これにより敏感な〝夜の明り〟が室内に射し込んできて、それ迄の墨色の暗さが大きく和らいだ。

その中に浮かびあがった部屋の広さは隣室の半分見当、凡《およ》そ八十平方メートル前後といったところであろうか。ダブルサイズのベッド、ソファ、冷蔵庫、ガラス張りのシャワールームほか、日常生活に不可欠なものはキッチンを除いて一通り揃っており、大きなデスクの上にはひと目で五十インチサイズと判るディスプレイ及び多機能を内蔵しているらしいボックスと一体型の電話機が、各一台のっている。

それに、三脚の上にのったカメラが、ブラインドにキャップを嵌めた小口径のズームレンズを近付けていた。

男は窓際から離れてデスクの傍《そば》まで戻ると、右足を上げ靴の踵《かかと》をコツンと小さく鳴らして椅子の端にのせ、ズボンの裾《すそ》を軽く引き上げた。

普通の物でないものが男の脚、正確には踝《くるぶし》の上十五センチほどのところに装着されていた。

男はマジックバンドを剝《は》がす音をさせてそれを脚から取りはずし、机の上に置いた。

〝夜の明り〟を吸って鈍い艶《つや》を放っている、黒革《くろかわ》製の小作りなホルスターだった。

男の手が中に納まっている墨色の物を抜き取って、デスクの上に丁寧《ていねい》にそっと置いたが、デスクはそれの硬さを証明するかのようにゴトッと微かな音を立てた。

拳銃《ハンドガン》だった。それもかなりの小型である。

ここまでは〝夜の明り〟の中でも誰が見ても判ることだった。

だがこの暗さの部屋の中で、ホルスターから半身を覗かせているそれを『ベレッタ・モデルBU９《ナイン》ナノ・セミオートマチック・ピストル』と識別することは、拳銃に相当詳しい者であってもいささか手間取ると思われた。

全身１４３ミリとかなり小さい『ベレッタBU９ナノ』である。威力ある９㎜×19弾を六発装塡するセミオートマチック小型ピストルだった。

イタリアのガルドーネ・ヴァル・トロンピアに本社を置くベレッタ社が開発したBU９ナノであったが但《ただ》し、手がけたのはベレッタ社のアメリカ法人だ。

続発する銃犯罪で、米国社会の自己防衛主義は一層高まっていた。そのため拳銃の『携帯所持』規制が緩《ゆる》やかとなり、それを捉《とら》えてアメリカ市場へ送り出されたのがこの優れたセミオートマチック小型ピストルBU９ナノである。

それを右脚下ズボンの内側に装着していた、この部屋の年齢《とし》が三十過ぎに見える男は、一体何者なのか。

日本における銃の所持、特に『携帯所持』の規制は諸外国に比べて格段に厳しい筈《はず》である。

たとえ携帯所持を法によって許されている者であっても、その目的（任務）を終えたあと、それは強固に施錠できる場所で信頼厚い管理者によって厳重に保管されなければならない。

にもかかわらず、この部屋の男はホルスターから抜き取った威力ある小型ピストルを、丁寧にそっと、ではあったがデスクの上に置いただけだった。若《も》しかして、素早い反撃を必要とする何か重大な危急《ききゅう》を予感しているとでも言うのであろうか。

その割には、男の動き方に格別の切迫感は窺えない。

男はブラインドの前へ引き返すと、ルーバーの間に指二本を入れて隙間を広げ顔を近付けた。

「ん？……止《や》んだか」

男は呟いて、ルーバーの間から視線を少し上へと向けた。

男の顔や上着を少し濡らした小雨は、確かにいつの間にか止んでいた。

眼下すぐのところに皓皓《こうこう》たる真っ白な月を映している水面《みなも》がある。

台東《たいとう》区上野《うえの》公園の不忍池《しのばずのいけ》だった。

けれども男の視線は、数百年前までこの界隈にまで入り組んでいた海の後退によって出来たこの海跡湖に、全く関心を示さなかった。

男の視線は対岸の、電力を無駄使いしているのではないかと思われるほどきらびやかに輝いている、朱塗りの仏閣建築様式とでも称するべき巨大な建造物に注がれていた。

東京に住む者なら一度は訪ねたい一度は食してみたい、と憧れる中華料亭『天鵝《テイエンオー》』（白鳥《スワン》）である。

誰が付したか判らないが、どの美味ガイドブックにも「超高級」と謳《うた》われ「紹介のない一見《いちげん》さんは利用が難《むつか》しい」となっている。

男は三脚にのったカメラの方へ移動すると、ライトボタンを押しながら腕時計を見て、

「そろそろだな」

と、己《おの》れの呟きに頷《うなず》いてみせた。

彼がやった事は、ブラインドのルーバーを指先で少し上下に開いて三脚にのったカメラを近付け、キャップを外した小口径の長尺《ちようじやく》なズームレンズをそこへ挿入し

たことだった。カメラ本体のどこにも、銘柄《ブランド》の表示は無い。何らかの目的を持った特製品とでも言うのだろうか。

やがてEVF（液晶ファインダー）を覗き込んだ彼の操作によって、カメラのLCD（液晶モニター）に中華料亭『天鵝《ティエンオー》』の正面玄関が鮮明に映り出した。

次に彼はカメラが内蔵するアンテナの先を抓《つま》んで伸ばし、シャッターボタンを押しつつカメラに、こう語りかけた。

「これより二秒間隔で撮影し送信を開始する」

すると二呼吸《ふたこきゅう》ほど間を置いてカメラが、

「了解。受信状態鮮明」

と、応答したではないか。嗄《しわが》れた男の声であった。ただ、年寄りの声ではない。

男はルーバーに噛ませているズームレンズに注意を払いながら、ブラインドを静かに「閉」に調節すると、〝夜の明り〟を絶たれて暗さを増した中をデスクに戻って椅子に座った。

そして引き出しを開けてブルーライトをカットするサングラスを取り出して掛け、デスクの上の五十インチサイズのディスプレイのスイッチを入れた。

ディスプレイの画面一杯にカメラのズームレンズが捉えた『天鵝《ティエンオー》』の正面玄関が、朱塗りの大扉の蝶番《ちようつがい》まで識別できる程にくっきりと映し出され、部屋が眩《まぶ》しいほど明るくなった。

が、ブラインドのルーバーを「閉」としたから、その明りが外へ漏れる心配はない。ズームレンズを挿入した隙間から多少の明りが万が一外へ漏れたとしても、窓の外は不忍池である。

やがて黒塗りの乗用車が次次と『天鵝《ティエンオー》』の正面玄関に横付けとなって、車から降りた紳士たちが、なんと中国服《チャイナドレス》ではなく和服姿の若くはない女性に笑顔で迎えられ、一人また一人と店の中に消えていった。

五十インチサイズの画面の右上隅には小口径・長サイズのズームレンズが捉えた乗用車の車種が、プレート・ナンバーと共にベンツ、クラウン、ボルボ、レクサス、フーガ……などと表示されてゆく。

カーナンバーは、車が表通りから『天鵝《ティエンオー》』の敷地内へ入るためにカーブを描いて朱色の大門を潜った瞬間、車体後部のナンバー・プレートをキャッチしたものだ。

主人《あるじ》を降ろした乗用車は、黒いスーツに蝶ネクタイの門房《メンファン》（玄関番）の男に笑顔で指図され、正面玄関左手の所定の駐車位置へとゆっくり滑ってゆく。

到着し、主人《あるじ》を降ろし、所定の駐車位置へと移動する乗用車の動きがいずれも流れるようにスムーズだ。つまりこの超高級中華料亭『天鵝《ティエンオー》』へ、どの乗用車も来馴れている、ということの証《あかし》なのだろう。

二十台ほど到着したところで訪れる車が途絶えた。

五十インチサイズの皓皓《こうこう》たる大画面を身じろぎもせず見つめる男の口から、「遅いな……」と呟きが漏れる。

ひょっとすると『天鵝《ティエンオー》』の女将《おかみ》でもあるのだろうか、和服姿の若くはない女が腕時計を何度も不安そうに眺めてから、門房《メンファン》に身振りで何やら指示を発したようであった。

頷いた門房《メンファン》が朱塗りの大門の外へと小駆けに出ようとした時、その黒塗りの大型車は現われた。

朱塗りの大門のところで大きな車体がゆっくりと左へ曲がるよりも先に、五十インチディスプレイにキャデラックの表示があったが、中華料亭に不似合いなそのビッグな米国製のボディが正面玄関に横付けとなっても、プレート・ナンバーは画面に表示されなかった。

男が小さく舌を打ち鳴らして立ち上がる。

と、画面から、先程カメラが流した嗄れた野太い声が聞こえてきた。

「キャデラックのプレート・ナンバーが把握できていない。そちらは？」

この音声を短いアンテナを立てているカメラが流すことはなかった。おそらく五十インチディスプレイのスイッチを入れたことで、音声回路が自動的に切り替わったのだろう。

「こちらもキャデラックのプレート・ナンバーは識別できていない。画像上はナンバー・プレートの部分だけ真っ白となっている」

「こちらもだ。さては、あれを用いたかな」

「うむ。光を乱反射させる微粒子の噴霧をな」

「まあ、いい。このままの撮影をひとつ抜《ぬ》かりなく頼む」

「了解。会合を終えて捉えるべき対象が、玄関に出て来たところを真正面からキャッチする」

「それが最も重要となるからな」

やりとりは、そこで終了した。双方共に感情を著《いちじる》しく抑《おさ》えているかのような、乾いたやりとりだった。

8

男にコーヒーを飲む余裕が訪れた。

五十インチディスプレイの明りの中で彼は相変わらず無駄の無い動きでコーヒーを沸かし、部屋中をその芳《かん》ばしい香りで満たした。

そして肘付きの椅子に腰を沈め、かたち良く脚を組んで大きめなコーヒーカップを片手に、ふうっと溜息を吐《つ》く。

男のゆったりとしたその様子を、じっと眺めているかのようなデスクの上のベレッタセミオートマチック小型ピストルの存在だった。

コーヒーの味を楽しむ間、男は五十インチディスプレイに視線を向けることはなく、瞼《まぶた》を閉じていた。沈思黙考に陥《おちい》っているというのでもない。なぜなら彼は、コーヒーを飲む間ときたま、自分の淹《い》れ方に満足するかのように「うまい……」と漏らして頷いている。

一杯目を飲み終えて、二杯目をと立ち上がったまさにその時であった。

多機能ボックスと一体型の電話機がピッと短い信号音を三度発して、手帳サイズの液晶モニターがオレンジ色の明りを点した。

三度の短い信号音は、『警戒』を知らせるものだ。

液晶モニターにはまだ何も映し出されていないというのに、男の動き方にいきなり変化が生じた。

彼は明らかに〝急ぐ〟という感じでベッドの足元に当たる位置へと大股で向かい、ウォークイン・クローゼットの扉を両手で開け、取り出した茶色のベストを皺《しわ》だらけのワイシャツの上に着用した。当たり前のベストよりはやや重そうに見えることから、防弾ベストではないかと思われた。

五十インチディスプレイの強い明りの中でそれを着用した男は、まだデスクの前へは戻らない。

ウォークイン・クローゼットの中には、重量金庫の備えがあった。

片膝を床について腰を低くした彼はダイヤルを素早く左右へ回し、ズボンのポケットから取り出したオートロックキイで、重量金庫の扉を引き開けた。

彼が取り出したのは、分厚い国語大辞典ほどのサイズの白木《しらき》の箱だった。

彼は重量金庫とクローゼットの扉を閉めると大股でデスクの前へと引き返した。

慌《あわ》ててはいないが、その表情には明らかに緊張感が広がっている。

すでに電話機の液晶モニターは、容易には立ち入れない筈の七階フロア――しかもこの部屋の直ぐ前――に、見なれない人の顔を映し出していた。

日本人に見える若い女の笑顔だった。しかも美しい。年齢《とし》は二十五、六という辺りか。

男は液晶モニターを一瞥《いちべつ》しただけで、不機嫌そうに眉をひそめ、自分の作業に取りかかった。

デスクの上に置いた白木の箱の蓋《ふた》を開き、小さくはない一丁の自動拳銃、実弾が装塡《そうてん》された弾倉《マガジン》、そして消音器《サイレンサー》を取り出した。

スライドの先端から僅かに覗いている銃口《マズル》部分には螺旋《らせん》状の線条溝《せんじょうこう》が刻まれており、男は消音器をその銃口にしっかりと回して締め込んだ。

電話機の液晶モニターに映る女は美しい笑顔を全く変えていない。この部屋のドアに接近してチャイムを鳴らす訳でもなく無言だ。

先に室内からの反応があるかどうかを待っているのか？

男は大型ディスプレイの明りを頼りに、拳銃のグリップへ弾倉《マガジン》を静かに挿入すると、スライドを後方へ引き、そして手放した。

バネにより反動を得たスライドが鈍い鋼音《はがねおん》をガチンと発し、弾倉《マガジン》の初弾を薬室《チエンバー》に送り込んだ。

このとき連動して撃鉄は起こされている。

男は消音器《サイレンサー》を掌《てのひら》で軽くひと撫でしてから、撃鉄が起きた状態のそれを優しく元に戻して、デスクの上に小型ベレッタと並べてそっと置き、ようやく電話機の液晶モニターへ目をやった。

笑顔の美しい女は、まだチャイムを鳴らさずこの部屋の前で、身じろぎもしない。

航空会社の客室乗務員の制服か、と見紛《みまが》いかねない紺のスーツが実によく似合っている。

左肩から右の腰へと斜めにショルダーバッグを下げているのだろうが、液晶モニターに映っているのはショルダーベルトの中程までだった。

男はベレッタ小型ピストルを黒革製のホルスターへ戻すと、再び右足首の上に装着した。

と、身じろぎもしなかった女が右手を前へ伸ばしつつドアに近付いた。インターホーンの釦《ボタン》を押す、と決心した勢いの、近付き方だ。

続いて電話機の小さなスピーカーがチャイムの音を伝え、男の表情が険《けわ》しくなった。男は立ったままの姿勢で電話機のダイヤルボタンを軽く叩いた。五つ六つのダイヤルボタンを叩いたであろうか。

五十インチディスプレイの左側半分に隣室が映し出され、続いてその部屋の天井照明が『留守』を思わせる『やや薄暗い程度』にまで絞り込まれた。

チャイムを鳴らし終えた女が、電話機の液晶モニターの中で少し姿勢を正し、笑顔で一礼することを演じた。

それは一瞬と言える短い時間であった。

室内には誰もいない、と彼女は読み取ったのであろうか。笑顔を消し険しい目つきとなってドアに体を近付けると、何やらやり出した。百名の弁護士を擁する大きな法律事務所のあるフロアであることなど、全く気にしていない風だ。

もっとも、その大法律事務所の金曜日は、『働き方改革』を実践しているのか確実に午後四時半に業務を終え、午後五時には明りを消し静まり返る。

そのことを事前に把握していて、笑顔の美しい女がいま何やら不審な動きを取っているとするなら、只者《ただもの》ではない。

しかも簡単ではない操作のオートロックの『関所』を潜り抜けて来ているのだ。

女の姿が、多機能を備えた電話機の液晶モニターから消え、男は小さく舌を打ち鳴らした。

ピッキングという古い手法をうまく成功させ、室内に入ったのか？

それにしては、ピッキングされた場合に鳴る筈《はず》の侵入警報器は沈黙したままだ。

加えて、五十インチディスプレイの左側半分には、映るべき女の姿はまだ映っていない。

ただ玄関を入って直ぐは、シューズクローゼット、トイレ、バスルーム、洗面脱衣室、納戸《なんど》、物置などに挟まれた長さ七、八メートルの廊下であり、この廊下だけは〝死角〟となって五十インチディスプレイには映らない。

男の舌打ちは、その侵入警戒システムの不完全さに対する苛立《いらだち》なのだろうか。

なにしろ彼のこのオフィスは、与えられた役割を開始してまだ一か月半と、新しい。そのため随所に不完全さがあるのかも知れない。

男の手がデスクの上の拳銃を、五十インチディスプレイに視線を注がせつつ、手前へと静かに引き寄せた。

拳銃はスイス製のSIG・P226だった。9㎜×19弾を弾倉《マガジン》に十五発装塡する全長180㎜、重量825gのセミオートマチック・ピストルで、その精度の高い作動性と堅牢《けんろう》性が高く評価され、諸外国の『国家機関』の多くが採用している。機能的命中精度という点でも極めて優れていた。

ただ命中精度というのは、本来的な機能性の他に、これを所持する者の修練度によっても大きく左右されることを忘れてはいけない。

因《ちなみ》に、9㎜×19弾の9㎜とは『口径』、19は『薬莢《やっきょう》の長さ』という大雑把《おおざっぱ》な判断でよいだろう。

と、五十インチディスプレイに映っている廊下の角《かど》に女の顔半分が現われ、そして直ぐに引っ込んだ。

オートロックの『関所』を潜り抜け、ピッキングを成功させ、同時に侵入警報器を沈黙させたとなると、女は相当な侵入技術を心得ていることになる。

男がＳＩＧ・Ｐ２２６ピストルを右の手に下《さ》げて、「やはりプロか……」と口元を歪《ゆが》めた。廊下の角に顔半分だけを現わして、反射的に引っ込めた女は、ディスプレイに映らなかった部分『手』、もしくは紺のスーツの内側に隠した『ホルスター』に、拳銃《ハンドガン》を所持している可能性がある。

男はそう読んだ。

女の高い侵入技術、そして男の読み、それが「やはりプロか……」という呟きを生んだのであろう。

女はもう一度顔半分だけを廊下の角から見せたが、今度は引っ込めず、そのままキッチンカウンターの陰へと姿勢低く走り込んだ。

なかなか用心深い、低い姿勢だった。それに動きが素早い。

室内の床は上質な硬いフローリングであるにもかかわらず、女は全く足音を立てることがなかった。

おそらく女の足元はウォーキングシューズ、更にそのシューズの裏には当然消音のための素材が貼られていると思われる。

「秘密裏に開所してまだ日が浅いこのオフィスの存在を何故知っているのか……」

男は五十インチディスプレイ右下の小さな穴を気にするかのように、一瞬チラリと視線を流し声低く呟いた。

漏らした声の大きさによっては、その小さな穴——マイクロホン——がキャッチして先程の『会話の相手』へと飛ばしてしまうから、呟きにも気配りが欠かせない。

男は、五十インチディスプレイの中で、女が両手で包み隠すようにして持つ消音器《サイレンサー》付き自動拳銃に、この時になって気付いた。

銃種の特定は困難だったが、ディスプレイの中でその銃口は男の方へ向けられていた。

フレーム先端のアクセサリー・シューには、スポットライトが嚙まされている。

性能のよい消音器《サイレンサー》付きの自動拳銃ではあっても、連射をすればスライドのピストン運動で鋼《はがね》と鋼が擦《こす》れ合い衝突し合って決して小さくはない音を発する。

それゆえ『音無き暗殺者』を完璧《かんぺき》に演じ切ることはかなり難《むずか》しい。

ただ、このオフィスのような鉄骨鉄筋コンクリートの建物の中での、火薬の炸裂音を消す消音器《サイレンサー》付き自動拳銃の発射は、かなり効力のあるものと言える。

暫《しばら》くキッチンカウンターの陰に潜《ひそ》んで様子を窺っていた女が、拳銃を両手で包み隠すようにしたまま、そろりと立ち上がった。

警戒を緩《ゆる》めることなく、女が小股で用心深く歩き出す。

「一体何が目的で侵入しやがったのか……」

男が、不快そうに呟いた。

女は、男がソファの上に脱ぎ捨てた、よれよれの上着と鳥打ち帽《ハンチング》に気付き、歩みを止めた。

ソファに近付き、背もたれを盾《たて》にするかたちで用心深く腰を沈めた彼女は、男が脱ぎ捨てた上着とハンチングに手を伸ばした。

まるで五十インチディスプレイに向かって囁《ささや》きかけるように、女は「湿《しめ》っている……」と言葉を漏らした。不自然さのない、日本語であった。

つい先程まで降っていた小雨の中を、この部屋の主人《あるじ》が帰宅してオフィス内にいることを、女は知ったことになる。

にもかかわらず女は、慌《あわ》てふためいて部屋から脱出することはなかった。

端整な表情は険《けわ》しかったが、『やや薄暗い程度』の部屋の中を何度も繰り返しじゅっくりと見まわしているではないか。鼻すじの通ったその横顔が、とくに美しい。

やがて女の視線は、書斎の書棚に集中して止まった。

「気付かれたかな」

別室の中で呟いた男は、五十インチディスプレイの皓皓たる画面を通すかたちで、女と睨《にら》み合った。

彼は女の美しさを、もっと精細に確認しようとでも思ったのか、左手の指先を五十インチディスプレイの画像アップキイへ伸ばした。

だが、気乗りしなかったのか、その指先を直ぐに引っ込めた。

このような状況下で、侵入者である女の美しさの確認などには意味がない、と判断したのであろうか。

どうしても必要ならば、録画チェックの作業の中で出来ることだ。

男は何かを予感したのか、立ったまま落ち着いた動きで五十インチディスプレイとつながっているヘッドホーンのスイッチを入れ、それを片方の耳へ押し当てた。

これによってディスプレイの音声回路は自動的にヘッドホーンへと切りかわる。

ほんの暫くの間、二人は睨み合っていたが、衝撃が突然男を見舞った。

女が天井へ銃口を向けて三発を発射したのだ。

五十インチディスプレイが低く曇った銃声と、天井の三か所の照明が火花を散らして粉微塵《こなみじん》となった音をヘッドホーンに伝え、画像の中で隣室が真っ暗となった。

(安くはないんだがな。その部屋の照明設備は……)

男は胸の内で呟き、にがにがしい表情を拵《こしら》えた。

このオフィスの設備のかなりの部分は、市販の物ではなかった。

取り寄せるにしろ、修理をするにしろ、表立ったルートには存在しない先へ依頼することから、手続きにも予算《かね》にも何かとうるさかった。

米英の情報機関から眺めれば真《まこと》に貧相でささやかなオフィスであった。小心な〝日本政府〟は「やいの、やいの……」と小《こ》うるさい条件や注文を付けて、やっとこさ調えてくれた『たった一人の組織』だ。それも、秘密裏に恩着せがましく調えてくれたものだから、使う側としては余計に神経を磨《す》り減らしてしまう。

女が拳銃に嚙ませたスポットライトを点灯させた。大型ディスプレイの真っ暗な画像の中をその明りに導かれ、次第にこちら——書斎の方へ——近付いてくる。

スポットライトは先ず書棚に向けられ、次にデスクの引き出しを捉えて開け、中に入っていた書類を次次と乱暴に取り出した。

端整な顔には不似合いな乱暴さだ。

けれども見守る男の表情は狼狽《ろうばい》していなかった。

引き出しの中に入っているのは、考古学にかかわる著名な学者たちの、発表論文のコピーとかだった。

女が名刺入れを取り出してデスクの上に置き、蓋《ふた》を開けてスポットライトの明りを名刺に注いだ。

そして女の左手がスポットライトの明りの中で一枚を摑み、上着の胸ポケットへと、ライトの明りを遊ばせながらしまった。

見守る男の口元に微かな笑みが覗いて、消えた。

名刺に印刷されているのは「文化庁文化財部・伝統歴史文化研究参事官朝倉一矢《あさくらいっし》」であった。彼が身に付けている身分証明書――余程のことがない限り滅多に使うことはないが――も、そうなっている。

文化庁文化財部は東京・霞《かすみ》が関《せき》に実在する国の組織であり、朝倉一矢は実名である。

一矢は「一矢《いっし》を報《むく》いる」の一矢だ。敵をやっつける、憎《にく》い奴に仕返しをする、などの激しい意味を含んでいる。

若《も》しかして男は『報復心や復讐心の激しい冷徹な気性』とでも言うのであろうか。

名刺には霞が関の住所が刷られているが、「付属研究所」としてここ台東区上野の住所が示されていた。

名刺の電話番号に掛ければ、留守だと男の——朝倉一矢の——携帯へ自動的に転送されるようになっている。

女はどうやら、デスクの引き出しの中からは、目的のものを得られなかったらしい。

散乱した学術論文のコピーはそのままに、拳銃に嚙ませたスポットライトの明りが書斎からゆっくりと離れていく。

五十インチディスプレイの中を次第に玄関方向へと遠ざかるスポットライトの明りを、朝倉一矢は冷《ひや》やかな表情で見守った。

玄関に通じる廊下の左角の部分を、スポットライトの明りが照らし出した。とたん、その明りがいきなり振り返った。

朝倉が見入る五十インチディスプレイを狙い撃ちするかのように、曇った三発の銃声が走る。

閃光が暗い部屋の中つまり五十インチディスプレイの中を、朝倉に向かって走った。

それは朝倉が思わず首を竦《すく》めたほど、烈しい連射だった。

書棚のガラス戸が飛散するけたたましい音を、五十インチディスプレイとつながっているヘッドホーンが朝倉の耳へと伝えた。

だが、こちら側からキッチン、玄関方向を撮《と》るかたちの画面には、砕《くだ》け散る書棚のガラス戸の様子は映らない。

「あわせて発砲六発か……」

ヘッドホーンをＯＦＦにして耳から離した朝倉は、呟きながら電話機の液晶モニターに目をやった。

女の後ろ姿が玄関を出た。次に体の向きをわざとらしくゆっくりと回し、液晶モニターに向かってひっそりと美しく微笑《ほほえ》んだ。

まるで朝倉一矢に液晶モニターで見つめられていることを、承知しているかのように。

「ふん」

朝倉がようやくのこと、顔いっぱいに笑みを広げた。

女の余りの美しさに侵入狼藉《ろうぜき》者であることを忘れてしまったのであろうか。女がよく訓練された航空会社の客室乗務員のような綺麗《きれい》な歩き方で、エレベーターホールの方へと離れてゆく。

そして液晶モニターから消えさった。

朝倉は、それ以上に追及する様子を見せなかった。

デスクの前に漸く腰を落ち着けた彼は、手にしていた825gのセミオートマチック・ピストルをゴトリと音をさせデスクの上に置くと、五十インチディスプレイをカメラ撮《ど》りのフル画像に戻してから、何者かに向かって語り出した。

「至急の報告だ。先ほど研究室に自動拳銃で武装した者が一人侵入した」

「えっ」

即座に驚きの男の声――嗄《しわが》れた――が、五十インチディスプレイから返ってきた。

朝倉はカメラが撮っている画像を見ながら、報告を続けた。穏やかな口調であった。

「侵入警報器の作動を殺しての侵入発生は十九時三十分、退出は二十時三分。性別は女で若い。年齢は概《おおむ》ね二十五、六。胸豊かにして容姿端麗。身長は室内家具との比較から凡そ一七五、六センチ見当……」

朝倉は侵入の発生から終了までの状況を淡淡とした口ぶりで報告し終えると、

「これより女の録画を送る。ひとつ要所要所の解析を頼みたい。そちらの受信装置の区分は№2で宜《よろ》しいか」と確認し、「オーケー」の返事を受けると五十インチディスプレイのキイの三か所を手早く片手で叩いた。

画面の左上隅に直ぐさま小さく〝録画送信〟の文字が出たが、ディスプレイの画像そのものはカメラのズームレンズが二秒間隔で撮っている中華料亭『天鵝《ティエンオー》』のままだ。

朝倉は再びセミオートマチック・ピストルを右手に椅子から立ち上がってデスクの前を離れ、スチール製スライドドアの正面中央にある青いセンサー光を放っている十円硬貨大の『目』に、左手親指を近付けた。

指紋が読み取られて、スチール製のスライドドアと、その向こうにある書棚が左へと同時に移動をはじめた。

ブルーライトカットのサングラスを取った朝倉は、それをズボンのポケットに入れ、用心のためであろう拳銃を右目の高さに上げ、両手で身構えた。

右手人差し指は引金《トリガー》に軽く触れ、撃発態勢にある。

訳もなくピッキングを成功させ、しかも侵入警報器の作動を殺したほどの女だ。朝倉がスライドドアを開けている間に引き返して来る可能性があることは、考えておく必要があろう。

スライドドアも書棚も、完全に左への移動を終えて静止した。

朝倉は暫く動かず、廊下の左角口がある真っ暗なその方角へ、SIG・P226の銃口を向けていた。

気持のいい筈《はず》がなかった。拳銃を持つ両の手に、たちまち噴き出す汗を感じていた。

銃の携帯を許可され安全ではない仕事に従事している自分が、決して英雄心の旺盛な人間ではないことを、理解出来ている朝倉だった。

むしろ性格は、繊細な方ではないかと思っている。

ただ、朝倉一矢の「一矢《いっし》」が示すように、激烈な気性が肉体のどこかに隠されているような感じは抱いていた。

その証《あかし》を自分の表に露《あらわ》とさせたことは、あまり無いのだが。

強いて探し出すとすれば少しばかり前、留学していたアメリカを発《た》つ直前に遭遇《そうぐう》した銃撃戦であろうか。が、あの時は極めて冷静であったような気が、しないでもない。

それに続く二度目の危機が、今宵目の前に訪れていたのかと思うと、少しばかりうんざりな気分だった。

これまで、日本や外国での凄まじい数数の訓練に耐え抜いてきた、という自負にあった。射撃も格闘技も最高ランクの評価は得てきたし、語学も英語、中国語には殆ど苦労しない。ロシア語も多少は話せる。

凡そ五分ほど神経を尖《とが》らせ、廊下の左角口へ銃口を向けていたであろうか。朝倉は銃口を下ろし、射撃の身構えを解いて「ふうっ」と一息吐くと、右手直ぐの壁面にあるスイッチを銃を持たない左手親指で押した。

パチッという小さな音。

書斎、リビング、ダイニング、キッチンそれぞれのスペースの天井に埋め込みのかたちで備わっているダウンライトが、やや黄白色（昼光色）の明りを放った。

「へえっ……気性の荒荒しい女だ」

朝倉は天井を見上げ、完全に破壊された丸型の天井照明《サークライン》に思わず口元を歪《ゆが》めた。

床に散乱する管球《かんきゅう》の破片をなるべく踏まぬようにして、朝倉はＳＩＧ・Ｐ２２６を片手のまま四箇所の天井照明の真下に順番に立った。

女の発射した弾丸が、どの角度で天井照明と書棚に襲い掛かり、それがどこに止まっているかを調べるのは朝倉の仕事ではない。見つけた弾丸から女が使用した拳銃を推測する作業も、彼の役割ではなかった。

彼は書棚の前へと足元のガラス片に気を配りながら引き返した。

左から数えて四番目の格子に嵌《は》め込まれていた矩形《くけい》大判のガラスが飛び散って完全に消えていた。

朝倉は『**奈良・吉野の宮瀧遺跡が語る古代の宮殿建築**』という厚さ八センチほどもある文献の背表紙に、丸い穴があいているのを直ぐに見つけた。

「九ミリだな」

呟いた彼であったが、文献に手を伸ばすようなことはしない。

厚い文献に食い込んでいる弾丸に、様様な観点から秘密裏に分析を加える有能な担当者《スタッフ》はこのオフィスとは**無関係な立場**で別にいる。

彼は腕時計を見つつ、「ガセ情報《ねた》でないとすれば、あと十五分ほどで会合は終るな……」と呟きながら暗い室内に戻って、五十インチディスプレイの前の席に座った。そしてデスクの上へ静かにピストルを横たえてから、書棚とスチール製の扉をディスプレイのキイボタンを使って閉じ、ブルーライトを防ぐためのサングラスをかけた。

「間もなくだな、朝倉」

それを待っていたかのように五十インチディスプレイが嗄れた声で語りかけてきた。

「ああ、間もなくだ……ガセ情報《ねた》でなければな」

「我我の組織には、いや、正しくは、**お前だけの組織**には、ガセ情報《ねた》は付き物だよ。これからも増えてゆくだろうが、一つ一つを確かめ潰《つぶ》してゆくしかない。面倒でもな」

「それは判っているが余り、**お前だけの組織**、などと言わないでくれ。それと、こちらの被害の調べと修復を急いでくれよ」

「安心しろ。手はすでに打った。明日の朝までには終らせるから」

「銃を手に恐ろしく荒荒しい女が訪れたということは、このオフィスの存在は既《すで》に、知られてはならぬ相手に知られてしまっているな」

「うむ。ま、その結論は侵入した女への調べと分析を終えてからとしよう。ともかく今夜『天鵝《テイエンオー》』に現われた要人撮《ど》りは、抜《ぬ》かり無く遣《や》り遂げてくれ」

「大丈夫だ」

「**お前だけの組織**、はすまなんだ。許せ」

画面が微かにフンという音を鳴らして、通常は切られることがない音声回路が遮断された。

画面左上隅に赤い⊗のマークが現われ、そして数秒の後に消えさった。朝倉の任務集中に配慮して、相手が音声回路を遮断したのだろう。

朝倉は五十インチディスプレイのキイを叩いて、レンズの焦点を『天鵝《テイエンオー》』の正面玄関、朱色の手動両開き大扉の中心に集中させて、ズームアップさせた。

会合を終え出てくる〝要人〟とやらの顔を、眉毛の数までも判る程に正確鮮明に正面撮りするためだった。

したがって五十インチディスプレイには今この瞬間、朱色の正面玄関・手動両開き大扉がズームアップで映し出されているだけだった。

時間が過ぎてゆく。

朝倉は、椅子の背もたれに預けた自分の背中が、搏動《はくどう》していることに気付いた。

たった一人で構成されている『朝倉の組織』に齎《もたら》された情報が事実なら、今宵『天鵝《テイエンオー》』に集まっている連中は日本にとって大変な要人たちであった。

それも日本の〝国益に反する〟である。

その〝要人〟たちの撮影を始めるや否《いな》や、突如《とつじょ》として踏み込んできた自動拳銃を手の何者とも知れぬ美しい女。

時間が過ぎてゆくが、『天鵝《テイエンオー》』の玄関の大扉はなかなか開きそうにない。

黒いスーツに蝶ネクタイの門房《メンファン》が大扉の前に立ちはだかるようにして、五十インチディスプレイに映っている。

四十半ばくらいの、いかつい顔だった。獅子鼻《ししばな》で唇が薄く目尻が跳ね上がっていた。余りにも貫禄《かんろく》があり過ぎて名高い高級中華料亭の門房《メンファン》には馴染《なじ》みそうにない風貌だ。

「遅いな……」

朝倉は腕時計を見て椅子から立ち上がった。椅子に腰を下ろしてから既に二十五分が経《た》っていた。

彼はデスクの二番目の引き出しから、一本の万年筆を取り出してキャップを回しながらブラインドに近付いていった。

キャップを取ると、現われたのはペン先ではなかった。

いまカメラのズームレンズを触《さ》わる訳にはいかないため、朝倉は「閉」の状態にあるブラインドのルーバーに少し調節を加えて緩め、ペン先の無い万年筆をルーバーの間に差し込んだ。

万年筆型の高性能な望遠鏡だった。

朝倉がそれに顔を近付けてサングラスごしに覗き込む。落ち着いた動きであったが、次の瞬間それは裏返しになったかのように変わった。

『天鵝《テイエンオー》』の正面玄関左方向の駐車スペースに入っていた筈の〝要人車〟がいつの間にか全車消えていた。

朝倉は撮影を続けているカメラのスイッチを切って、大股でデスクに戻った。

カメラ撮《ど》りを受信していた『**相手**』が混乱するのは必定である。

たちまち五十インチディスプレイの音声回路が復活して、

「朝倉、どうした」

と、怒声と言ってもいい嗄れ声が聞こえてきた。

「すまない。油断した」

「だから、どうしたんだ」

「正面玄関の大扉にズームアップを絞り込んだのはいいが……」

「それは、こちらにも映っている。ちゃんと受信されているよ。それよりも結論を言ってくれ。どうした」

「だからズームアップを大扉に絞り込んだことで、正面玄関の左手方向にある駐車スペースが……」

「あっ」

「どうやら判ってくれたな。その通りだ。注意を大扉へ集中させている間に、駐車スペースの〝要人車〟が全車消えてしまった」

「朱塗りの大門がある反対側にも『天鵝《ティエンオー》』は車の出入りに不自由のない裏出口を持っているのか朝倉」

「いや。下調べの際には裏出口らしきものは確認できなかった。しかし、あれだけ広い敷地を、赤煉瓦《あかれんが》組の塀と生垣を交交《こもごも》につなぐかたちで囲んでいるんだ。一見そうとは見えない裏手口を、擬装して造りあげることなんぞ、その気になれば訳もないぜ」

「くそっ」

「此処へ侵入した女の、液晶モニターに映った笑顔にしても、どうも何やら演じているみたいで意味あり気ではあったが」

「朝倉よ、つまりなめられた、ということだな。その女に大事な時間を奪われたのだ」

「おいおい、芳元《よしもと》。女の素姓はまだ判っていないだろうし、したがって『天鵝《ティエンオー》』

の要人会合に関係あるのかどうかも、今のところ判っていないと見るしかないんだ。女の笑顔が意味あり気であった、としてもだ。そうだろう」

「うむ……」

「ま、そう不機嫌にならんでくれ」

「おい朝倉」

「ん？」

「今夜、久し振りに一杯付き合え。俺《おれ》ん家《ち》へ来んか」

「これからか……」

と、朝倉は腕時計に目をやった。

「俺たちのような職種の人間の時間に、これからも糞《くそ》もなかろうが。そっちの部屋は俺の部下に綺麗にさせておくから、とにかく俺《おれ》ん家《ち》へ来い」

「判った」

「俺はひと足先に帰っているようにするからよ」

言い終えて芳元という男の嗄れた声が消え、画面の左上隅に⊗の赤いマークが現われた。

9

朝倉一矢《あさくらいっし》はハンドルをゆったり左へ切った。オフィスで缶ビールの小さいのを一本を呑んでいたので、『呼気』の自己測定で安全と確認できてから地下駐車場を出た。そのため時間はかなり経《た》ってしまっている。

車の流れは悪くはなかったが花の金曜日のせいかかなり混《こ》み合っていた。したがって前方後方への用心が要《い》った。『尾行車』の有無については、前方と雖《いえど》も油断ならない。

速度計は時速四十キロを指しており、それ以上アクセルを踏み込むのは危険な混み具合だ。

車路誘導装置《カーナビゲーシヨンシステム》の液晶モニターがマンションの駐車場でエンジンを作動させた時から、小さな赤い警告灯をせわしく点滅させていた。

車体に本来備わっていない何か、たとえば何者かにより位置追尾装置《いちついびそうち》などが取り付けられたことを教えているのである。

が、朝倉は舌打ちをした程度で殆《ほとん》ど気にもしなかった。

何故《なぜ》なら場合によっては自分も『任務目的』のため遣《や》るであろうから、目くじら立てて向き合うのが面倒臭いのだ。

それに、オフィスへ不意に、消音器《サイレンサー》付き自動拳銃を手にした気性いかにも荒荒しい美貌の女が侵入した時から、この程度のことは覚悟していた朝倉である。

いまや宇宙には大豆《だいず》を撒《ま》き散《ち》らしたかの如《ごと》く情報衛星が飛び交《か》っている。

気象衛星、通信衛星、放送衛星、地球観測衛星など様様《さまざま》な役割を負った衛星が『宇宙のゴミ』と称される程に地球を周回しているのだ。

それらの中で『位置』を特定する役割機能を負った衛星を、測位衛星（衛星名・Global Positioning System）と称した。短くGPSと呼ばれ現在地球上、高度二万キロメートル以上の高高度に二十数機が打ち上げられている。

この衛星の開発者はアメリカ国防総省《ペンタゴン》であり、**打ち上げたのは**合衆国海軍であった。

つまり**本来は軍事用**として開発されて打ち上げられた衛星なのである。その軍事目的の精度を緩弱《かんじやく》させた機能の部分（信号とか電波など）を、車路誘導装置《カーナビゲーションシステム》などに使用することを許可しているのだった。

むろんその許可によって膨大《ぼうだい》で重要な情報を、易易《やすやす》と入手できる事を見逃す筈《はず》もない国防総省であり合衆国海軍である。つまり我我は常に『見張られている』のだ。どこの列強であろうと。豆粒ほどの秘密核施設であろうと。

近頃では、このGPS機能が広く一般にまで知られ行き渡ったことにより犯罪も増えている。利便性の反面、『**執拗尾行**《ストーキング》』**実行者**（ストーカー）の変質的悪用によって犠牲者が出るなど、深刻な社会問題となっている。一般人に対する個人的犯行だけでなく、政治家、法曹界、マスメディア、芸能界などを狙った執拗な**組織的犯行**も目立ってきている（すでに五年連続で年二万件を突破）。もっとも、こういった電波利用犯罪は、**逆追跡**がそれほど困難ではない。

信号が赤になったので、朝倉はブレーキペダルを静かに踏み込んだ。

横断歩道手前の停止線に車の鼻先をピタリと付けた朝倉は、バックミラーで直ぐ後ろのトラックの運転席を確かめた。

念のためであった。べつに怪しいと感じた訳ではない。

額《ひたい》に捩《ねじ》り鉢巻《はちまき》をして右目の上あたりで結び、口髭《くちひげ》を鼻の真下の部分にだけ生やしている顔は、五十過ぎに見えた。歩道に沿って建ち並んだ商業ビルのネオンサインで、運転手の顔は青くなったり赤くなったりを繰り返している。まるで酒を呑んで、運転席に座っているかのようだ。

信号が変わって、朝倉の右足がアクセルに移り、速度を上げて次の交差点を再び左へハンドルを切った。

『日本伝統芸術文化協会本部』の明明《あかあか》とした照明看板が朝倉の目にとまった。

それは四、五十メートル先、ライトアップされた古風な五階建ビルの三階に突出《つきだし》看板《かんばん》のかたちで取り付けられており、昼光色《ちゆうこうしよく》の照明の中で黒文字の楷書体《かいしよたい》がくっきりと目立っていた。

朝倉は車の速度を下げ、バックミラーへチラリと視線を走らせた。

幹線道路から脇へ入ったこの狭い道筋は、車の往《い》き来が極端に少なく、朝倉の車の後ろに続くものは幸いなかった。

朝倉は気迷う様子など毛先ほども見せぬ運転の仕方で、ライトアップされている『日本伝統芸術文化協会本部』ビルの駐車場へと車を滑《すべ》らせた。

近代的なビルが建ち並ぶ中で置き忘れられたような感じのこの五階建の古いビル

はコの字形に建てられていて、敷地の中央の部分が平置の駐車場となっている。駐車場を護《まも》るかのようにして取り囲んでいる五階建の――いや、五層建のという印象が合っている――ビルは、バロック建築を思わせるものだった。

外壁の二階部分にまで達する太さがひと抱え以上はありそうな石柱が、装飾柱として綺麗《きれい》に立ち並び、その石柱には水浴びする裸婦、剣をふるう騎士、命令する女王、祈りを捧《ささ》げる賢者、そして羽をもつ双頭馬などが彫刻され、ライトアップの明りの中あざやかに浮かびあがっている。

石柱と石柱の間にある大きな窓は見事な大蛇の彫刻枠で囲まれ、ガラスには白い十字の格子《こうし》が嵌《は》まっていた。

コの字形につながる三棟の屋根はそれぞれ中央の部分で大きなドームを形成しており、その内側に吊り下がっているであろうシャンデリアの明りでか、ドームを覆《おお》っている色様様なステンドグラスのきらめきが美しかった。

現在《いま》、重要文化財の指定を受けているこのバロック建築風のビルは、大正時代の大富豪が、自ら経営する会社の事務所として大正十一年（一九二二）に当時の建築技術の粋《すい》を結集して建築したものだった。

しかし、大正十二年（一九二三）九月一日午前十一時五十八分、未曽有《みぞう》の大激震（関東大震災）が人人に襲いかかった。

当時の『全世界の資料』から計算した表面波マグニチュードは8・2（日本の観測技術に因《よ》っては7・9）。死者九万九千三百三十一人、行方不明者四万三千四百七十六人、家屋全壊約十二万八千戸、半壊約十二万六千戸、焼失約四十四万七千戸という阿鼻叫喚《あびきようかん》の凄《すさ》まじい激震であった。

不幸にも昼食時間帯であった事が大火災を促《うなが》した。ただ被害が余りにも甚大《じんだい》であり過ぎたため、その実態については未だ諸説がある。

一瞬の内に目の前の光景が変わってしまった耳目《じもく》を覆いたくなるこの大激震を、なんとこのバロック建築風のビルはガラスの全損だけで耐え抜いたのだった。

そして、戦災をも潜《くぐ》り抜けて今、ビルの所管は、所有者一族の総意のもとに文化庁（文化財部）へ手渡されている。

駐車スペースへ車を入れてエンジンを切った朝倉は、四方向に向けて車内に取り付けられている監視カメラの常時記録作動スイッチをON《オン》にし、暫《しばら》くの間、シートに体を深く沈めていた。監視カメラのレンズの直径は僅《わず》かに二ミリ。外から車内を覗かれたくらいでは、それとは判らない。

そのまま二十分ほどの時間を置いた朝倉は、「現われないか……」と呟《つぶや》いて薄いアタッシェケースを手に車の外に出て、腕時計を見た。針はちょうど午後十時半を指していた。

彼が漏らした「現われないか……」とは、オフィスに侵入した例の美貌の女が、尾行してくれることを期待でもしていたのであろうか。

確かに期待に値《あたい》していると言えなくもない、彫《ほ》り深い面立《おもだ》ちの美しい女ではあったのだが……。

朝倉はコの字形のビルを見まわした。

すでに午後十一時半をまわったというのに三棟とも五階の窓から明りを漏らしている。

五階には舞台芸術の研究室と芸術資料図書室があり、小さいながらも舞台が設《もう》けられていることもあって、浄瑠璃《じょうるり》、猿楽能《さるがくのう》、歌舞伎《かぶき》などの若手関係者が交替で——ときには合同研究のかたちで——夜遅くまで使用していた。

「いつも熱心だな……」

朝倉は呟いて車のドアノブのロック釦《ボタン》を押し、駐車スペースの後ろに立っている高さ一メートル半ほどのセンサーポールへと近付いて行くと、駐車有資格者であることの証《あかし》である暗証番号五桁《けた》のキイを軽く叩いた。

この操作を怠《おこた》ると車体下の遮蔽板《しゃへいばん》が起き上がって、車を出せなくなる。

要するに無断駐車を防止するための策だ。

彼はアーチ形の重い扉を押し開けて、駐車場からビルの中へと入った。

入って直ぐの左側に警備室があり、顔馴染《なじ》みの中年の警備員二人がデスクに落としていた視線を上げ、朝倉と気付いて「お……」という表情を拵《こしら》えながら二人同時に立ち上がった。

門限の午前零《れい》時になると、ここの警備員によって三棟六箇所にある出入口がロックされてゆく。

門限が遅いのは、五階に舞台付き研究室があって、若手関係者たちが夜遅くまで研究に熱心だからだ。

「お疲れ様……」

朝倉は笑顔で短い言葉を投げかけ左手を僅かに上げると、足早に警備室の前を通り過ぎ正面玄関へと足を向けた。

正面玄関を出た右手直ぐのところには、地下鉄都営新宿線の駅改札口に続いている階段の降り口がある。

その階段を身軽に降りてゆく朝倉の身形《みなり》は、荒荒しい美貌の女傑に乗り込まれたオフィスにいた時とは、がらりと変わっていた。

濃紺のスーツで、ズボンには指先を触れると切れそうな程の線が走っており、上着の左胸ポケットからは薄いブルーのポケットチーフが覗《のぞ》いている。したがってネクタイ地も薄いブルーに、鷹《たか》を金糸で小さく刺繍《ししゅう》したものだった。洒落《しゃれ》ていた。

それに金ぶちの眼鏡《めがね》を掛け、薄いアタッシェケースを右手に持ち、夜目《よめ》にもいい艶《つや》を出していると判る革靴を履《は》いた朝倉の姿はどこから眺めても、「大商社の秘書課長をしております……」と名乗れば頷《うなず》ける印象だった。

朝倉は都営新宿線に乗った。

花の金曜日のせいだろう、車内は満員に近く、日本酒やビールの臭気などが満ちていた。

呑み疲れでもしたのか、吊り革につかまっている乗客も、両足を踏ん張って立っている者も座席に座っている者も、うなだれて無言だ。

どんよりとした重く臭《くさ》い空気が乗客の背に覆いかぶさっている。

目的の市ケ谷駅《いちがや》で逃げ出すようにして降りた朝倉は、酒が嫌いではないのにホームで背中を反《そ》らせて天井を仰《あお》ぎ、「ぷふあっ」と肺に溜まった汚れた空気を一気に吐き出した。

酒で酔うことなど殆ど無い酒豪の割には、デリケートな部分があるのだろうか。階段を駆け上がって夜の新鮮な空気を吸った朝倉の双眸《そうぼう》が眼鏡の奥で、『大商社の秘書課長』には不似合いな険《けわ》しさを見せた。

男の目であった。

外濠《そとぼり》に架かった市ヶ谷橋を、朝倉は地下鉄のホームから上がってきた大勢の乗降客にまぎれ込むようにして厳しい顔つきで渡った。

がっしりと広い肩幅、間違いなく一八〇センチ以上はある背丈、そして力強く躍動的な歩幅は、『大商社の秘書課長』のそれでないことは明らかだった。

市ヶ谷橋を渡ると外堀通《そとぼりどおり》だ。その通りを向こうへ渡るために彼は信号が変わるのを待った。前後左右に信号待ちの人があふれている。こういう時、仕事柄朝倉は最も神経を使った。ましてや荒荒しい女にオフィスへ踏み込まれた直後である。ワイシャツの下に薄くて強靭《きようじん》な防刃《ぼうじん》ベストは着用しているが、重い防弾ベストは日頃から願い下げにしていた。したがって至近距離から発砲されたなら、ひとたまりもない。

が、手にするアタッシェケースは一応、防弾仕様にはなっている。

(あの女、若《も》しや、『天鵝《テイエンオー》』に集結した連中につながっているのではあるまいか……)

朝倉が胸の内で声なく呟き、脳裏《のうり》に端整な女の笑顔を甦《よみがえ》らせた。

信号が青に変わった。待ち構えていたように、人人が一斉《いつせい》に動き出す。

力強い歩みで横断歩道を渡りながら、朝倉の目は左手四十五度方向にタクシーを探していた。

見つけた。『空車』表示を点灯させている。停止線直《す》ぐの辺《あた》りだ。

横断歩道を渡り切った朝倉は、空車タクシーへ足早に近付いていった。視線をその方へ向けていたから、運転手もこちらを見てドアを開けた。阿吽《あうん》の呼吸、というやつだ。

朝倉が乗り込むとドアが閉まり、信号が変わってタクシーは動き出した。

「どちらまで？」

「近くで申し訳ないが、涙坂《なみだざか》で降ろして下さい」

「坂の何処《どこ》で？」

「坂下で結構です」

「はい」

涙坂の坂下までは、外堀通を濠に沿うかたちで北東方向へ千二百メートル余、東京メトロ南北《なんぼく》線の飯田橋《いいだばし》駅からだと徒歩で二、三分と、至近である。

朝倉は腕時計を見た。暗い場所では自動的に文字盤が明るくなる国産のたいして高くもない時計は、午前零《れい》時近くになっていた。

（缶ビールで遅くなり過ぎたか。怒るかな芳元《よしもと》……）

と、朝倉は薄暗い車内で独《ひと》り苦笑を漏らした。

防衛大学校同期の芳元英雄《ひでお》の栖《すまい》を訪ねることは、朝倉の楽しみの一つではあった。

彼、芳元が洋酒のコレクターだったからである。煙草を吸わず、バーやクラブなど夜の遊びを徹底して避ける地味な性格の芳元の唯一の道楽、それが洋酒をコレクトすることだった。

ところが彼は日本酒かビールしか呑まない。したがって洋酒瓶《びん》の中身を減らすのは、専《もっぱ》ら朝倉の役割だった。

タクシーが道路の路肩に寄って止まった。穏《おだ》やかな運転であった。

「此処《ここ》で宜《よろ》しいですか」

「結構です。ありがとう」

朝倉は料金を支払って降り、涙坂を急いだ。自分も芳元も時間の不規則には馴れているが、「午前零時とは少し奴に悪いか……」と朝倉は思った。

途中のコンビニエンスストアで、朝倉は余計な事だと気付いてはいたが、カシューナッツ、ピーナッツ、マカデミアナッツなど芳元の好物のナッツ類を仕入れた。

芳元はこれらの豆で日本酒を呑むことを好んでいる。

その彼が住むマンション『グリーンプラザ』は直ぐ目の先の高台に聳《そび》え建っていた。十八階建だ。

朝倉は真っ直ぐにマンションへは向かわなかった。マンションの裏手へと迂回《うかい》する目的で、彼はコンビニエンスストアの先を左へ折れる急坂を選択した。外灯の少ない小路の坂道だった。

坂道は上がるにしたがって右へと緩《ゆる》くカーブした。

そして、ところどころに四、五段の石段があったりする。

この石段の角が自然と磨《す》り減って丸みを帯び油断できないことを、朝倉は知っていた。余程昔に設《しつら》えられたのであろうか。

マンション『グリーンプラザ』には南玄関と北玄関があって両玄関ともオートロックだが、南玄関がいわゆる正面玄関に当たり管理人室とクロークカウンターが設けられていた。但《ただ》し午後八時を過ぎると閉じられる。

朝倉は北玄関の前まで来て用心深く辺りを見まわしてから六階の左角を仰《あお》ぎ見た。

角部屋だから余りカーテンの必要は無い。

キッチンの窓と勝手口扉に嵌まっている磨《すり》ガラス（曇りガラス）が、ダウンライトを点《とも》しているのか明るい。

「遅いじゃねえか……」と不機嫌そうに呑んでいるかな、と朝倉は想像しながら北玄関へと入っていった。

総ガラス製の最初の扉は二十四時間自動的に開くが、二台の防犯カメラが備わっている玄関フロアに入ると、次の扉を開けるにはオートロックキイが要った。

朝倉は右手で提《さ》げているコンビニエンスストアのビニール袋を、アタッシェケースを提げている左手の指先に引っ掛けると、壁に取り付けられている総合自動管理システムのボタンを『６０１』と左手指先で押した。

これで芳元英雄の部屋につながり受信モニターが朝倉の顔を映《うつ》し出す。

だが芳元の応答は無く、オートロックの扉も開かなかった。

「風呂かな……」

と呟きながら、スーツの右ポケットから任務用の特殊携帯電話――一見するとガラケー――を取り出し、『６０１』号室の固定電話へ掛ける朝倉の表情は、目つきを変えていた。

二度掛けたが、応答が無い。

酔っ払って眠ってしまったか、或は浴室で心筋梗塞《こうそく》でも起こしたか、など朝倉は想像しない。

心身強健《きようけん》な芳元であることを誰よりもよく知っている。

朝倉は目つきを険しくさせ、植栽豊かで庭園灯の明りが利《き》いた敷地を足早に回り込み、正面玄関へと急いだ。

だが、直ぐには正面玄関に入ってゆくことは避け、樹木の陰の暗がりに身を潜《ひそ》めた。

暫《しばら》くそうしていると、残業か、それとも呑み会かで遅くなったのか、三、四人の住人らしいのが次次と正面玄関に入っていった。

その最後の人の後へ然《さ》り気《げ》なく朝倉は続き、オートロックの『関所』を通過した。

エレベーターも皆の後から当たり前のような顔つきで一番最後に乗り、「こんばんは……」と誰にともなく挨拶して直ぐに背中を向けた。

そして右手指先で⑥を押し㊚を押す。

一番最初にエレベーターから降りたのが、朝倉ひとりであったことは幸いだった。

『601』号室は、エレベーターホールの斜め前に位置しており、しかもプライバシーに配慮した構造の玄関ポーチは、廊下から奥まった位置にあって人目につきにくい。

朝倉は念の為もう一度、携帯電話をマナーモードに設定してから、『601』号室の固定電話へ掛けてみた。

結果は同じであった。

チッと舌を打ち鳴らした朝倉は、マナーモードに設定したままの携帯電話で何処かへメールを打ち始めた。

10

『601』号室の玄関ポーチに待機していた朝倉の携帯電話が、四、五十分経って彼の体に振動《バイブレーション》を伝えた。

携帯電話を開くと「間もなく到着……」のメールがディスプレイに入っていたので、朝倉は音立てぬようそっと携帯を閉じ足音を殺してエレベーターに乗り①の釦《ボタン》を押した。彼の靴はごく当たり前の革靴に見えるがサイレントシューズだ。靴底に消音のための特殊な素材が張られている。護謨《ゴム》と木綿繊維《もめんせんい》と発泡樹脂で出来ている。

エレベーターで一階へ降りた彼は、正面玄関のオートロックドアに近付いて行った。

向こう――外部――から**最初の**自動開閉ドアを開けた鮨屋《すしや》の出前《でまえ》みたいな身形《みなり》の中年男が、**その次の**玄関フロアへと入って来た。『客商売にふさわしい笑顔』で、オートロックドアのこちら側――内側――にいる朝倉へ、ひょいと頭を下げる。

防犯カメラを意識しての事なのであろうか。

朝倉がオートロックドアとの間を詰めると、ドアが静かに開いて出前男はするりと入って来た。商売人らしい笑顔は消していない。

二人は無言のままエレベーターで六階に上がり、『601』号室の玄関ポーチに身を潜めてから頷き合った。それで意思の疎通は完了したのだろう。

出前男は手に提げていた『アルミ製の出前箱』みたいな物を静かに置き、蓋《ふた》を上に引き上げて鮨桶《おけ》ならぬ工具箱を取り出した。

出前男は『601』号室ドアの鍵穴に顔を近付けて独り「うん、これなら……」と漏らすと、工具箱から一本のキイを取り出し、鍵穴に挿入した。

何のための錠前なのか、と呆《あき》れ返《かえ》る間《ま》も無いほど簡単に、ロックは解除された。

「有り難う。あとはやるから、引き揚《あ》げてくれ」

「はい。他のメンバーと合流して、これから不忍池《しのばずのいけ》のオフィスの方へ回ります」

出前男は手早く工具箱を『アルミ製の出前箱』に片付けると、屈《かが》めていた姿勢を正した。

「そうか。オフィスはかなり荒れた状態だが、ひとつ頼む」

「任せて下さい」

お互いの額が触れ合う程の近さで小さく囁《ささや》き合うと、中年の出前男はビシッと一礼し硬い表情で朝倉から離れていった。

若い朝倉の方が上位の者であるかのような、出前男の態度であり言葉使いだった。

朝倉は暫く『６０１』号室の扉を眺めていた。口元が苦し気に歪《ゆが》んでいるではないか。

すでに扉の向こうの光景を予感しているかのように。

一度、二度と大きく息を吸い込んだ朝倉の右手が、扉のノブを音立てぬよう右へ回し、そして静かに引いた。

数え切れぬ程、この部屋を訪れては旨《うま》い洋酒《さけ》を減らしてきた朝倉だった。

扉が開いて室内の明りが朝倉の足元に漏れ広がった。

が、奥のリビング・ダイニングルームへと続いている廊下に対して、横から入る（丁字形《ていじ》に入る）玄関の構造であるためリビング・ダイニングルームの様子は窺《うかが》えない。

扉を用心深く閉めてロックした朝倉は、腰を下げ左手に提げていたアタッシェケースとコンビニのビニール袋をその場にそっと置いた。そうしながら同時に右手が右足首へと伸びていく。

足首のホルスターからセミオートマチック・ピストル――ベレッタBU9《ナイン》ナノ――を引き抜いた朝倉が、ぐいっと眦《まなじり》を吊り上げた。

朝倉はすでに、絶望的な事態を予感していた。

予感しなければならないほど危険な任務を背負っている自分、という強い認識があった。

この認識には、口頭による辞令（紙として残さぬ辞令）を受けたその瞬間から、消えることなく常に苦しめられてきた。

そしてまた、『たった一人の自分の組織』にかかわってくれる、『近似的な他の組織』の同僚たちに対しても、『用心・警戒するという溝《みぞ》』を隔てて、やはり常にあった。

朝倉は靴を履いたままの足を、先ず右足からそろりと廊下に上げた。

右手人差し指は既に引金《トリガー》に触れており、背中には早くも汗を感じ、喉が渇き出していた。

正直、背すじが寒い、と思った。あの荒荒しい美人がオフィスに踏み込んで来た時も不気味に感じたが、今はそれ以上に不気味に感じた。そのような自分を、なさけない、とは思わなかった。これが自然な己れの感じ方なのだ、と思った。

米国ＦＢＩでは厳しい射撃訓練を積み重ね、高い評価を得てきた朝倉である。

日本の銃砲刀剣類所持等取締法の第三条『所持の禁止』の第二項「所持の禁止の例外」に沿うかたちで開かれた『メルボルン閣議』の決定によって、「任務遂行に必要な武器の保有」を朝倉は許可されている。

また、「自衛隊法八七条」によっても朝倉の武器所持は「特殊任務」の観点から容認されていた。

朝倉の両足が廊下に上がった。廊下に沿ったどの部屋のドアも閉じられていて、その先のキッチンとリビング・ダイニングルームが皓皓《こうこう》と明りを点している。

この部屋の3LDKの間取りは充分に知り尽くしている朝倉だった。広さが百平方メートル近いことも。

右手でセミオートマチック・ピストルを持ち、その右手を左手で下からがっちりと支えて、朝倉の足は十メートルほど先の明るい部屋へ、ジリッと進んだ。

彼は生唾《なまつば》を飲み下した。体中が緊張で包まれているというのに、万が一、現われた標的は完全に仕止《しと》めてみせる、という冷静な自信があった。

烈しく凄まじい銃撃戦——テレビドラマで観るような——は、FBIに留学したアメリカを発つ日に既に経験している。まさにそれが『現実』のアメリカだった。甘く生温《なまぬる》い平和に満ちた日本とは、余りにも違《ちが》い過ぎたアメリカの『現実』だった。その『現実』から朝倉は、**真に巨大な姿を有するアメリカ**を学んできた。そして彼は今、そのアメリカを心から尊敬している。

彼の足が遂にキッチンの脇を過ぎ、リビング・ダイニングへと踏み込んだ。

いや、踏み込んだ、と言えるような勢いではなかった。

「うむ……」

朝倉の顔がたちまち泣き出しそうになり、呻《うめ》きを漏らした。小型ピストルは油断なくまだ身構えていたが、その銃口が小さくぶるぶると震えている。

「よ、芳元……」

朝倉の歯がキリキリと嚙み鳴った。

芳元は朱《しゅ》に染まってソファにもたれ、鮮血が壁にも床にも飛び散っていた。

テーブルの上には、ジョニーウォーカーのブルーラベル、日本酒、ナッツ類がのっていたがこれも血しぶきを浴びていた。

ジョニーウォーカーの高級酒であるブルーラベルが横向きに倒れているのは、芳元がソファに沈む時にでも手で払ったのであろうか。

「おのれ……」

踏み止《とど》まったままの朝倉の両目に、涙が湧き上がった。

こちらに見せている芳元の蟀谷《こめかみ》に、隠しようのない貫通孔《かんつうこう》（射出孔）がはっきりと認められることから、**狙撃**されたことは明らかだった。

室内の空気を入れ替えようと気を利かせた積もりなのか、アルミサッシの窓が三、四十センチばかりカーテンと共に開いている。

凶弾はそこから飛び込んできたのだろう。

この窓は朝倉が下から見上げた時に、見えなかった位置の窓《もの》だった。

朝倉は姿勢を低くし、小型ピストルを足首のホルスターに戻すと、床の血糊《ちのり》を踏まぬよう気を付けながら、開いている窓へと躙《にじ》り寄った。

窓の外を確かめる、という無謀なことはしなかった。それは最も危険な行為だ。

彼は手首を射抜かれないよう用心しながら、低い姿勢のまま窓を閉じ、厚いカーテンを引いた。そして、そのまま朝倉はしゃがんで下唇を嚙み、じっとしていた。

直ぐ目の前で防衛大学校の同期の桜であった友が息絶えているのだ。

共に学び、共に訓練を受け、共に青春を謳歌《おうか》した、無二《むに》、と言っていい友だった。

幸いというか、芳元はまだ独《ひと》り身であり、朝倉もまた同じである。

この部屋の名義人（所有者）は、『日本考古学研究普及会』になっている。

居住者は『文化庁文化財部・伝統歴史文化研究副参事官・芳元英雄』。芳元英雄は実名（本名）だ。

「俺は貴様《きさま》の御両親にどのように報告すればいいのだ。俺にはとても言えない」

朝倉は唇をぷるぷるとさせて呟《つぶや》き、指先で目尻に溜まった涙を拭《ぬぐ》った。

芳元英雄は兵庫県宝塚《たからづか》市の出身だった。

朝倉は彼の生家がある宝塚市を訪ねたことはまだ一度もないが、両親が彼に会うために二度上京して来た際、東京駅近くのホテルで夕食を共にしていた。芳元の誘いを受けて。

朝倉は指先で目尻に浮かんだ涙の粒をもう一度拭って、深く息を吸い込むと、床に広がっている血糊を避け、しゃがんだ姿勢のまま盟友の骸《むくろ》に寄っていった。

この時になって朝倉は、ソファにのけ反るように沈み込んだ遺体の、肘掛の外へだらりと垂れ下がった左手に確《しっか》りと握られている小さなグラスに気付いた。

朝倉気に入りのシングルグラスであった。ジョニーウォーカーの英文字とブランドマークである杖《つえ》を持つ英国紳士の姿が、呑み口の下に小さくブルーカラーで入っている。

このマンションを訪れるたび朝倉が用いていたそのシングルグラスを、芳元は間もなく訪ねて来る友人のためにサイドボードから取り出し、テーブルに置こうとした瞬間を、窓の外から狙撃されたようだった。

それにしても、友のグラスを確りと手にしたまま絶命したとは……。

「くそっ……」

朝倉は全身を震わせ、己れの掌《てのひら》でシングルグラスを持つ芳元の手を包み込んだ。銃の携帯所持の許可を得ている者として絶対にあってはならない『復讐』の文字と感情が、胸の内側でうねり出していた。

「許さんぞ……」

朝倉は呻き、歯を嚙み鳴らした。

芳元英雄は防衛省の中にあって優《すぐ》れた防衛作戦情報分析官として、要員三百名の『特殊作戦本部・枢密《すうみつ》情報部』を統括していた。階級は**3等陸佐**（陸軍中佐相当）である。

一方の朝倉一矢の階級は、**3等空佐**（空軍中佐相当）であった。

防大同期の桜であり無二の友である間柄《あいだがら》の二人は、具体的には一体どのような任務に就《つ》いているというのであろうか。また二人の所属階級の違いは、不忍池そばのオフィス『日本考古学研究普及会』を間に挟《はさ》んで、如何《いか》なる意味を有しているというのであろうか。

単に所属階級が違うというだけで、深い意味はないのであろうか。

その点について考察を加えるならば、もう一つ忘れてはならない重要な事があった。

3等空佐である朝倉一矢は、現在の任務に就きつつある中で、実は海上自衛隊教育体系の**幹部特別課程**までを修了した『異例の存在』であったのだ。

このことは、3等空佐でありながら、海上自衛官でもある、ということを意味しているのであろうか。

それとも、戦闘機を操縦でき、戦闘艦をも操れる『能力が必要な任務』に朝倉が抜擢された、ということなのだろうか。そうだとするなら余りにも過酷に過ぎる。

11

「こいつは貰っておくぞ芳元……」

朝倉はしゃがんだ姿勢を前に傾け、テーブルの上で横倒しになっているジョニーウォーカーに手を伸ばした。本来ならば、事件となった現場は、勝手に手を触れてはならない。

だがこいつだけは、と朝倉は思った。ジョニーウォーカーに飛び散った芳元の血は、まだ完全には乾き切っていない。それを朝倉はハンカチで拭《ふ》き取り、そのあと「これもな……」とやさしく告げて、芳元の掌の中にあるシングルグラスを取りあげた。ややこ硬直をはじめていた芳元の五本の指は、なんと素直にやわらかく開いた。彼はキッチンへ移ってジョニーウォーカーとシングルグラスを流し台の上に置き、手に付いた血糊を水道水で洗い流した。

ウイスキー瓶にはまだ多少の血糊が付着してはいたが、朝倉はそれを洗い清めようとはしなかった。芳元の無念の血である。オフィスへ持ち帰り冷蔵庫で冷やすにしても、残った血糊はそのままにしておく積もりだった。怒りを忘れぬためにも。

濡《ぬ》れた手をハンカチで拭いた朝倉は任務用の特殊携帯電話を取り出した手の親指で、ワンタッチダイヤルボタンをプッシュした。

発信音が鳴った途端、重重しく渋い男の声が「はい……」と電話口に出た。

それだけであった。相手は名乗らない。

「朝倉です。いま差し支えありませんか」

「自宅の書斎だ。差し支えない」

「不忍池のオフィスの件。報告は入っておりましょうか」

「無論だ。芳元宅玄関ドアのロックオフまでは承知している」

「その芳元でありますが……」

「要対処A（重大事案）が生じたのか？」

「はい」

「判った。所轄署扱いとはせず、直《ただ》ちに警察庁長官扱いの手続を取る」

「お願い致します」

「君は現場《げんじょう》から直ちに引き揚げたまえ。玄関ドアはロックオフのままでよい」

「了解。引き揚げます」

「あ、待て。朝倉」

「は……」

「今後においてだが、必要と判断した場合は身に付けているものを躊躇《ちゅうちょ》なく用いたまえ。躊躇なくだ」

「心得ております」

「そのための携帯所持許可だ。全ての責任は国家が負う。怯《おび》えるな」

言い終えて、朝倉の応答を待たぬ内に、電話を切った相手であった。事務的であり極めて冷《ひや》やかな相手の声だった。

「ありがとうございます」

朝倉は、すでに通じなくなっている携帯電話に向かって静かに言い、軽く頭を下げてみせた。こういう場合であっても、安っぽい『無念』や『同情』の言葉を口に出す相手ではないことを判ってはいた。

「必要と判断した場合は……か。それが難《むずか》しいのですよ、それが」

天井を見上げて溜息まじりに呟く朝倉だった。

しかし、今の電話の相手が誰よりも自分の特殊任務を理解し支援してくれる閣僚であることを、朝倉は承知している。

「必要と判断した場合は躊躇なく（携帯する武器を）用いよ。責任は国家が負う」と正面切って力強く言い切ってくれた閣僚は、正式に任務に就いてからの今日《こんにち》まで、今の電話の相手の他には一人としていなかった。また、閣僚の誰彼《だれかれ》に、己れの存在や任務の詳細を知られ過ぎても困る、朝倉の立場ではあった。

「お別れだな。芳元」

朝倉は流し台の前に立ったまま、ソファの骸に対して姿勢を正し、ビシッと音立てるように別れの挙手をした。

「おう、またな朝倉……」と、芳元の声が聞こえてきたようであった。

朝倉は挙手を下げた姿勢を崩すことなく体の向きを変えたが、3等空佐らしい鋭く〝切れ〟のある動きは、そこ迄だった。

がっくりと肩を落とし、彼は力なく玄関へと引き返した。

朝倉は、其処《そこ》が芳元の書斎であると判っている玄関脇の部屋のドアを開けた。

室内の明りを点すと、デスクの上で頁《ページ》を開いたままとなっている分厚《ぶあつ》い本が目にとまった。

何を読んでいたのか、とデスクに近寄っていった朝倉の表情が、思わず「ほほう……」となる。

中国の今は亡き高名な軍事学者・陣《チエン》卿峰《チンフオン》の著書『大アジア征討論』の、しかも中国語の原書であった。

朝倉は英語、中国語を得意とし、ロシア語を少しやる。

英語、仏語、ロシア語を得意とする芳元が、防大時代に選択必修二単位の枠にこだわらず熱心に中国語に打ち込んでいたことは知っていた。

彼が防衛大学校を卒業し、防衛省大臣官房へ入職してから以降も、熱心に中国語を学んでいたことも朝倉は承知している。

いま書斎のデスクの上で頁を開いている『大アジア征討論』は、一体いつ、どこから入手したものなのか、紙は相当に黄ばんでいた。紙質もよくはない。

朝倉は迷った。この本も友の遺品として持ち帰ろうか、と。

だが諦《あきら》めて書斎から出た朝倉は、玄関の上がり框《かまち》に置いたままになっているコンビニのビニール袋を手に、再び書斎へと引き返した。

「こいつを抓《つま》みながら、勉強を続けてくれ芳元……」

朝倉はナッツ類が入っているビニール袋を『大アジア征討論』の脇へ置き、「あ……」と何か思いついた顔つきになってキッチンへと引き返した。

ぐずぐずしていると警察庁長官の指示を受けた『特別な連中』が、この『601』号室へとやってくる。その連中とは絶対に顔を合わせてはならない朝倉一矢だった。

「これもな……本当は持ち帰りたいのだが……やはり置いてゆこう」

朝倉はキッチンの流し台の上に置いたままだったジョニーウォーカーとグラスを、

書斎のデスクの上へと持ってゆき、アタッシェケースを左手に『601』号室を後にした。

沢山の指紋や足跡を室内に残してきた、という認識はむろんあったが、全く気にしていない。『国家を背負って立つ、たった一人の自分』が己れの指紋とか足跡を気にかけていたなら、動きようがない、と思っている。**そんな痕跡**なんぞは国家が適当に処理してくれればよい、と割り切ってもいた。

エレベーターで一階へ降りた彼は正面玄関（南玄関）を避けて北玄関から外へ出、足を急がせて外灯の明りが届かない暗がりに溶け込んでいった。

朝倉の足は暗がりを選ぶかたちで、タクシーを下車した外堀通とは逆の方角――北西――へと向かっていた。この深夜、昼間とはがらりと違って、さすがに人の往き来は目立たない。

このところ二十三区の治安が悪化しているため、尚《なお》の事だ。とくに表に出ていない外国人犯罪が深刻だった。海外から多くの外国人観光客が訪れ、帰国せず滞在を続けて不良集団化する厄介《やっかい》なのが地下で激増している。**手に負えないマフィア化**するのは、時間の問題と見られている。もし日本に**カジノ**などが実現すれば、その傾向は一層、顕著となるだろう。

朝倉の足は、幾らも行かぬうちに外灯を持たない電柱の陰で止まった。

「あれか……」

と漏らした彼の視線は、二十数階はあろうかと思われるビルに注がれていた。外観は夜目《よめ》にもオフィスビルと判る造りであった。外周を洒落《しゃれ》た総ガラス張りなどはせず、窓を比較的小さくし――その分、窓の数は多いが――いかにも頑丈な特徴を持つビルだった。

惨劇があった十八階建のマンション『グリーンプラザ』は、まだ左手方向直ぐの所と言ってよい位置に聳えている。

朝倉は二つのビル――一方はマンションだが――を二度、三度と視線を往復させて見比べた。

(間違いない。狙撃位置はあのビルの何処かだ……)

胸の内で朝倉は、声にならぬ無念の呻きを発した。

出来るなら直ちに高層ビルに踏み込んで狙撃位置を突き止めたかった。

この深夜であるから、狙撃者は銃の排莢口《はいきようぐち》から排出された空薬莢を、現場《げんじよう》に残して急ぎ立ち去った可能性がある。

たった一つの空薬莢から幾通りものことが推測できる場合があるため、疎《おろそ》かには出来ない。

だが、朝倉は己れの身に直接関係がない事案に関して自由勝手に――無制限に――対処できる立場にはなかった。

上から命じられた『事《こと》』に対しては、大きな自由裁量の権限が認められてはいるが、命じられた『事』という厳しい制限を忘れる訳にはいかなかった。それほど難《むずか》しい立場に在《あ》る彼なのだ。

朝倉の足は外堀通へと戻り出した。それまで夜空にあった月が不意に雲に隠されて濃い闇が広がった。

『グリーンプラザ』で惨劇が生じたというのに、深夜の界隈《かいわい》は大変穏やかであることから、朝倉は狙撃者が用いた銃は、消音器《サイレンサー》とスコープを備えた高性能な狙撃用ライフルであろう、と読んだ。

そのような恐ろしい銃が、一般の人間の手に易易《やすやす》と入る訳がない。

要するに芳元はプロによって消されたのだ、と朝倉は断定した。

（しかし……なぜ芳元が？）

と、朝倉は疑問に感じた。

芳元は『特殊作戦本部・枢密情報部』にとって確かに重要な人材の一人ではあった。有能な制服組の上級管理職だ。

しかし組織の『外側』に存在する黒いトゲ——例えば反日的な——と直接対決したり接触したりする立場にはない。つまり身を危うくする極秘任務を背負うような立場にはない。

あくまで『特殊作戦本部・枢密情報部』を統括する監理者として実力を発揮してきた。

組織にとって芳元を失うことの衝撃は大きいが、任務を果たしてゆく上で『代打』で困るようなことにはならない。芳元の下では制服組、背広組を問わず有能な人材がごろごろ育っており、まかり間違っても組織の機能が停滞する心配などは無かった。

（その芳元に比べると俺は……）

と、朝倉は考え考えしながら、次の細く真っ暗な路地の角を左へと折れた。何処から狙撃されるか判らないことを考えれば、危険な細く暗い路地であった。

「日本という微温湯民族《ぬるまゆみんぞく》で満ちたこの開けっ広げな『平和貪食《どんしよく》国家』には、国民の目に触れることのない灰色で不気味な外国の秘密機関が多数存在する……」

ゆっくりと歩きながら独り苦《にが》い顔つきで呟く朝倉だった。その『灰色の機関』のうち、**日本の国家存亡に深刻なかかわりを持つ組織を殲滅《せんめつ》**すべく密《ひそ》かに容赦《ようしや》なく任務を遂行していかねばならぬ自分こそ、次の標的にされるかも知れないと思った。

（事実、荒荒しく美しい謎《なぞ》の女が不忍池のオフィスへ侵入してきたではないか……）

そう胸の内で思い返しつつ深夜の暗い空を仰《あお》いだとき、胃のあたりがズキンと痛んで朝倉の口元が思わず歪んだ。

あ、怖がっているな、と朝倉には判った。

路地を抜け出た朝倉を迎えたのは、多少幅を広げはしたが矢張り暗い路地であった。かなりの間隔《かんかく》をあけ、ところどころに弱い明りの外灯が点っている。管球が切れかかっているのか、点滅を繰り返しているものもある。

朝倉は目の前にある十数段の階段を、外堀通に向けて下り出した。

、サイレントシューズを履いているため、足音は殆ど消えている。

路地の両側に並んでいるのは一様に間口《まぐち》の小さな店で、どの店もシャッターを下ろし、明りを漏らしている窓などは見当たらない。

深い静けさに覆われた路地だ。

朝倉は午前三時半であることを、アタッシェケースを持つ左手の腕時計で確認した。

階段を下り切って十メートルと行かぬ内に、朝倉の足がふっと止まった。

何処かで甲高い悲鳴――短い――がしたような気がした。

だが、それっきりだ。

(気のせいか……)

と、朝倉は溜息を吐いて、少し先で弱弱しく点滅を繰り返している外灯を何とはなし眺めた。

足は止まったまま動かない。

重い心の疲労が朝倉を見舞ってはいたが、肉体の疲労感はなかった。

無二の友を失ったことで気分が打ちのめされていた。

（それにしても……）と、朝倉は暗い空を仰ぎ、またしても溜息を吐いた。

なぜ芳元は『大アジア征討論』をしかも原書で読んでいたのであろうか、という疑問が今頃になって、浮かびあがってくる。

「あ、流れ星……」

その疑問を掻《か》き乱そうとでもするかのように、夜空を覆う雲の切れ目の中を鮮明な光の尾が東の空から西の空へとゆっくり流れた。

その短い間、朝倉は何もかもを忘れて立ち竦《すく》んだ。

この世に流れ星なんてものがあったのだ、という小さい妙な感動が疲れ切った気分を少し癒《いや》してくれた。

するとまたしても『大アジア征討論』に対する、ざわざわとした思いと黄ばんだ古い原書が脳裏に甦り出した。

著者である中国の今は亡き高名な軍事学者・陣《チエン》卿峰《チンフオン》は、北京国防大学（軍事指揮専攻）を首席で出たあと、モスクワの大学院で軍事法学博士を取得、英国へ渡ってロンドンの大学院で情報工学博士を得た異才中の異才であった。中国人民解放軍にとっては、尊敬する憧れの的《まと》の人物であって、『大中国』を目指す彼の『大アジア征討論』は、中国軍関係者に止《とど》まらず、中国共産党（中国政府）にとっての古典的Bible《バイブル》でもあった。偉大なる書物だったのである。

陳《チエン》卿峰《チンフオン》は知性豊かな、穏やかな人格者として知られ、働かぬ『無貢献人物』に対しては厳しく、しかし病者や身体不自由な者に対しては極めて優しい人物としても有名であった。

だが、『大アジア征討論』という名著を支えている彼の〈**戦略水平論**〉と称されている精神は、非常に苛烈なもので、『大中国』を実現するためには如何なる列強をも必ず撃破して前進する、という烈烈たるものだった。

彼のこの〈戦略水平論〉に最も戦慄《せんりつ》したのは欧米の列強ではなく、当時の中国にとっては身近な存在だった強国ソビエト社会主義共和国連邦だったのではないか、と思える。

それを示す顕著な一例がある。

一九五七年九月七日、強国ソビエトと中国は『国防新技術に関する協定』の締結を**約束し合っている**。

ロケット、原爆、戦闘機などの開発・生産技術を、強国ソビエトが中国へ提供するという『協定取り交わし』の約束だ。

そして、翌月の十月十五日、強国ソビエトと中国との間で右の協定が締結。ところがその協定が、一九五九年六月二十日、強国ソビエトによって一方的に破棄されたのだ。

ただ、当時の地球をアメリカと二分していた大強国ソビエトである。中国に対する右の態度は、頑固な『鉄のカーテン』の大国ソビエトらしい応援のジェスチャーであったのかも知れない。「もっと速く進歩を、もっと速く進歩を……」という。

それにしても芳元英雄3等陸佐と『大アジア征討論』とのつながりとは、何なのであろうか？

「芳元よ、お前は『大アジア征討論』を読むことで、一体何を得ようとしていたんだ……」

朝倉のそれは、呟きというよりは目の前に芳元を置いてまるで語り掛けているような独り言だった。

この時である。

またしても甲高い悲鳴が聞こえてきた。

明らかに、何者かに襲われているかのような悲鳴だった。女の悲鳴のように、聞こえなくもない。だが、男でも恐怖次第で細く甲高い悲鳴を訳もなく発する。その悲鳴が二度三度続いて、しかも次第に近付いてくるではないか。

走っていると判る足音と共に。

12

朝倉一矢《あさくらいっし》は次第にこちらへと近付いてくる足音に備えて、外灯を持たない電柱の陰——濃い暗がりの中——へと身を潜《ひそ》めた。左手のアタッシェケースを邪魔に感じたが、仕方がない。

足音は一人のものと思われたが、男のものか女のものか朝倉にはまだ識別できなかった。若《も》しハイヒールなどであれば、小槌《こづち》で丸太を叩き鳴らすような音で響きわたる筈《はず》だ。

(追手の足音が全く聞こえないが……ひょっとして)

追跡者はサイレントシューズを履《は》いているのではあるまいか、と朝倉が疑ったとき、二十メートルばかり先の路地から黒い影が店の小さな照明看板の薄明りの下へと飛び出した。

女、と朝倉には咄嗟《とっさ》に判った。ポニーテールが照明看板の貧弱な明りの下で躍《おど》っている。

迷うことなく濃い暗がりの中から飛び出した朝倉は、「こっちへ……」と低いが鋭い声を放ちつつ手招いた。声は相手に充分に届いている、という確信があった。

女は朝倉の位置とは反対の方向へ曲がろうとしかけ、「こっちだ……」と朝倉の二度目の声に一瞬動きを止めた。

それがいけなかった。路地の奥から音もなく飛翔《ひしょう》した三本の曳光《えいこう》を、朝倉の網《もう》膜《まく》がはっきりと捉《とら》え、女の影が前のめりに倒れた。銃声は無い。

「くそっ」

三本の曳光を撃ったまだ姿見えぬ相手にほんの一瞬、躊躇《ちゅうちょ》した朝倉であったが、次の瞬間には女に向かって脱兎《だっと》の如《ごと》く走っていた。怖さを背負った走りだった。

やや〈怯え色〉になりかけていた頭の中で、女を追跡する奴は消音銃《サイレントガン》を発射した、と読めていた。

よろめいて立ち上がりかけた女の腕に、朝倉は「しっかりしろ……」と左腕を巻きつけるように絡め、外灯の備えが無い路地の奥を見た。

こちらに向かって二つの影が走ってくる。

いや、闇の中を走ってくるそれは、影ではなかった。闇に溶け込んだ漆黒の**気配**だ。

突進してくるその漆黒の気配を、すでに反撃のスイッチをＯＮ《オン》にしている朝倉の頭は、〝人の影〟と捉えていた。しかもかなり大きい、と。

女が、再び膝を崩し、突っ伏しかけた。

「立て。走るんだ」

朝倉が突進してくる二つの気配との距離を測りながら女を叱咤《しった》したとき、低め真正面から迫ってくる二本の曳光を、またしても彼の網膜は鮮明に捉えていた。

(撃ちやがった……)

と、左手にあったアタッシェケースで女の頭部を遮蔽《しゃへい》しようとした朝倉であったが、それは無理というものだった。

撃ちやがった、と認識した瞬間《とき》には、弾丸は〝其処《そこ》〟まで来ているのだ。

朝倉は左耳の下に目のくらむような熱痛を感じざま、両膝を〝くの字〟に折り曲げ、仰向《あおむ》けに倒れた。耳を弾丸で叩かれたのが判っていた。

だが朝倉の記憶は、コンマ数秒前に溯《さかのぼ》ってポイント・ブランク・レンジ（至近距離）の位置に達している漆黒の気配二つを、見失ってはいなかった。くの字に曲がった右足首へ、彼の防禦《ぼうぎょ》本能は信じられない早さで右手をやっていた。

その自覚は、朝倉には殆《ほとん》ど無い。

無い自覚が、朝倉に遂に引金《トリガー》を引かせた。

それは彼にとって、日本という『平和貪食《どんしょく》国家』における最初の対人射撃だった。

国家が全責任を負う、という『上司閣僚』の言葉なんぞ無論のこと脳裏《のうり》に甦《よみがえ》る筈もない。

バンバンバンバンと四発の銃声が夜気を裂き、朝倉の右片手で小型セミオートマチック・ピストルが強力な9ミリ弾に蹴られて躍《おど》った。

躍ったが彼の手は、それを取り落とさなかった。

厳しい訓練の賜物《たまもの》なのだろうが、自画自讃する余裕など有ろう筈も無い。

それでも彼は「何をするか、お前らあ」と大声で叫んでいた。

叫んでから、頭の中へ冷水を注がれたかのような冷静さが広がり、「今の叫びは拙《まず》い……」と気付いた。

追撃者——明らかに男二人——は、朝倉の銃による反撃に相当驚いたのか、身を翻《ひるがえ》して逃げ出した。

なにしろ銃の所持については諸外国に比べ格段に厳しい我が国である。

夜陰に乗じるかのようにして轟《とどろ》きわたった四発の銃声は、相手を相当に混乱させたようだった。自分たちも、消音銃《サイレントガン》を——おそらく——手にしているのだから、その後ろ暗さは〝絶大〟だ。

ただ、渾身の走りを見せて離れてゆくその様子から、朝倉が放った四発はいずれも命中しなかったのではと思われた。おそらく朝倉は、わざと外したのであろう。それが彼の弱さでもあり、日本という国への礼儀でもあった。

「行こう」

辺りの建物の窓に、ポツンポツンと明かりが点《とも》り出したので、朝倉も慌《あわ》て気味にスーツの内ポケット——深く出来ている——へ小型ピストルを納めるや、女の左手を引っ張るようにして暗い坂道を下《お》り出した。気持が逸《はや》っていたから、女の顔を確かめるひまなどは無かった。

狭く暗い坂道を半ば夢中で下り切って外堀《そとぼり》通に出た朝倉は、まだ女の左手をしっかりと握っていた。自身の左手はアタッシェケースで塞がっている。

赤い空車ランプを点灯させたタクシーがこちらに向かって近付いてきた。

朝倉は女から放した右の手を上げた。

パトカーのサイレンの音が聞こえてきたのは、まさにこの時だった。

一台や二台ではないサイレンの音だと彼には判った。

目の前に止まってドアを開けたタクシーの薄暗い後部座席へ、朝倉は女の背中を押すようにして乗せつつ、サイレンの音が聞こえて来る方角へ目を凝《こ》らした。

彼方《かなた》に、点滅する赤色灯が見えている。

「やってください」と言いながら朝倉は女の隣に腰を下ろした。暗い後部座席に女のものであろう、香料の薄甘い香りが広がっていた。

「どちらまで?……」

と運転手が問いながらドアを閉め、タクシーはそろりと走り出した。

その時だった。朝倉が予想だにしていなかった驚きに見舞われたのは。

「麻布台《アザブダイ》二丁目ノ　ロシア大使館へ　行ッテクダサイ」

滑《なめ》らかとは言い難《がた》いその日本語に朝倉は不覚にも仰天《ぎょうてん》して、暗い中、ようやくのこと隣の女の横顔を見た。

運転手は「判りました」と応じたのだが、その声は女の横顔に見入る朝倉の耳へは殆ど入っていなかった。それほどの驚きであった。

女も朝倉を見た。

暗い車内でも彫《ほ》りの深い端整な面立《おもだ》ちの白人と判る、金髪の若い女だった。

朝倉の脳裏に、盟友芳元《よしもと》の書斎の机の上にあった陣《チエン》卿峰《チンフオン》の『大アジア征討論』がなぜか甦った。

「ドウモ　有リ難ウゴザイマシタ」

女が小声で言い小さく頭を下げたので、朝倉は頷《うなず》いてから、唇の前に人差し指を立て渋い表情を拵《こしら》えてみせた。

黙って、というこちらの意思は通じたようで、女は反対側の窓へ顔を向け、昼間の活動を忘れた深夜の夜景に見入った。

投機泡沫《バブル》経済が膨脹していた頃は夜は夜であることを忘れて、人も車もうるさく動きまわっていた。

しかし、昨今の大都会にその元気は無い。日銀の長引く**『経済ごっこ』**である金利ゼロ政策などで、懸命《けんめい》に働く**『若者』**や**『母子家庭など弱者』**の実態経済はすでに、**ささやかな貯蓄が紙キレ同然になる**など、地滑り的に崩壊している。また銀行の経営構造が著しく縮小化され、若者の働く場所が大消失を続けてもいる。大都会の夜が輝く筈もない。潤《うるお》うのは、金満家とつながっている**政治家**や**高級役人**ばかりに見えてくる。

それはともかく、すいている道路を、タクシーはかなりのスピードで走り続け、たちまちロシア大使館の前に着いた。

涙坂《なみだざか》から麻布台二丁目まではこんなに近かったのか、と朝倉が感じるほどの、〝たちまち〟であった。

朝倉は料金を支払って先に車から降り、用心深く辺りを見まわした。

ロシア大使館周辺の警備に就《つ》いている警視庁の警察官が、こちらへゆっくりと用心深くやってくる。

　当然であろう、今は朝の訪れが次第に迫りつつある夜なのだ。

　朝倉の後《あと》から降りた女が、彼の耳元で囁《ささや》いた。

「取《ト》リ敢《ア》エズ大使館ノ中へ入リマショウ」

　朝倉が「うん……」と応じると、驚いたことに女は彼の腕に自分の腕を絡めた。

　取リ敢エズ、という日本語を知っている相手に、朝倉は内心、感心していた。

　近くまでやってきた警察官が「あ……」という表情を女に向けて、挙手をした。

　どうやら女をロシア大使館の者と心得ているらしい。

　その通りであった。『外』も『内』も厳しい警備の深夜のロシア大使館へ、女はすんなりと入ったではないか。朝倉を促すようにして。

　しかも敷地内の照明が充分な庭内の警備担当である大男――白人――の、女に対して見せた態度は、はっきりと格（立場）の違いを朝倉に判らせるものだった。

「ピストルハ預カリマス。アタッシェケースハ　持ッテイテ構イマセン」

　白人の警備員から充分に離れてから、女は囁いた。

「体のどこか、撃たれてはいないのか」

朝倉も囁き返し、拒《こば》んでも承知すまいと思ったから素直に相手の手に小型ピストルを手渡した。

此処《ここ》は日本であって日本でない「治外法権」の外国大使館だ。朝倉の自由は制約される。

「エエ　大丈夫デス……」と答えながら、女がその小型ピストルをショルダーバッグに納めた。

朝倉は、小型ピストルを受け取った際の女の手に、全く怯《ひる》みが無いことに気付いた。つまり、扱い馴れている、ということになる。

女は振り返って、白人警備員との間が充分であることを確かめたのであろう、普通の話し方になった。

「アナタノ名前ヲ　教エテ下サイ」

「それは、こちらが訊《き》きたい。物騒な追跡者を追い払ってやったのは、この私だ」

「クラスノーワ・ナターリヤ　アレクサーンドロヴナ」

「判った。で、この大使館での仕事は？　正規の職員と見たが」

「ソレニツイテハ　オ答エデキマセン。ソレヨリモ　アナタハ日本ノ警察官デスカ。

ピストルヲ所持シテイマシタカラ」

「私も、それについてはお答えできません、だな」

「私ノ名前、覚エテ戴《イタダ》ケマシタネ」

「大丈夫だ、覚えたよ。〝姓〟で呼ぶべきかな、それとも〝名〟で呼んでほしいか」

「フフフッ。ドチラデモ」

「では〝名〟で呼ばせて貰おうか。ナターリヤと」

「私モアナタノ名前ガ知リタイデス。命ノ恩人デスカラ」

「うーん、それについては暫《しばら》く迷いたいね……」

「判リマシタ」

「ナターリヤ、君は二人の男に追跡され、発砲されたのだ。その訳を聞きたい」

「矢張リアナタハ、警察官ダッタノデスネ」

「そうだ、と言えば話してくれるのかね」

「此処デ長イ立チ話ハデキマセン。トモカク私ノ部屋へ……」

「この深夜に君の判断だけで私を建物の中へ入れてもよいのかね。ルールに反しはしないのか」

「命ノ恩人デアル　アナタノ左耳ノ下　血ガ少シ滲《ニジ》ンデイマス。手当ヲシナケレバ……」

言われて朝倉はチラリと苦笑し、思わず大使館の建物を見上げた。

自分が全ての在日外国大使館に強い関心を抱かねばならない任務に就《つ》いていることは、充分以上に承知している朝倉である。

それにしても盟友芳元を殺害された大変な夜に、妙な事態になってきたと朝倉はいささか、たじろいだ。怯《おび》えではない、たじろいだのである。

「それでは、手当をして戴こうか。ありがとう」

朝倉は頷《うなず》いてみせた。頭の中では陣《チエン》卿峰《チンフオン》の『大アジア征討論』がまだ蠢《うごめ》いている。

「確かに左耳の下は、かなりヒリヒリしているね。君を追っていた奴の弾丸《たま》が擦《こす》ったのだろう」

「危ナカッタデスネ。ゴメンナサイ」

「警備員がこちらを気にしている。立ち話はここまでにしよう」

「ハイ。デハ此方《コチラ》へ……」

ナターリヤはそう言うと、ポニーテールに束ねている金色のバレッタを取りはずした。美しい金髪が彼女の両の肩にハラリと流れ落ちる。

端整な彫りの深い顔にキッとした厳しさを広げた彼女が、警備員の方を振り返った。

すると警備員はやや慌て気味に姿勢を正して、一礼をした。それだけを見ても美貌の若いナターリヤと警備員との格の違いは、明らかだった。

（この女、一体何者だ。しかもこのような深夜に独《ひと》りで大使館に戻ってくるなど……）

普通《なみ》の女ではない、と朝倉は胸の内で呟《つぶや》きつつ己《おの》れの職責と絡め始めた。

遠くの方から、サイレンの音が聞こえてきた。

13

午前七時前にロシア大使館を後にした朝倉一矢の表情は険《けわ》しかった。とくに何事もなく穏《おだ》やかにロシア大使館から出られたとは言え、その後もその穏やかな状態が保証されるとは限らない。

かつてアメリカと地球を二分してきた超大国ソビエト社会主義共和国連邦（ソ連）。一九九一年十二月にソビエト共産党の「鉄のカーテン」の衣《ころも》を脱ぎ捨てて**ロシア連邦**に生まれ変わったとは言え、旧体制内の奥の院に強大な権限を有して存在していた秘密諜報機関はその機能・性格を殆ど変えることなく現在も別の顔を装《よそお》ってその能力は健在である。

前者は米・ソ二大国時代（冷戦時代）に西側陣営（米側諸国）にその名を轟かせて恐怖の代名詞ともなった**KGB**（ソ連国家保安委員会）であり、後者がそのKGBの国内諜報部門のみを引き継いだ現在の**FSB**（ロシア連邦保安庁。本部ルビアンカ）である。

ただ、国内諜報部門だけを引き継いだ、というのはあくまで表向きで、実際はKGB時代の全ての機能、思想、体質をそのままFSBが引き継いでいる、と朝倉は推量していた。

しかもソビエト体質をまだ残している現ロシアは、諜報組織の名称とか規模を、目立たぬよう静かに変えることが少なくない。『諜報』ということにかけては、米国と並ぶ『成熟した大国』なのだ。これまでの日本の情報組織――そのようなものは無《な》きに等《ひと》しかったが――など、逆立《さかだ》ちしてもロシアや米国には遠く及ばない。

と、朝倉は思っている。

ソ連イコールKGBという恐怖の時代が確かにあった。したがって現在は、ロシア連邦イコールFSBであろう、と朝倉は厳しい目で見ている。

ロシア大使館から少し離れたところまで用心深く歩いて、朝倉はタクシーを拾い、

「東京ロイヤルパレスホテルへ……」と運転手に告げた。

FSBのスーツを着たKGBを擁《よう》するロシアの在日大使館から、一応は何事もなく出て来た朝倉である。尾行の有無に最善の注意を払うのは、常識というものだった。しかも然《さ》り気《げ》なく、だ。

たいていの国は本国の情報組織の機能と人材を、治外法権で護《まも》られた在外大使館や総領事館（領事館を含む）、時には公的な性格の親善友好協会の中にまで潜ませたりしている。

更に近頃では、有益でない外国人の情報組織などが、**穏やかな教育団体に姿を変えるなど**して、科学研究・開発にすぐれる国・公・私立大学へと**侵凌する**傾向が世界的に見られ、油断できない。

タクシーが走り出しても、朝倉は油断しなかった。

朝の交通ラッシュ前のこの時間帯だと、ゆっくりと走行したとしてもJR水道橋《すいどうばし》駅と都営地下鉄三田《みた》線水道橋駅に挟まれるようにして在《あ》る東京ロイヤルパレスホテル（文京区《ぶんきょう》後楽《こうらく》）までは、さして時間は要さない。

が、朝倉は鏡面加工になっている任務用携帯電話の裏側に自分の顔を映《うつ》して髭《ひげ》を気にしている振りをして見せつつ、リアウインドウ後方の車列を捉えていた。

尾行よりも消音銃《サイレントガン》で狙撃されるかも知れない事の方を、用心する必要があった。なにしろナターリヤを救うために二つの黒い影に向かって、派手に四発も撃っているのだ。

その四発が、一発も命中しなかったであろうという確信を、朝倉は持っている。殺す意識よりも撃退する意識で連射した四発だった。

もっとも自分自身に向かってそのように語れるのは、今だからこそであった。引金《トリガー》を絞った時の自分が全く本能的・反射的であったことを、朝倉は覚えている。

ナターリヤは大使館内のいやに薄暗く狭い部屋——日本家屋で言う納戸《なんど》のような——で朝倉の耳の下に消毒薬と軟膏《なんこう》を塗った他は、自分の年齢は二十六歳であること、両親はモスクワにいて自分一人が一年半前から日本に来ていること、京都や奈良が大好きで東京はうるさくて余り好きではないこと、モスクワの大学では『アジア文化学部日本文化学科』で学んだが、日本語の予想以上の難しさに苦労したこと、などを淡淡と打ち明けた。

しかし、朝倉が「なぜ銃を持っていた二人に追われていたのか」と問い掛けても、彼女は聞こえていないかのように無視をした。

朝倉は「答えない」というナターリヤの強い意思を理解して、同じ問い掛けを非礼に重ねることはしなかった。

その代わり、自分の名前をナターリヤの白い掌《てのひら》に三度、朝倉一矢、と書き綴《つづ》って教え、年齢と携帯電話番号までを彼女に告げた。それが彼なりの限界だった。

ナターリヤとの会話で朝倉が一度だけ破顔《はがん》したことがあった。それは、そろそろ帰らねば、という意思を見せた朝倉に対し、ナターリヤがショルダーバッグから取り出した小型セミオートマチック・ピストル『ベレッタBU9《ナイン》ナノ』を朝倉の手に返した時だった。

「私ヲ助ケルタメニ　四パツ撃チマシタネ」

「そうだったな」

「アト何発ガ残ッテイルノデスカ」

「それは言えない。見た通りの小型ピストルだ。君が好きなように想像すればいい」

「ソウデスネ。敵カ味方カ判ラナイ相手ニ　残リ弾丸《タマ》ノ数《カズ》ヲ教エルベキデハアリマセンネ」

「その通りだ。よく判っているじゃないか」

「日本ハ銃ノ所持ニツイテ法律ガ大変厳シイ国デス。ソノ銃ヲ所持シテイル朝倉サンハ　警察官デハナイト　マダ否定ナサッテイマセン」

「では今、正直に否定しておこう。私は警察官ではない」

「ジャア若《モ》シカシテ……」

「若しかして？」

「イレズミ者《モノ》デスカ」

「ん？……なに？」

聞き取り難《にく》い発音であったので思わず訊き返した朝倉にナターリヤはこう答えた。

ゆっくりと。

「イレズミ者……ヤクザ」

朝倉は声を立てて笑いたくなるのを堪《こら》えて相好《そうごう》を崩し、顔の前で慌て気味に右手を振り、違う違う、と応じた。

そして、仕事にかかわってきそうな話については、そこで打ち切ったのだ。

「デハ　機会ガアレバ　マタ　オ会イシマショウ」

「そうだな」

「ソノ時ハ　度入リデナイ伊達《ダテ》眼鏡ハ　ハズシテ来テクダサイネ」

「ははは……判った」

その時のナターリヤの少しいたずらっぽい美しい笑顔が、まだ朝倉の脳裏に強く残っていた。

タクシーがスピードを落としたので、朝倉は任務用携帯電話をスーツの右ポケットにしまって窓の外に視線をやった。

いつの間にか東京ロイヤルパレスホテルの前にまで来ていて、ホテルの誘導員の指示に従って、タクシーが左へ静かに頭を振った。

緩《ゆる》やかな傾斜になっている車路を上がってホテルの正面玄関に着き、運転手がドアを開けた。

タクシーの直ぐ前には大型の観光バスが止まっており、中国語を辺り構わず大声でまきちらす客が次次と乗り込んでゆく。まるで怒鳴り合っているような、元気の良さであり、やかましさだ。これは中国語のアクセント的特徴に原因がある場合と、公の場におけるマナーの悪さに原因がある場合と、その両方である場合が少なくない。

バスの後方窓《リアウインドウ》の内側上部には、極太の黒の油性ペンで書かれた下手糞《へたくそ》な字の『上海《シャンハイ》農商工視察御一行様』の貼り紙がある。

この時代、油性ペンの手書きというのは珍しい、と苦笑しながら朝倉はホテルの正面玄関を潜った。

朝倉は従業員の接客能力が高い東京ロイヤルパレスホテルを防衛省から近いこともあって日頃から愛用していた。勿論自費である。疲労が濃いときとか、考えごとに打ち込むときなど、このホテルの客室に閉じ籠《こ》もることが少なくない。

朝倉はこのホテルの料理の味の良さや、従業員の洗練された笑顔の綺麗《きれい》さが、気に入っていた。

従業員教育が行き届いているのであろう。

出発の者たちで賑《にぎ》わい出しているホテル正面玄関を入って直ぐの席——ゲストリレーションデスク——に座っていた女性従業員《スタッフ》が朝倉に気付き、「あ……」という表情を拵えて腰を上げ、頭を下げ過ぎない程度に腰を折った。金縁《ぶち》眼鏡をかけた大商社の秘書課長風な彼を、直ぐに朝倉と見破っている。

朝倉も顔だけは充分に見知っている彼女であったから、「よ……」という感じで軽く右手を上げ、そのまま左手方向へと足を運んだ。

エスカレーターで二階に上がった彼は、間近にある化粧室に入った。

幸い誰もいない。五つ並んだトイレも無人だ。

その一つに入ってドアを閉めた朝倉は、スーツのポケットから素早く小型ピストルを取り出し、弾倉《マガジン》に予備の弾丸《たま》四発を手ぎわよく装塡《そうてん》し終えた。

弾倉は常に全弾状態にしておくこと、これは朝倉の特殊な任務における鉄則だった。機関部（スライドや引金《トリガー》など）が常に滑らかに作動するよう日常的点検を大事にすること、これも鉄則だ。

小型ピストルを脚のホルスターに納めた朝倉は、化粧室を出た。時間にして一分と要していない。どのトイレも無人であったから、如何《いか》にもらしく水を流すことを演じる必要はなかったし、丹念に手を洗ってハンカチで拭《ふ》く演出だけで済《す》んだ。

一階へ降りた朝倉は空腹を覚えていた。気に入っている一階北側の池——人工の——に面した明るいロビー喫茶『ノーブル』に腰を落ち着けた。正面玄関の内外《うちそと》の混雑が目立ち始めている割には意外に空《す》いている。

(短い間に色色とあったな……)

朝倉は言葉には出さず、頭の中で呟いた。

コーヒーとサンドイッチを注文した彼は、ナターリヤが淹《い》れてくれたコーヒーの苦《にが》かったことを思い出した。そのせいかどうか、左の耳の下がヒリヒリと疼《うず》き出している。

朝倉は、ナターリヤを追跡者から救ったことは偶然の出来事であったのだろう、と思うようにした。

しかし、その後は彼女の計算通りに事《こと》は運《はこ》んでいた、と捉えている。見も知らぬ男、しかも拳銃をぶっ放す勇気を持った商社員風の男が、そうそう深夜にうろうろしていたものではない。

ナターリヤは自分を救ってくれた男、つまり俺《おれ》のことを疾《と》うの昔《むかし》に〝油断できない男〟と見ていたに相違ない、と睨《にら》んだ。

そして、ナターリヤの俺に対するその〝疑い〟が、かえってロシア大使館へすんなりと入れることを促《うなが》したのだ、と判断してもいる。

海千山千《うみせんやません》の超大国、天下のロシア大使館だ。

拳銃を所持した素姓判らぬ日本人の男が入れて、しかも〝無傷で〟出られたなど、奇跡に近いことだと朝倉は承知している。

だが実は、ナターリヤがタクシーの中で「麻布台二丁目ノ　ロシア大使館へ　行ッテクダサイ」と言った瞬間から、朝倉は朝倉なりに胃袋のあたりで〝任務〟が蠢き出していた。

闇に潜む〝見えざる生臭い奴〟を明るい日の下《もと》へと、あぶり出すのは朝倉の重要な役割の一つである。

暗いタクシーの車内でナターリヤが時折《ときおり》、腕時計の竜頭《りゅうず》に指先を幾度か然り気なく触れていたのを、朝倉は見逃していない。

腕時計の竜頭は用心の第一歩。それは自分のような任務に就く者にとって、忘れてはならないことであった。相手の手首にあるそれがたとえ、オメガであろうとロレックスであろうともだ。

それにしても『**対外情報機関**』の面では、日本は笑いたくなるほど遅れている、と溜息を吐かずにはおれない朝倉だった。

特定の相手に通信できる機能を備えた腕時計など、御百度《おひゃくど》を踏んでも支給されそうにない厳しい現実が日本にはあった。その最大の障壁がオブラートに包まれた鉛色の陰気な艶《つや》と粘《ねば》りを持つ『平和』であった。これが『政』と『官』と『民《たみ》』の奥深くにまでドロリと満ち満ちている。『与党』と『野党』の間にも、カサブタ状態でこびり付いている。

コーヒーとサンドイッチが運ばれてきた。

拳銃《ハンドガン》を所持した素姓判らぬ――ナターリヤにとって――アサクラという男が、「ロシア大使館へ入って出て来たことがさあて、丁半どちらに出るか……」と呟いて不敵な薄ら笑いを口元に浮かべる朝倉だった。「不敵な」というのは自分でも判っていた。

彼はサンドイッチをひと齧《かじ》りして高い天井を仰《あお》いだ。

当面、真正面に据《す》えるべき問題は、ロシア大使館でも美しいナターリヤでもない、と彼は考えている。

朝倉がいま急いでやる必要がある作業は昨夜、不忍池《しのばずのいけ》の超高級料亭『天鵝《ティエンオー》』(白鳥《スワン》)で実施された**日中経営経済有識者会合『20+1《トエンティプラスワン》』**の実体を解き明かすことだった。日中経営経済有識者会合という名称も、それを『20+1《トエンティプラスワン》』と称することも、朝倉の組織から出たものではない。

何者とも知れない——男か女かも判らない——ところから寄せられた**『要注意情報』**の中に、そうと記されていたのだ。

朝倉がコーヒーを飲もうとカップに手を伸ばしかけたとき、スーツの右ポケットで携帯電話が振動した。

朝倉は辺りを見まわして間近な席に客がいないことを確かめると、携帯電話を取り出し手早くイヤホーンを差し込んで耳に当てた。

朝倉はこのイヤホーンがどうしても好きになれない。用いたあと、耳がかゆくなるのだ。

「はい……」と低い声で、しかし朝倉は名乗らなかった。

「いま話してよいか」

聞き馴れた野太い声が朝倉の鼓膜を穏やかに叩く。

「大丈夫です」

「まわりの客との間は充分だな」

「はい」

「ロシア大使館で何があったのか報告に来たまえ」

「その積もりでおります。昨夜の画像分析は出来ておりましょうか」

「すでに私の手元に届いている」

「了解。直ぐに参ります」

相手が先に通信を切った。

朝倉は携帯電話をスーツの右ポケットにしまい、イヤホーンを挿入して不快にかゆくなった耳を小指の先で突ついた。

「難儀《なんぎ》だ……」と苦笑した彼は腕時計で、現在七時五十二分（午前）であることを確かめた。

「機嫌が悪い時の早出出勤は、相変わらずだなあ」

呟いてコーヒーカップを手に取った朝倉だった。

直属の上司である相手に「直ぐに参ります」と応じたばかりであるというのに慌てていない。

相手が、こちらが現在《いま》東京ロイヤルパレスホテルのロビー喫茶『ノーブル』で一休みしていることを把握している、と判っているからだ。

朝倉の腰のベルトには、ボタン電池ほどの目立たない機器が装着されている。

朝倉が『Gボタン』と呼んでいる衛星利用測位システム（GPS）の一種で、これにより**直属の上司**に限ってだけは朝倉の位置を完全に把握できるようになっていた。

くたびれた運動靴を履いた不良なる尾行者や、変質的ストーカー（すでに五年連続で年二万件を突破）が、車体の下や女性の自転車などを狙って磁石で吸着させるようなレベルの玩具《おもちゃ》ではない。

朝倉がベルトに装着する直径25ミリの薄い『Gボタン』は、静止中の位置、移動中の位置と速度（徒歩か車かの識別）、時刻、高度及び深度などについて正確に**直属の**

上司に通報した。

何処其処《どこそこ》ビルの何階のどの部屋か、あるいは何処其処地下街のこの店か、まで朝倉の動静が把握出来るようになっている。

これは危険な任務に就く朝倉を護《まも》るために防衛省技術研究本部が開発した『朝倉用たった一つの』ものであって――予備は作られているのだろうが――決して彼の『自由』を束縛《そくばく》するものではなかった。

そのため朝倉の判断で、通報遮断のスイッチを押してもよい事にはなっている。

要するに、朝倉の行動を信頼して支給されているものだ。

したがってこれまで、朝倉が『Gボタン』の通報遮断スイッチを押したことは滅多《めった》に無い。

むしろ『Gボタン』の存在を有り難いとすら思っている朝倉だった。自分以外の者（上司という第三者）が自分の行動を知ってくれているということは、不測の事態を考えれば非常に心強いことである。

そういう見方をしていた。その意味では朝倉は肚《はら》が太い。

よしんば『Gボタン』の極めてキャッチされ難い電波を、『臭《くさ》い組織』に把握されて接近を許したとしても、それはそれで『臭い組織』をあぶり出せ、素顔《すがお》——実体——を摑むことに逆利用できる訳だ。

一網打尽《いちもうだじん》とし白日の下《もと》にさらして『色色な形の裁《さば》き』にかける近道ともなる。

コーヒーを飲み終え、サンドイッチを綺麗に平らげて、アタッシェケースを手に朝倉は立ち上がった。

とたん弾丸で擦《こす》られた左耳の下がズキンと疼いて、彼の口元が僅《わず》かに歪《ゆが》んだ。

（一体ナターリヤは何者に襲われたのか……）

と、考えつつ彼は支払を済ませ『ノーブル』を後にした。後にした、とは言っても広広としたロビーと一体なオープンな形式のラウンジだから、朝倉の姿にゲストリレーションデスクに座っていた二人の女性スタッフがたちどころに気付いて、立ち上がった。

とくに朝倉と親密な訳ではないのだが、これが彼女らスタッフのマナーだった。

朝倉は控え目な笑みを彼女たちに見せて、その前を通り過ぎ、正面玄関を出て右手方向にあるタクシー乗り場へと足を向けた。

14

そこは何の変てつも無い部屋であることを思わせる扉だった。職種や地位や部屋番号、それらのいずれも表示されていない片開きだが幅も丈《たけ》も大きな扉だ。スチール製で色はグレーである。

監視カメラだけは、扉の上方に「監視カメラですよ」と言わんばかりに取り付けられている。

来訪者を脅《おびや》かすかのように。

朝倉はノックすることもなく如何《いか》にも重重しく見えるその扉を手前に引き開けて、内《なか》へ入った。

様子がガラリと変わった。

照明の明るい実にゆったりとした幅の広い廊下だった。

突き当たりは遥か彼方、と言ってもいい程に、長く真っ直ぐに伸びている。

書類を手にした人の往《い》き来が頻繁《ひんぱん》でその誰もが無表情だった。背広《スーツ》をびしっと着てネクタイを締めている者と、自衛隊制服の者とが入りまじっている。

アタッシェケースを左手に下げて朝倉は廊下を進み出したが、誰ひとりとして彼に声を掛ける者はいない。

往き来する者は挨拶《あいさつ》することの無駄な時間《タイムロス》を避けるかの如く、視線だけはやや足元へ下げ気味にして、姿勢よくてきぱきと歩いている。

廊下の右手にはほぼ等間隔《とうかんかく》で、杉の一枚板で造られたかのような木目《もくめ》模様の美しいドアがあって、このいずれにも掌紋《しょうもん》照合と暗証番号のインプットを要する解錠システムが取り付けられていた。

ただ、木製ドアに見えるこれらも、実はスチール製だ。

掌紋は指紋と同じ様に万人不同であって、一生涯変わることがない。

親子鑑定とか人種の判別などにも応用できるが、掌紋の活用が日本社会で一般的となり出した歴史はまだ浅い。

指紋を科学的な目で見る――分析する――ようになったのは十九世紀後半のことであって、しかも東京築地《つきじ》病院に一八七四年から十三年間に亙《わた》って勤務したイギリス人外科医ヘンリー・フォールズ（Henry Faulds）の貢献が多大であったと伝えられている。

朝倉が歩を進める少し先のドアが内側に開いて、背広を着た肩幅のある如何にも頑丈そうな体つきの男が廊下へと出てきた。背丈にも恵まれている。

朝倉へやや背中を向けるかたちで丁寧《ていねい》にドアを閉めたその男が振り向いて、二人の視線が出合った。

「よう……朝倉」

「あ、これは尾旗《おばた》さん」

歩みを止めた朝倉は、直立不動の姿勢になって――力んではいないが――軽く頭を下げた。

相手が大股で近付いてきた。

「久し振りじゃないか」

「本当ですね。お元気そうで」

「その商社員みたいなスーツに眼鏡の恰好は何事だ。制服組から背広組へ鞍替《くらが》えか。歓迎するぞ」

「いえいえ、制服組のままで充分満足しておりますので」

「本当に暫く姿を見かけなかったな。頭の切れるお前だから防衛省《ここ》を辞《や》めて大商社へでも移ったのかと心配していたぞ」

「申し訳ありません。ご心配をおかけしました」

「外国にでも出張させられていたのか？」

「国内の陸・海・空基地を回って勉強させられていたのですよ」

「そうだったのか。で、現在、どのような仕事を任《まか》されているのだ」

「今は各基地での研修報告書の作成に追われています」

「ふうん。ま、お互いに研修は大事だ。学びつつ上位を目指すことは大事としよう」

「そうですね。奥さんや、お子さんは元気ですか」

「うん、お蔭様でいい家庭を築けている。また遊びに来てくれ。そうだ、此処で出《で》会《お》うたが百年目。今夜、ちょいと付き合わんか」

「いやあ、今はとても時間が取れません」

「なら、朝倉の方から日を改めて連絡をくれ。俺の仕事《デスク》は変わってないから」

「承知致しました。お誘い有り難うございます」

「では な……」

朝倉の肩をポンと叩いて擦《す》れ違うように足早に離れていく、尾旗という背広が似合っている人物だった。

朝倉は、尾旗の後ろ姿を、この内廊下から外廊下へと出て行くまで見送ったが、相手は一度も振り向かなかった。

「内局のデスクに座らせておくには勿体《もったい》ない人だなあ」

呟きを残して、朝倉は歩き出した。

前方からやってきた制服組の若い者《の》が、〈見る〉という目つきで朝倉を見つめ、壁へ体を寄せた。

朝倉が間を詰めると、相手は空気を僅《わず》かにヒョッと鳴らして挙手をした。

朝倉の見知らぬ相手だった。

朝倉が声を出すことなく（うん……）と頷いて彼の前を通り過ぎる。

己れに与えられた任務の性格上、防衛省内と雖《いえど》も余程の相手でない限り「口数は少なく……」を徹底している朝倉だった。

廊下の一番奥のドアの前で朝倉は立ち止まって振り向いた。

ほんの少し前に挙手をした若い制服組の彼は、長い廊下の何処にも既にいなかった。誰も彼もが大事な目的を持って歩いている、この廊下であった。

朝倉はスーツの右ポケットから携帯電話を取り出し、目の前のドアを見つめながら親指で器用に素早くダイヤルボタンをプッシュした。

着信音が鳴るか鳴らぬかの内に「はい」と、若くない渋い響きの声が返ってきた。

「朝倉です。今から入ります」

「判った」

判った、の、たを朝倉の聴覚が捉えるか捉えない内に相手が電話を切った。

朝倉は目の前のドアに歩み寄り、解錠システムに右掌《みぎてのひら》を当て、フンという小さな反応があってモニターにPIN(Personal Identification Number《個人の認識票番号》 の略)の文字が出てから、暗証番号のキイを軽く叩いた。

ドアがカチッというロックオフの微《かす》かな音を、朝倉に伝えた。

彼はドアを開けて室内に入り、ドアを閉じてロックオンの矢張り微かな音を確認した。

そこは二百平方メートル見当の部屋で、ドアを開けて入って直ぐに胸高のカウンターが待ち構えていた。

そのカウンターは来訪者にとって手前側が高く、内側で腰高程度に一段下《さ》がっている。

朝倉は、胸高のカウンターの下の部分に数台のモニターが格納され並んでいることを承知していた。つまり入室者（来訪者）には、それは見えない。

そのモニターを前にして、数名の制服組自衛官――いずれも男性――が厳しい顔つきで座りモニターに映る文字・数字を含む映像を注視している。

彼等の背後は三、四メートルの間を置いて、天井高の厚い透明なアクリル樹脂で仕切られていた。

そして、緑色のフェルトを敷き詰めた大きな執務デスクや、両肘付きの椅子、十四名が座れるロング・センターテーブルとソファなどが透明なアクリル樹脂の仕切りの向こうに見通せた。

大きな執務デスクに肘を預けるかたちで向こうを向いた人物が、誰かと電話で話している。

グレーのスーツを着た背中は広かったが、若くはないと判る。

「お久し振りです」

モニターを前にして座っていた数名の制服組の中央の男が立ち上がり、決められた自衛官角度で腰を折った。

彼の制服の『階級章』は2等海尉（海軍中尉相当）、胸には金色の『水上艦艇徽章《きしよう》』を付けている。

『水上艦艇徽章』には金・銀の二種の色があって、金色の徽章は自衛艦の乗艦経験が四年を超える幹部用徽章であった（徽章→通常は、き章、とされている）。

彼の他の自衛官たちは、身じろぎもせずモニターを見るという任務に集中したまま
まだ。

「元気そうだな藤東《ふじとう》」

「はい。お蔭様で元気に致しております」

「入るぞ」

「どうぞ……」

朝倉は声無くウンと頷《うなず》いて見せ、カウンターの前を過ぎ二十歩ばかり行った先の左手の両開き扉――透明なアクリル樹脂製――の前に立った。

朝倉の動きを立ったまま目で追っていた藤東2等海尉が、そこに釦《ボタン》があるのだろうカウンターの手前端を人差し指の先で押して着席した。

人が接近することで自動的に開くようにはなっていないらしいアクリル樹脂製の扉が、微《かす》かな音を立てて左右に開いた。透明なこの両開きの扉の厚さは、二十五ミリもある。

朝倉が内に入ると、扉が自動的に閉まって電話で話していた人物が受話器を置き、くるりと向き直った。

彼は立ち上がって着ていたグレーのスーツ（上着）を脱ぎ、それを両肘付きの椅子の背にかけて再び座った。

「コーヒーは要《い》るかね」

「いえ、東京ロイヤルパレスの旨《うま》いコーヒーの味が、まだ舌の奥に残っておりますから、遠慮します」

「なに、この部屋で出すコーヒーは不味《まず》いとでも言うのか」

「いいえ。東京ロイヤルパレスのコーヒーが、うま過ぎるだけのことです」

「こいつ。相変わらず口の減らぬ奴だ」

そう言いつつ、にこりともしないで両肘付きの椅子から立ち上がった恰幅よい人物は、豊かな髪にやや白髪《しらが》の目立つ五十半ばくらいの中肉中背だった。

ロング・センターテーブルの上座に位置するソファに移って体を沈めた彼は、「ま、座りたまえ……」と、間近なソファを顎の先を小さく振って示して見せた。

朝倉が「はい……」と、それに応じる。

「君の話は後から聞こう。それでいいな」

「結構です。大臣から先にお話しください」

朝倉が頷いたとき、グラリとしたかなり大きな揺れが二人を見舞った。

二人は共に腕時計を見た。

ミシミシと部屋全体が不気味に軋《きし》んだが、横に長尺なモニターを前にして座っている数名の自衛官たちは、誰も立ち上がらない。

「少し大きいぞ、朝倉君」

「ですが中国の『東風《ドンフォン》31』（ＤＦ31）の着弾爆発によるものではなさそうです」

「おい、背筋が寒くなるような冗談を言うてくれるな」

「失礼しました。確かに過ぎたる冗談でありました」

「ふん、まったく……」

朝倉に『大臣』と言われた人物が唇の端を歪めたとき、揺れは鎮《しず》まった。

「長かったな」

「十四秒です」

「うむ……防衛省《うち》の建物は、ちょっとやそこいらの激震なんぞは平気だから安心だが」

「とりわけ、この『特殊作戦本部』が入っているビルは頑丈です」

朝倉はそう言ってから、視線を藤東2等海尉の背中へ向けた。

その藤東が立ち上がって、丁度自分の後ろに位置している厚いアクリル樹脂製の扉を手で押し開けて入ってきた。そして三歩進んだ位置で止まった。

『大臣』や朝倉の位置とはかなり離れているが、彼はよく通る力強い声で報告した。

「ただいまの震源地は千葉県夷隅《いすみ》郡沖合三十キロの海底。最大震度は夷隅郡と印旛《いんば》郡の震度4で、津波の心配はありません」

「震度4の地域を中心に、被害状況を把握して三十分以内に報告したまえ」

『大臣』がジロリとした目を藤東2等海尉に向けて言った。穏やかな口調であったが有無を言わせぬ重い響きを感じさせる声だった。

「了解しました。三十分以内に報告いたします」

一礼してモニターが並ぶ席へと戻ってゆく藤東であった。

この『大臣』とは、防衛大臣に任命されて三年目の後半に入っている自由民政党《じゆうみんせいとう》の大物でタカ派で知られた新家康吾郎《しんけやすごろう》五十五歳であった。まるで御家人《ごけにん》のような名前であったが一橋《ひとつばし》大学時代に大学剣道選手権を二連覇した猛者《もさ》で、現在六段。

防衛官僚たちからは親しみを込めて『野武士の人』と称され、豪快細心な人物として知られていた。わりと怖がりだ、と評する閣僚もいるが、怖がり体質こそ、防衛大臣や警察庁長官には不可欠なものだった。

「テレビのニュースよりも速いですね。さすがは情報本部」と朝倉が呟く。

「ま、『東風《ドンフオン》31』の着弾爆発でなくてよかったわい」

新家が言って天井を仰ぎ、やや大袈裟《おおげさ》に「ふうっ」とひと息吐き出したので、朝倉は思わず苦笑した。

まるで試験官のような真顔《まがお》と口振りで新家が訊《たず》ねた。実に真顔だった。

「中国遼寧《リヤオニン》省の瀋陽《シエンヤン》軍区第二砲兵隊（戦略弾道ミサイル部隊）に配備されているとか

の最新式核ミサイル『東風《ドンフォン》31』の正確な射程距離を知っているなら、ひとつ教えてくれんか朝倉君」

「瀋陽《シエンヤン》軍区と東京との間は直線水平距離で凡《およ》そですが千六百キロメートル。車両積載移動型の固体燃料式核ミサイルである『東風《ドンフォン》31』の射程距離は凡そ八千キロメートルです。したがって東京を叩く核ミサイルと言うよりは、ハワイの米軍基地を狙ったものと考えた方がよいかも知れません。中国は現在、これを三〇基以上保有していると考えられます」

「なるほど……三〇基以上もなあ」

「東京を狙う中国の核ミサイルとしては、射程が千八百キロメートルの『東風21』があげられます」

「最新の情報として、それは何基持っていると考えられるのかね」

「おそらく一四〇基以上は保有していましょう」

「一四〇基以上か……話にならんな日本の防禦・反撃態勢というのは……これじゃあ生き延《の》びれんわさ」

「はい。仰る通りです。『東風21』は首相官邸や在日米軍基地を当然、狙っていると考えねばなりません。改めて申すまでもなく、こいつはもう常識という奴ですよ大臣」

「う、うむ……」

「怖いのは『東風《ドンフオン》21』に加えて、命中精度を改良し飛距離を伸ばした『東風《ドンフオン》21A』型が、瀋陽《シエンヤン》軍区のみならず、台湾海峡に近い江西《チアンシー》省軍区、東南アジアに近い雲南《ユンナン》省軍区、そして中央アジア近くの青海《チンハイ》省軍区に、合わせて百発前後が実戦配備されていると推測されることです」

「私は防衛大臣として国防政策を司《つかさ》どっているが、君と話をすると、その国防という政治の奥深くに密集する粒子《りゆうし》の一粒一粒まで知ってしまい、実に憂鬱《ゆううつ》になってしまうことが多いよ」

「大いに憂鬱になって戴かねばなりません。これまで防衛大臣に就いて下さいました先生方はその憂鬱さが足らず、国防という政治の外殻だけを撫《な》でる……」

「これまでの防衛大臣と私とを比較するのは止せっ」

新家の目がギロリとなって声が大きくなった。

新家は、中国や北朝鮮の核兵器に関して、決して疎《うと》い訳ではなかった。時として、上級自衛官たちとこうした会話を交わし、絶えず自身の知識を改め、あるいは確かめたり置き替えたりしているのだった。そういう意味では極めて研究熱心な防衛大臣なのだ。この熱心さこそが、『怖がり』の所以《ゆえん》である。

「失礼いたしました大臣。だが事実を申し上げました」

「判っとる。判っとるよ朝倉君。だが比較は止してくれ」

「以後、慎《つつし》みます。が、あともう少し、『東風《ドンフオン》21A』について喋《しゃべ》らせて下さい」

「うん、聞かせてくれ」

「中国の従来型の、つまり古いタイプの弾道ミサイルは発射直前に液体燃料を注入する必要があり、その様子は米国などの偵察《ていさつ》衛星で精密に捉えられ、したがって先制攻撃をされる可能性を有しておりました。しかし日米対中国の激突を予測して開発されたと思われる『東風《ドンフオン》21』は改良型の21Aも含め、固体燃料式中距離弾道ミサイルとして、命令が下されれば即発射ボタンを押すことができるのです」

「即応性の高い弾道ミサイル……と言うことだな。固体燃料式『東風《ドンフオン》31』のように」

「その通りですね。東京を射程距離内に置いている『東風《ドンフオン》21』や改良型21Aが怖いのは、移動自在な牽引式《けんいん》運搬車にミサイルの発射装置をのせている、という点にあります」

「なるほど。発射位置を次次と変えることが可能だから、固定基地の弾道ミサイルに比べて反撃から逃れやすく残存性が高いということになるな」

「はい。全くその通りです。ついでに『東風《ドンフオン》21』の図体《ずうたい》について申し上げれば、全長一〇・七メートル、直径一・四メートル、重量一万四七〇〇キログラム、弾頭部は六〇〇キログラムで通常炸薬《さくやく》弾はもちろん、三〇〇キロトン前後の核弾頭をも搭載でき、命中誤差は様様なデータの解析から四〇〇メートル前後かと推測されています」

「かなりの命中精度と評価すべきかな」

「はい。但《ただ》し同じものを日本の科学技術でつくれば、その命中誤差は数メートル以内に絞《しぼ》り込む事ができましょう」

「確かにそうだろうが、おい、朝倉君、迂闊《うかつ》なことは言ってくれるな。一億二千万人もの国民が甘ったるい平和に酔い痺《しび》れている日本では、そういうものは製造《つく》れんのだよ。口に出しても、いかんのだ。が、まあ、君は政治家じゃないからいいか」

「もし日本に反日的国家の強烈な軍隊が上陸してきたならば、どのような悲劇が日本全土を覆うか、真剣に考えたことが、おありですか」

「口をつつしめ。調子に乗るな」

「お答え下さい大臣。非常に大事な問題なのです」

「そりゃあ、日本が敗れたならだが……その反日的国家の政治体制に日本は呑《の》み込まれてしまうだろう」

「いいえ、それよりも、もっと悲惨なことが生じることを、国防を預かる大臣として忘れてはなりません」

「もっと悲惨なこと？」

「反日的国家の上陸軍は、わが国の女性たちに対し必ずキバを剥《む》き出しましょう……」

「よせ、それを言うてはならん」

「いいえ、言わせて戴きます。わが国の多くの女性たちが、反日的国家の上陸軍の犠牲となりましょう。間違いなく悲惨な犠牲となります」

「君は……まだ言うか」

「言います。言わねばなりません。彼女たちを守るためにも」

新家防衛大臣の顔は、蒼白となっていた。

「大臣。かつてこの日本は、太平洋戦争に敗れて雲を衝く大男の米軍ほか占領軍が上陸して来たことにより、大勢の日本女性が凌辱《りょうじょく》され血の涙を流しました。その結果、肌の色や瞳の色の違う子供たちが生まれ、その後の子供たちの生活に大変な苦労がのしかかったではありませんか。われわれ国防に就《つ》く者は、その悲憤を決して忘れてはならんのです。忘れる訳にはいかんのです。現在《いま》の平和に酔い潰れた日本人の多くは、その悔しくも悲しい歴史的事実を知りません」

「それを繰り返してはならぬために、世界に精鋭として知られた陸・海・空の自衛隊が存在しているのだ」

「確かに我が国の陸・海・空の自衛隊は、粒よりの第一級戦闘集団として、欧米に高く評価されてはいます。しかし軟弱な予算の上に立っている陸・海・空自衛隊は、たとえば中国軍の物量戦に遭遇《そうぐう》したならば、どれほど粒よりの精鋭集団であっても、やがて全弾尽き果て、おそらく七日で全滅しましょう」

「それを埋めるために、在日米軍というものが存在するのだ」

「在日米軍は……いいえ、アメリカは動いてくれますか」

「動く……」

「本当に動いてくれましょうか、アメリカは」

「ああ、動いてくれる」

「間違いございませんね大臣」

「間違いない」

「絶対に?……」

「う、うむ……」

「私は在日米軍は、いいえ、アメリカは沈黙すると思います。あるいは、沈黙すると確信する、と言い直しても構いません」

「朝倉君……頼む。その辺りで、やめてくれんか」

新家はそう言うと、天井を仰いで大きな溜息を一つ吐いた。

「そうですね。もう止しましょう。でも国防に関する限り、あれは言うな、これは考えるな、過ぎた事は思い出すな、と甘ったるい事ばかりを言っているような国際情勢ではありませんよ大臣。あれもタブー、これもタブーという衣《ころも》を十重二十重《とえはたえ》に着ていたら安全だ、という錯覚《さっかく》はもう止《よ》しにしてほしいものです」

「朝倉君。私を教育するのは、その程度にしてくれよ。あとは、また後日だ」

新家は鋭い目で朝倉を見据えたが、口元には悲し気な笑みがあった。顔色はまだ青ざめている。

「はい。判りました。が、一つだけ心からお願い申し上げたいことがあります。どうか日本の悲しい現実をご覧になって下さい。赤い星の国家が何十発もの核ミサイルで日本の大都市を射程内に収め、多数国民の生命が危ういという恐ろしい『現実』が存在するにもかかわらず、日本という国はその恐ろしい『現実』を退《しりぞ》ける何らの手段も有してはおりません。その『現実』を金縛り状態に抑《おさ》え込む何らの能力も有してはおりません」

「その恐ろしい『現実』については自由民政党はもとより、立憲民進党も日本共産党も維新《いしん》の党も、そして社民党やその他の党も、みな理解し認識しておるよ朝倉君。君から、ああだ、こうだと言われるまでもない」

「ならば大臣……」

「その恐ろしい『現実』に対処するために、外交というのがあるんだ。粘り強い外交努力という言葉が存在しているんだ。笑顔の外交努力というのが……そうじゃないのかね、君」

眉間《みけん》に皺《しわ》を刻んで不快そうに言う新家に、朝倉一矢は（ああ……）という表情を拵《こしら》えて肩を落とし、視線を逸《そ》らせた。

無駄な会話をするのではなく、早く本題へ入らねば、と朝倉はすぐさま気持を切り替えた。

すると新家が朝倉に対し、はじめて見せる思いがけないほど弱弱しい口調で、こう言った。

「考えねばならんな……確かにそろそろ本気で……**正当なる反撃的防禦能力**ということについて」

朝倉は聞こえぬ風《ふう》を装った。なにを「確かに**そろそろ**本気で」ですかと真正面から突っ込むようにして訊ねれば、またしても元の会話に戻ってしまうことは判っていた。

「朝倉君……」

と、新家が上体を朝倉の方へと、深く傾けた。

「はい」と、朝倉も作法として大臣の方へ上体をかなり斜めにした。

「イージス艦に搭載している、あれだが……」

あれだが、と言われてピンとこない朝倉ではなかった。

「SM3ですね。正しくは、弾道ミサイル防衛用誘導弾スタンダード・ミサイル。わが国のBMD（弾道ミサイル防衛の意）の中核を成しております」

「そのSM3の射程距離だが……」

「千二百キロメートルです。全長六・五八メートルでイージス艦の垂直発射システム（VLS）から垂直に発射されるこいつは、マッハ3以上の高速で飛翔《ひしょう》し、命中精度は非常に優れております」

「うん。そいつは判っておるのだが、たとえばだ……」

「SM3はあくまで弾道ミサイル迎撃用です。そのうえ射程距離が千二百キロメートルと短いですから、標高千メートルを超える山山から成る『千山《チエンシヤン》山脈』や『吉《チー》林哈達嶺《リンハーターリン》山脈』に護られるようにしてある瀋陽《シエンヤン》軍区を叩くには、能力不足と言わねばなりません」

「能力不足なあ……」

新家がソファの背にもたれかかり、目の前のセンターテーブルをじっと眺めた。

「よしんば、SM3で山脈の向こうの瀋陽《シェンヤン》軍区を叩くにしても、中国の潜水艦に捕捉されるのを覚悟して海自のイージス艦が中国大陸へ近付き、SM3の射程不足を補《おぎな》う必要があります」

「そんな事は出来ん」

と新家の目が凄みを覗かせたのは、この時だった。ほんの一瞬ではあったが。

「もう止そう朝倉君。充分だ……少し疲れた」

防衛大臣新家康吾郎は脚を組んで、二つ三つ小さな溜息を吐き、朝倉へ視線をやった。

「ところで、この部屋に入るまでの途中で誰かに出会《お》うたかね」

「ええ。内廊下で防衛政策局調査課の尾旗先輩と久し振りに出会いました」

「お、あの秀才か。確か柔道では君の宿敵だったな」

「ま、同じ釜の飯を食ったという仲です。大学は違っても学生選手権や全日本選手権が近付いてくると、よく合同強化合宿で汗を流し合いましたから」

「青春だな」

「はい。なつかしい思い出です」

「賜杯《しはい》の数は？」

「尾旗先輩は学生選手権が一《ひとつ》、全日本選手権が一《ひとつ》です。私は学生選手権は一《ひとつ》ですが、全日本選手権では二《ふたつ》もらっていますから、賜杯の数で言えば私の勝《かち》ですね」

そう言って漸《ようや》く微笑む朝倉だった。

朝倉は防衛大臣の新家に厳しいことを言ったりはするが、内心では大いに信頼しており、したがって気も許している。

「武道に打ち込んできた者の気性ってのは実にいいね。私は好きだ……さてと、ようやく本題に入りたいのだがな朝倉君」

「はい」

朝倉は少し前かがみ状態の上体をソファの背に戻し、新家の表情を観察する目つきになった。

新家は、ソファの背に体を預けたまま、頭の中を整理しているのか鋭い眼差《まなざ》しで中空《ちゆうくう》を睨《にら》みつけている。

と、ガラスの壁で仕切られた向こうで、藤東2等海尉が立ち上がり、再びこちらの部屋へやってきて真っ直ぐに大臣を見た。

「報告、お宜しいですか」

「うん、早かったな。聞こう」

頷いた新家であったが、表情は変わっていない。中空を睨みつけている眼差しもそのままだ。

「先程の千葉県夷隅郡沖合海底を震源とする震度4の地震ですが、防衛省が直ちに対応を必要とする被害は出ておりません」

「確実か」

「はい。間違いありません」

「判った」

藤東2等海尉は新家に一礼したあと、僅かに顔を朝倉に向けて目礼をし退《さ》がっていった。

数台のモニターを前にして座っている制服組の自衛官たちはいずれも『特殊作戦本部・枢密情報部』に所属しており、原隊は陸上自衛隊が二名、海上自衛隊が二名、その他が航空自衛隊である。

因《ちなみ》に朝倉一矢について言えば、表向きは防衛省『特殊作戦本部』の一員という扱いになってはいたが、省内に所属する部課は無く、いわば「遊撃的立場」という曖昧《あいまい》な位置にあった。

そして、**その立場の本質**を知っているのは、本人を除けば内閣総理大臣と防衛大臣の二人だけだった。まさに鉄砲の**携帯許可**と、**使用判断の一任**という大きな権限を付与された『高級秘密情報官（旧・大佐相当）』なのであった。

また、朝倉一矢という人物の職掌・履歴については人事的に公《おおやけ》にされてはいないが、「そのような特殊な国家的任務に就いている者がいる」という点を承知する者として、オーストラリアの『メルボルン閣議』のメンバー四名がいた。外務大臣、国土交通大臣、海上保安庁長官、警察庁長官である。

「で、大臣……」

中空を睨みつけたまま沈黙に陥《おちい》っている新家を、朝倉は促した。

「あ、うん」

と、新家が組んでいた脚を解き、ようやく朝倉と目を合わせた。

新家は朝倉の直属上司の立場にあり、内閣総理大臣安岡勇三郎を除いては、**朝倉**

を直接指揮できるたった一人の人物だった。ただ、内閣総理大臣と朝倉との『実務的交流』というものは、まだ一度も生じていない。

新家防衛大臣の朝倉に対する指揮の〝かたち〟は、当然だが常に内閣総理大臣安岡と意思の疎通が図《はか》られている。

新家が言った。

「不忍池の高級中華料亭『天鵝《ティエンオー》』で日中経営経済有識者会合（20＋1）の名の下《もと》に、日本政府転覆の重大密議が行なわれる、という印刷文書を防衛省御中という粗《そ》雑《ざつ》な宛先の書き方で郵送してきたアレだが」

「何か判りましたか」

「うむ、幾つかの点がな。先ず封筒と印刷されていた用紙は、誰でもが文具店などで入手できる市販のものだった」

「印刷されていた用紙はコピー用紙ですか」

「その通りだ。次に何で印刷されたかだが、驚いたことに昭和三十九年製の手動式和文タイプライターと判った」

「なんですって……」と、朝倉の目つきが変わった。

「文字盤に小さな棒状活字が埋め込まれたようにびっしりと並び、オペレーターがレバーハンドルを右手で操作してその棒状活字を一つ一つ吸い上げるように拾いあげ、シリンダーに巻き込まれた印刷用紙に打ち込んでいくやつだ。若い君は見たことがあるまい」

「いいえ、見ました。まさに大臣の仰《おつしや》る通りのものですね。千葉県の幕張《まくはり》でありました世界卓上印刷機械歴史展に関心があって出かけ、そこで古い手動式和文タイプライターを見たのです」

「お、そうか。アレはタイピスト養成専門学校なんぞに一年とか二年とか通って学ばないと、素人《しろうと》にはとても扱えない。文字盤のどの位置に何という活字があるかを知っておかないと、拾えないからな」

「世界卓上印刷機械歴史展では、五十代半ばくらいの日本人女性が手動式和文タイプライターを実演してくれたのですが、大変な速さでレバーハンドルを操作するのには驚きました。原稿を見ながら殆《ほとん》ど瞬時に活字を拾いあげて印刷用紙に打ち込んでいくのですからねえ」

「全国各地の商工会議所主催で、実技と筆記試験による一級から五級までの検定試験というのがあってな。紺の制服を着て胸元から白い襟《えり》を出した女性タイピストは職場の花形だった。もっとも私の二十代の頃には、いわゆるワープロというのが既に普及していたがね」

「実演していた五十代半ばくらいの女性も言っておりました。手動式和文タイプライターの濃く美しい印字に関心があって学んだらしいのですが、レバーハンドルの操作に結構力が必要なので、ワープロに比べて右肩の腱鞘炎《けんしょうえん》になり易《やす》いとか」

「そうだろうな。レバーハンドルは、活字を拾う、拾った活字を印刷用紙に打ち込む、その活字を元の位置へ戻す、という三つの機能を有している訳だから、それなりの『重さ』があるのだよ」

「あ、いま『重さ』と仰いましたが、ひょっとして……」

「さすがは君だな。気付いたか」

「印刷用紙に文字が打刻されたその凹《へこ》み具合というか、凹みの深さなどを分析することによって、男の力で打刻されたか、女の力で打刻されたか、が推測できたのではありませんか」

「枢密情報部分析課に一昨年三月導入された最新鋭の文字・画像分析装置で簡単に

答えが出たよ。アレは男の力と、女の力で打刻されていた」

「え……」

「もう少し詳しく言うと、文章の上半分は男の力、下半分が女の力だった。また、普通の手紙のような縦打ち文章ではなく横打ち文章であったことから、オフィス感覚に馴《な》れた者、あるいは日本語が得意な外国人では、ということも考えられる。封筒も**洋形4号定形**（横長タイプ）であったし、住所宛名も横打ちだったしな」

「なるほど……」

「封筒の消印の分析では、さしたる情報は得られなかったよ。古くから長く住んでいる善良な人たちの、下町棟割《むねわり》三棟長屋・三十軒の、ちょう度まん中あたりの小路に設置されている、円筒形のポストに投函された、とまでは判った」

「ほう、円筒形のポストが、まだ残っていましたか……」

「町中《まちなか》に設置されているポストが、円筒形から次第に角形へと変わり出したのは昭和四十年代だ。しかし現在も記念碑的に、思わぬ所で多少残っているらしい」

「見えざる差出人は、わざとその古いポストを選んだのでしょうかね。愉快犯的気分で」

「さあな。判らん」

朝倉の脳裏《のうり》で、不忍池のオフィスへ侵入してきた自動拳銃を手にした謎の女と、ロシア大使館のナターリヤの顔が重なった。この二人のどちらかが、防衛省へ送付された怪文書にかかわってやしないか、と。

15

「お、もう、こんな時間か。昼飯を付き合《お》うてくれるか朝倉君」

話を途中で折って腕時計を見た新家が、思い出したように言って立ち上がった。

「はい、喜んで……」

「天麩羅《てんぷら》の『市松《いちまつ》』はどうだ」

「いいですね」

「よし」

新家が大股でデスクの方へ戻り、椅子の背に掛けてあった上着《スーツ》をひと振りして背中へと回した。

このとき、デスクの上に赤・白二色《ふたいろ》ある電話機のうち、ゼロ・ダイヤルで外線への発信も可能な「内線」の白い電話機が鳴った。

まだ上着《スーツ》の袖《そで》に通していない右の手で、新家がすかさず受話器を取る。

「特殊作戦本部大臣室……」

低く太い声で、そう応じたあとの新家は、「うん」と二度低い声で頷き受話器を置いた。

特殊作戦本部大臣室とは、防衛大臣が特殊作戦本部へ見えたときに入る大臣専用室のことで、本来の防衛大臣室は別の棟にある。

「秘書からだ。ちょっと待っていてくれるか。官邸に電話を入れねばならん」

「部屋の外に出ていましょうか」

「いや構わんよ。国家危機の頂点に立って、**たった一人の戦場**を任されている君に、今さら聞かれて困る事なんぞ何一つ無い」

新家はそう言い切って、やや硬い表情で受話器を取りあげた。

千代田《ちよだ》区永田町《ながたちよう》二丁目の首相官邸五階にある首相執務室への直通であると朝倉は承知している。

同じ五階フロアには、副総理（副首相）、内閣官房長官および内閣官房副長官の執務室も置かれている。

朝倉は呼吸《いき》を抑《おさ》えた。

首相が直ぐに受話器を取り上げたらしい。

「新家でございます。いま特殊作戦本部大臣室で朝倉君と二人で話をしておりました」

朝倉は一度も首相と会ったことがない。彼に対する『**総理発の辞令**』は、防衛大臣から口頭により伝えられた。

したがって、厳しい『国家的任務』に就いている自分の存在が首相に承知されているのかどうか、朝倉はまだ自ら確認できていない。

けれども国家防衛にかかわる公《おおやけ》に出来ない特殊任務に就き、しかも拳銃所持を使用判断も含めて許可されているくらいであるから、自分の存在くらいは首相に知られているのだろう、と思うことにしていた。それに防衛大臣から、「総理も期待なさっている……」という意味の言葉を幾度となく聞かされている。

新家が電話の相手――首相――と二、三十秒ばかり「その通りでございます」

「了解致しました」「はい。それでは直ちに……」などと話し合ったあと、少し驚いたような眼差しを朝倉へ向けた。

朝倉の表情が思わず「え？」となって、彼はソファから立ち上がっていた。

「判りました。朝倉君も喜びましょう。それでは今スピーカー釦《ボタン》をプッシュさせて戴きます」

新家はそう言うと、電話機に付いているスピーカー釦を、すでに上着《スーツ》の袖に通している左手の人差し指でプッシュし、「押しました」と相手に伝えた。

「朝倉君ですか。首相の安岡勇三郎《やすおかゆうざぶろう》です」

新家が受話器をこちらへ向けて頷いてみせたので、朝倉はセンターテーブルの向こう角付近まで三歩ばかり踏み出して姿勢を正した。表情がほんの少しばかり緊張していた。それが彼の礼儀であった。

「3等空佐（空軍中佐相当）の朝倉一矢《あさくらいっし》です。お声掛け下さいまして有り難うございます」

「どうやら予想外の事態に直面したようだ、と報告を受けています。だが国家は朝倉君を全力で支援し、その行動と、その行動が齎《もたら》す全ての結果について、あらゆる法を駆使し、確《しっか》りと護《まも》ってゆきますから安心して下さい」

「心強いお言葉を感謝申し上げます」

「アメリカでの騒動も、ホワイトハウスを通じちゃんと私の耳に届いています。大変でしたね」

「はっ……恐れ入ります」

「**超法規**、という言葉が君と一体的に存在することを忘れなければ、少しは精神《こころ》の支えとなるでしょう。直接する部下も同僚も与えられずに、**たった一人の戦場**に投げ込まれたなどと憂慮せず、勇気を持って任務を遂行していって下さい。私は決して君を忘れません」

「光栄です。積極的に動き始めております」

「朝倉君が今の機密任務に、最初の任務者として指名されて、まだ日が浅いですが、これからも大丈夫ですね」

「大丈夫です。防衛大臣から命令される任務に、全力で当たります」

「そうですか、有り難う。装備その他で必要なものがあれば、遠慮なく新家大臣に求めて下さい」

「はい。そうさせて戴きます」

「それでは、機会があれば会いましょう」

プツッと小さな音がして首相安岡勇三郎が電話を切った。

朝倉は幹部自衛官らしく、防衛大臣が手にしている受話器に対し、一礼をした。

新家がウンという顔つきになって受話器を電話機へ戻した。

「首相に対する私の受け答えは、あれで宜《よろ》しかったでしょうか」

「そのような点についてまで私にあれこれ言わせるな。自身で吟味《ぎんみ》し且《か》つ振り返ればよろしい」

「はあ……」

「あ、それから今の内に言っておこうか。亡くなった芳元英雄《ひでお》3等陸佐（陸軍中佐相当）の生家がある兵庫県の宝塚市《たからづか》へは君に行って貰《もら》うぞ。専門家による遺体検分の詳細については追って話す」

「承知しました」

「芳元家に対しては既に私が電話接触を丁重《ていちょう》に済ませてある。彼の**病死**についてはニュースになることはない。全ての対応が、うまくいっている」

「病死ですか」

「病死だ。彼の死は、あらゆる点を考慮しても病死だった。そのように粛《しゅく》粛《しゅく》と必要な手続が進み、そして既に終えている。よいな」

「承《うけたまわ》りました」

「同時に、**殉職**として処理されることも、知っておいてくれ」

「有り難うございます。それを聞いて防大同期の友として安堵いたしました」

「行くぞ。昼飯だ。歩きだからアタッシェケースは此処《ここ》へ置いてけ」

「そう致します」

新家が携帯で『市松』へ連絡を入れながら、硬い表情で特殊作戦本部大臣室を出た。

その後ろ三、四歩の位置に、朝倉が張り付く。

市谷本村町《いちがやほんむらちょう》の広大な敷地内には我が国の国土、領海、領空を護る防衛省と、東京の治安を護る警視庁第4機動隊および第5機動隊が存在する。

敷地内に建ち並ぶ防衛省の庁舎（庁舎→役所の建物）は、国民に判り易く俗にA棟、B棟などと称されE棟までの五棟全てが『主棟』と見られて在《あ》る。

国防ビルであり国防上の機密事項が少なくないことから、各棟の役割機能をここで精緻《せいち》に公開することは難しいが、A棟からC棟について迄《まで》を述べると概《おおむ》ね次のようになる。

A庁舎――陸・海・空自衛隊を統括指揮し、運用・指令・装備充実などの役割を担《にな》う中枢《ちゅうすう》的な庁舎。陸・海・空の三幕僚監部があって、それを統合し調整する統合幕僚監部を上に置く。屋上にヘリポート二基を備える地上十九階地下四階、延床面積約十一万平方メートル。大臣執務室を置くいわゆる防衛省本部ビルである。

B庁舎――高いアンテナを有する陸・海・空自衛隊の情報受発信ビル。地上十階地下四階、延床面積約三万八千平方メートル。

C庁舎――防衛情報本部ビル。画像・地理分析、電波分析、情報保全、情報評価、情報総体計画など、その能力は近年非常に高く、優れた人材を擁《よう》している。その他複雑な性格にわたる多くの『見えない任務』をも遂行《すいこう》する日本最大の情報機関で、その要員は特に近年秘匿《ひとく》されているが三千名前後と推測して大きな誤りはない。地上九階地下最深部分五階（地下二階及び四階の部分もある）、延床面積約六万平方メートル。『特殊作戦本部』は、この建物内に置かれている。

これら各棟が地下で結ばれていることは勿論《もちろん》である。

それはともかく、防衛大臣新家康吾郎と共に、ひとたび自由世界（防衛省の外）に出掛けるとなると、朝倉は覚悟せねばならなかった。

警視庁警備部のＳＰ（要人警護）に周囲《まわり》をがっちりと囲まれねばならないことである。

当然、何でもかんでも、歩きながら話し合える雰囲気ではない。

右脚に強力な９㎜×19弾を六発装塡《そうてん》した小型セミオートマチック・ピストルを装着している自分が、拳銃を携帯する警視庁ＳＰによって大臣と共に〝警護〟状態に置かれることを、むず痒《がゆ》く思う朝倉だった。

防衛大臣新家康吾郎が愛用のステッキを手に朝倉を連れていったのは、防衛省から徒歩で三分ほどの老舗《しにせ》の天麩羅専門店『市松《いちまつ》』だった。

創業九十年に近いと言われており、朝倉にとってはこれまでに二、三度利用しただけの、馴染《なじ》みの薄い店である。

どちらかと言えば朝倉は洋食好みであり、新家が利用することの多い『市松』へは日頃から余り寄り付かないようにしている。

新家のみならず、政界の大物が頻繁《ひんぱん》に訪れる店として知られている『市松』だったので、朝倉の足が向かないのは、そのせいでもある。

新家と朝倉が肩を並べて『市松』の質素で小さな冠木門《かぶきもん》を潜《くぐ》ると、その冠木門の左右にSPが一人ずつ立ち、あと二人が『市松』の周辺を用心深く検《み》て回り出した。

SPは原則として、余り「検《み》て回る」というようなことはしない。己れの体を盾《たて》として『対象』を護り抜くことが任務であるから、『対象』から遠く離れることはしない。

「あら、新家先生。ようこそいらっしゃいました。お杖、お預かり致しましょう」

「うん。今日は二人だ。よろしく頼む」

と、頷きながら出迎えた顔なじみの女将にステッキを手渡す新家だった。

「今日は先生に驚いて戴《いただ》くことがございますのよ」

「ん？」

「裏小路の向こう側で工事が行なわれていたのを、お気付きでございましたでしょう」

「裏小路の向こう側？……さあて、気にもしなかったが」

「まあ、左様《さよう》でございましたか。市松《うち》の直ぐ裏手、つまり裏小路の向こうに八坪稲《やつぼいな》荷《り》の雪椿《ゆきつばき》（常緑低木）に抱《いだ》かれるようにしてございましたちょいと名の知れた小料理屋が店主の高齢で店を閉じましたもので、市松《うち》で買い取り特別室《VIPルーム》の工事をしていたのでございますよ。今日から御利用いただけます」

「ほう……」

「先生が一番乗りでございます。稲荷口《いなりぐち》玄関へ御案内申し上げます。さあ、どうぞ」

「うん」

玄関式台《しきだい》の直ぐ奥の帳場にいた女将《おかみ》と新家のまるで囁《ささや》くような対話をそばで聞きながら、「なるほど政治家とは声高《こわだか》には話さない女将としてのコツを、よく心得ているなあ」と、改めて感心する朝倉だった。

笑顔の美しい四十半ばくらいの女将の囁きには、不快感が全く無い。

サラサラとした〝涼気〟さえ感じさせる。

新家と朝倉は女将の後に続いて、玄関式台から二度直角に曲がった廊下を、裏手方向へと進んだ。

店内には、芳《こう》ばしい香りが漂っていた。

『市松』の座敷には全て、カウンターが配膳スタッフ――女性――と共に付いており、腕のよい天麩羅職人による揚げたてが座敷に腰を落ち着けて食せるようになっていた。

「ふうん、裏口に当たる稲荷口玄関まで、表口玄関に劣らぬ真新しい玄関式台に改めたのだね」

「はい。先生のような方《かた》に御利用いただくのでございますから。これが先生専用のお履物でございます」

見るからに清潔そうな真新しい玄関式台には綺麗な造りの下足箱が出来ていて、そこから取り出された安物には見えない雪駄《せった》の花緒《はなお》には金糸で、新家先生、の刺《し》繍《しゅう》があり、「ふうん……」と感心した新家が唇の端に満足そうな笑みを覗かせた。

靴下の足にはいささか履きにくいと思われなくもない雪駄ではあったが、新家も朝倉も嫌な顔ひとつしない。それが一流の店を訪ねたときの礼法だ。それに馴染み客専用の雪駄というのは、清潔でよい。誰が履《は》いたか判らぬような雪駄とかスリッパなどを出されると、いかに名店ではあっても背すじが寒くなる。

しかし残念なことに朝倉の雪駄には当然ながら、刺繍は無い。

「お先に外へ失礼します先生」

雪駄を履いた朝倉が新家に声を掛けて先に外へ出ようとした。案外に靴下の足にも確りと合っている雪駄だった。

と、女将が「いえいえ、私《わたくし》が御案内いたしますので」

と言い言い、朝倉の前へ、するりとあざやかに回り込んだ。さすがは老舗の女将、というところか。朝倉が思わず、チッ、という目つきで新家を見る。

朝倉の目つきを読み取った新家が、(ま、よい……)という目つきを返した。

この玄関式台——裏口——の向こうには、女将の言葉で「裏小路」があると新家にも朝倉にも判ってはいる。

「裏小路」、つまり「外」だ。それに雪椿の八坪稲荷もあると知っている。

その「外」と「雪椿の八坪稲荷」に備えるため、朝倉は新家よりひと足先に出ようとしたのだった。

カラカラカラと心地《ここち》よい音を立てて、曇り硝子《ガラス》の嵌《は》まった格子戸が女将の手で開けられた。

「目の前にございますのが先生、八坪の境内《けいだい》が雪椿で埋まっております八坪稲荷でございます」

「うん、それくらいのことは知っておるよ」

と、新家が応じた。

女将、新家の順で昼時の日が差し込んで明るい外――裏小路――へ出、最後に朝倉が続き、彼の手で格子戸が閉じられた。

まさにその時だった。

女将が低い呻《うめ》き声を発して前かがみに倒れ、朝倉が電光石火《でんこうせっか》、瞬時に新家の前へと回り込んでいた。

その朝倉の目に飛び込んできたのは、己れの左胸に突き刺さらんとする一条の閃光《せんこう》だった。

朝倉の全身で防禦本能が炸裂し、同時に恐怖が背筋で悲鳴をあげた。

今まさに左胸に突き刺さらんとする白い光への恐怖ではなかった。

炸裂した己れの防禦本能に対する恐怖であった。自分への恐怖だった。

唸《うな》りを発して朝倉の右の拳が掬《すく》い上げる。

切っ先が朝倉の左の胸に達し、彼の右の拳が相手の左頬に打ち込まれてその顔面が原形を崩した。

宝石のようにきらめきながら、相手の口から飛び散る幾つもの歯牙《しが》。

もんどり打って小路に叩きつけられたそいつの背後から、第二の閃光が朝倉の左胸を狙い突っ込んだ。

「向こうへ……」

叫んで新家を突き飛ばしたその朝倉の左胸にテロの白刃が食い込み、同時に彼の右拳が電撃的という表現が許される猛烈な速さで、相手の左胸に深深とめり込む。

皮下で肋骨《ろっこつ》の砕け散る残酷な音と相手の甲高い悲鳴が裏小路に轟き渡り、「うむむ……」と朝倉が左胸を押さえてよろめいた。

「おい、朝倉っ」

「離れて……」

寄って来ようとした新家を、朝倉はドンと突き放した。この時にはもう、雪椿の中から飛び出した三人目の刺客《しかく》を、朝倉は視野の端に捉えていた。

突き飛ばされて、足元を危《あや》うくさせた新家に向かって、刺客の手で光る物が一直線に襲いかかる。

標的が、自由民政党の大物タカ派防衛相新家康吾郎であることは明らかだった。

朝倉は猛然とタックルした。

刺客に対してではない。新家の足元にタックルした。一瞬の判断だった。

新家が「あ……」と真横に倒れ、その上を刺客の鋭利な刃物がヒヨッと空気を鳴らして突き過ぎる。

新家と絡まり合うようにして倒れた朝倉がその体勢のまま、空《くう》を切った刺客の手を下から蹴り上げた。

刃物が刺客の手を離れて、雪椿の方へと飛んでゆく。

腹筋を使って跳ね起きざま、朝倉の右の拳が相手の横面《よこつら》に挑みかかった。

が、予想外のことが朝倉を見舞った。

朝倉の動きよりも、刃物を蹴り飛ばされた刺客の動きの方が、遥《はる》かに速かった。

唸りを発して、相手の拳が朝倉の下顎に放たれ、反《そ》りかえってよろめいた朝倉の左腕へ相手の手刀《しゅとう》が炸裂した。

「ぐえっ」

朝倉がはじめて前かがみに苦悶《くもん》する。

その左右の頰へ刺客の平手打ちが飛んだ。

強烈な平手打ちは、それを浴びた者を瞬時に脳震盪《のうしんとう》へと陥《おとしい》れる。但し、空手・拳法など練達の士に限られる業《わざ》だ。

朝倉は目の前が真っ白となった。しかし、その寸前の間近に迫った『敵』の首から上を、見失ってはいなかった。

「むんっ」

と、殆ど声にならぬ気合を発した朝倉の右手五本（指）貫手《ぬきて》が、真っ白となった脳内に記憶されている相手の鼻の下を突き上げた。

見守る新家には、朝倉のその反撃が視認できなかった。それ程の猛速だった。

「があっ」

異様な悲鳴をあげて、刺客が路地に叩きつけられた。鼻柱が魚の身を捌《さば》いたかのように目の付近までめくれあがって左目の下に張り付き、醜《みにく》く露《あらわ》となった二つの鼻腔《びこう》から垂れ流すように血が噴《ふ》き出した。

さすがの新家も、はじめて目にした朝倉の『拳業』の余りの凄まじさに、目をそらせた。

ようやく八坪稲荷の前が静かになった。

朝倉にとってそれは、僅か一分も要さぬ内に生じて終った、はじめて体験する実戦としての格闘だった。

彼は頭を振って、ぼやけている脳《あたま》を覚醒させた。

「大丈夫ですか、大臣」

「大丈夫だが、君は空手もやるのか」

「誰彼に知られてはいませんが、六歳の頃から糸東《しとう》流空手を祖父から叩き込まれてきました」

「封印していたのか、それを」

「はい。『とくにお前の右拳は危険だから、絶対に用いるな』と言われてきました。その意味では封印です」

「なんて奴だ……」

新家は朝倉の知らなかった一面を知った驚きで、思わず大きな溜息を吐いた。

朝倉が刺客の凶器を拾いあげてスーツの内ポケットへ入れ、完全に意識を失っている刺客三人を、雪椿の中へと引き摺《ず》り込む。

「うん、ま、それで一先《ひとま》ずよい。あとは私がやる。君がこの現場にいるのはまずい。直ぐに此処から去りたまえ」

「そうですね」

朝倉は頷くと、稲荷口玄関を入って表口へと急いだ。

16

然《さ》り気《げ》無さを装って表口を出た朝倉《あさくら》は、左へ左へと曲がって裏口の通りにつながった小路に出、幅狭い急坂を急いだ。

なんでこんなに狭いのだ、と腹立たしくなるくらい窮屈《きゅうくつ》な坂道だった。

右側は古い平屋《ひらや》建の民家が背中を向けて建ち並び、左側は幾棟もの瀟洒《しょうしゃ》な低層マンションの小高い塀《へい》が、意匠趣向を競《きそ》い合うかのようにして続いている。

したがって人目《ひとめ》につき難《にく》い坂道ではあったが、夜はかなり物騒ではないか、と思われた。

そう遠くないうちには、南方向を向いて坂道の右側に建ち並んでいる古い平屋建の民家も、低層マンション化していくのだろう。

傷《いた》みのひどい腰高の古い地蔵様が三体並んでいる所で、坂道は右へ直角に折れ曲がっていた。

朝倉は足を止め地蔵様に手を合わせた。かなり真剣な気分になっていた。

襲いかかってきた刺客の最初の一人目に放った右の拳は、反射的であったから手加減をしていない。

左の頬が潰《つぶ》れて幾つもの歯牙《しが》を吐き出したそいつは、ひょっとして危ないかも知れない、と朝倉は思っている。

なにしろ積み重ねた何枚もの瓦《かわら》を粉微塵《こなみじん》とする右の拳であった。

(あの連中……三人とも日本人に見える顔立《かおだち》だったが)

そう思いながら合掌《がっしょう》を解いて地蔵様を見つめた朝倉は、思い直してもう一度合掌した。

脳裏《のうり》では、日本人に見えた男三人の顔の中に、不忍池《しのばずのいけ》の畔《ほとり》に在《あ》るオフィスへ驚くべき大胆さで侵入してきた美貌の女の顔が、何故か混《ま》じったり消えたりを繰り返していた。

朝倉は合掌を解き、坂道を下り出したが、また思い直したように足を止めて耳を澄ました。

パトカーのサイレンの音を探ったのであったが全く聞こえてこない。

新家《しんけ》大臣はあの『暗殺未遂現場』を果たしてどう取り仕切るのであろうか、とさすがに気になって、坂の上の方——北の方角——を暗い目で仰《あお》ぎ見る朝倉だった。

頭の中ではまだ、不忍池のオフィスへ侵入してきた美しい女と先程倒した三人の刺客とが絡まり合っている。

「あの魅惑的な女……もしかして三人の刺客の仲間か？」

呟《つぶや》き、ゆっくりとした足取りで朝倉は坂道を下り出した。

車の往き来の激しい大通りが僅《わず》かな先にもう見えていた。

頭の中に新家大臣の指示を受けて駆けずり回るＳＰ（要人警護）たちの姿が表われ出したので、朝倉は溜息まじりにまた立ち止まって、坂の上の方を振り仰いだ。

すでに坂道を下り切った左手角にある、コンビニエンスストアの手前まで来ていた。

「肚《はら》の据《す》わった頭の切れる大臣のことだから……ま、きちんとなさるだろうが」

うん、と朝倉は小さく頷《うなず》いてみせると、左手五本指をチラリと眺めて坂道を下り切り、コンビニエンスストアへと入っていった。

五本指の中央三本には、倒した刺客の血液と皮膚片がほんの少しではあったが爪の下に入り込んでいた。

中央三本の指の下へ支えるように潜《もぐ》り込ませた親指と小指は汚れていない。

コンビニエンスストアに入って洗面所を借りた朝倉は、備わっている石鹸《せっけん》液で丹念に両手を洗い清めると新聞三紙を買い求めて店を出た。

今日はまだ朝刊に目を通していなかった。

朝倉は、情報を「得る」ことは慌《あわ》てない、という主義である。

情報を「読む」（分析する）という姿勢の方を大事としている。

誤った情報を飲み込んだ場合の危険性を、よく判っているからだ。したがって、携帯のディスプレイにサービスで流されるショートなニュースは、殆ど重視しない。

彼は、コンビニエンスストアの前でタクシーを拾った。

「不忍池畔《ほとり》の中華料亭『天鵝《テイエンオー》』へやって下さい」

「判りました」

運転手は『天鵝《ティエンオー》』をよく知っていたのであろう、二つ返事でタクシーは動き出した。

もっとも、都心のタクシーの運転手で『天鵝《ティエンオー》』を知らぬ者は潜《もぐ》り、と言われても仕方がない。

それほど有名な店ではある。

朝倉は、むっつりとした顔つきを拵《こしら》えて、移りゆく窓の外の景色を眺めた。

新家防衛大臣とは『特殊作戦本部』の大臣室で充分に話し合えた訳ではなかった。

「君の話は後から聞こう。それでいいな」から始まった新家との面会であったから、こちらから報告あるいは打ち明けるべき事は殆《ほとん》ど話せていない。

また新家から伺《うかが》うべき話も、途中で次次と入ってくる電話のために中途半端で未消化のままだった。

したがって（早い内にもう一度お会いせねばなるまい……）と、朝倉は自分に言い聞かせた。

凹路《おうろ》にタイヤを取られたのであろう、車体が軽く続け様《ざま》に弾《はず》んだ。

朝倉は新聞をバサバサと鳴らしながら開き出した。

『芳元事件』あるいは『ナターリヤ事件』のどちらかが記事に取り上げられてはいないか、念のために確認したかったからだ。

なかでも気がかりなのは、ナターリヤの追跡者を狙《ねら》って小型セミオートマチック・ピストルを四発放ったことだった。

つまり発射の証拠となる9ミリパラベラムの空薬莢《やつきょう》四発分を現場に残してきたことになる。

銃声を轟《とどろ》かせた暗い夜中、それを探して自分の手で回収できる筈《はず》もない。

だが、どの新聞にも、轟いた筈の銃声や、現場のどこかに転がっている筈の空薬莢について、記事になってはいなかった。

それとも、発射した何者か（朝倉）を確保せんがため、警察が網《あみ》を張って現場周辺で待ち構えているのか？

（迂闊《うかつ》にあの近辺へは暫く戻れないな……）

肚《はら》の内で呟いた朝倉は掲載なしを最後に確認し終えた新聞を、うるさく鳴らして折り畳み、ひとまずホッと胸を撫《な》で下ろした。

すると急に空腹を覚えた。

天麩羅《てんぷら》を食べ損《そこ》ねたのだった、と気付いて彼は苦笑した。『天鵝《ティエンオー》』が飛び込みの利く店ならば、昼飯を食べるのも悪くはない。そう思い立って、朝倉は「よしっ」となった。

新聞に目を通している内に、タクシーは妻恋坂《つまこいざか》に差しかかっていた。もう直ぐだ。

「あの……運転手さん」

「はい」

バックミラーでこちらを見た初老の運転手と、朝倉は目を合わせた。が、その直後には運転手の視線は前方を見るという役割に戻っていた。

「新聞を三紙買ったのですが、宜《よろ》しかったらお読みになりませんか」

「もう、全部読まれたのですか」

「ええ、いつもザッと斜め読みするだけなもので」

「それじゃあ読ませて貰《もら》います。助手席へ投げ入れておいて下さい」

穏《おだ》やかな口ぶりの運転手であった。

「判りました」

　朝倉は新聞三紙を手に中腰となって、丁寧《ていねい》にそれを助手席に下ろした。シートに腰を落ち着けて、何気なく運転手の背後を護《まも》っている透明な強化プラスチック製のシールドフェンスに目がいくと「お客様へ　新聞雑誌等はお持ち帰りください」の横書きのラベルが貼ってある。お客様の部分は赤で、本文は青の色刷りで結構目立っている。

「あ、すみません。ルール違反でしたな」

　腰を上げて助手席へ手を伸ばしかけた朝倉をバックミラーで捉《とら》えた運転手が、

「構いませんよ。置いといて下さい」と笑った。

「いや、止しましょう」

「いいですって。これもサービスの一つですから」

「そうですか。じゃあ……」

　朝倉は軽く頭を下げてシートに体を沈めると、『特殊作戦本部』の大臣室へアタッシェケースを置いてきたままであることを思い出した。

　中は空である。誰彼《だれかれ》に見られたところで困るものではない。それに支給品だ。防弾用盾《たて》としての。

タクシーが速度を落とした。

朝倉が窓の外へ顔を振ると、日を浴びて眩《まぶ》しく輝いている不忍池の畔に、朱《しゅ》色の威容を誇る仏閣建築様式とでもいう『天鵝《ティエンオー》』が見えていた。

朝倉は窓の外を眺めたままの然《さ》り気《げ》なさでズボンの右脚裾あたりに軽く手をやり、掌《て》肌《はだ》で小型オートマチック・ピストルの〝存在〟を確かめた。

べつに回数を決められている訳でもないのだが、朝倉は一日に数度は他人《ひと》に悟《さと》られぬようにこれをやる。

彼にとっては国家から支給された命綱なのだ。一心同体たる〝公機〟である。おろそかには、出来ない。

タクシーが『天鵝《ティエンオー》』の正面玄関――朱塗りの大扉が見事な――の前へと滑《すべ》り込んだ。黒いスーツに蝶《ちょう》ネクタイの門房《メンファン》（玄関番）と判る男が笑みを顔いっぱいに広げ、足早にやってきた。

「新聞、申し訳ないね運転手さん」

「いいえ。読ませて貰いますから」

「有り難う。急いでいるので釣銭はいいですから」

紙幣《しへい》を差し出した朝倉は「急いでいる……」という表現を用いて、車から降りた。釣銭の額は大層《たいそう》なものではなかったが、三紙の新聞を引き受けてくれた運転手への、それが彼のささやかな気遣いだった。

車の外に出た朝倉に体をぶっつける勢いで、門房《メンファン》が彼を出迎えた。朝倉が僅《わず》か十数時間前に、長尺《ちょうじゃく》なズームレンズを装着した監視カメラで捉えた人物とは顔が違っていた。『天鵝《ティエンオー》』ほどの巨大な構えの名店ならば、幾人もの門房《メンファン》がいても不思議ではない。

「いらっしゃいませ。ご予約のお客様でいらっしゃいますか」

なめらかな優しい言葉遣いであった。目を細めた微笑み方にもなかなか品がある。身長は朝倉と余り変わらず、肩幅の広いがっしりとした体格であった。

「予約はしておりませんが、昼食をと思いまして……」

そう言った朝倉の背後で、タクシーが半円を描くかたちで玄関の前を離れ表通りへと走り去った。

「お一人様でいらっしゃいましょうか」

「ええ、見ての通り一人ですが」

「承知致しました。どうぞこちらへ……」

朝倉はこのとき既に門房《メンフアン》の黒いスーツの襟《えり》についている白鳥《スワン》の記章《きしょう》に襟章らしくない厚みがあり過ぎることに気付いていた。

だが、こういった大きな構えの老舗《しにせ》高級飲食店《レストラン》のエントランスを預かるスタッフは、到着した客とのやり取りを、次のステージを預かるスタッフへ確実に素早く伝える必要がある。

そのために襟章がマイクロ送話器《マイク》の役割を負っている場合が多いことを、朝倉は無論のこと承知している。

スタッフの両手を制約することがないこのマイクロ送話器は、要人が訪れる事の多い『大きな構えの老舗』にいきなり襲いかかる災難《さいなん》に対しても、威力を発揮する。

そういう意味では新家防衛大臣が奇襲された天麩羅専門店『市松《いちまつ》』は、老舗《しにせ》ではあっても用心深さを調えた『大きな構えの高級飲食店』からは程遠い。

朝倉は、門房《メンフアン》から引き継いだ笑顔の美しい若い女性の案内で、中庭に面した席についた。

真紅の中国服《チャイナドレス》ですらりとした身《からだ》を包んだこの魅惑的な客席係は、朝倉と目を合わせ、「少々お待ち下さい」と笑みを残して下がっていった。

何ら違和感の無い日本語であったが、矢張り胸に白鳥《スワン》の記章をつけている。

それはともかく広広とした見事な枯山水《かれさんすい》の中庭が眺めることの出来る明るい席であった。椅子《いす》もテーブルも朝倉は気に入った。日本式の枯山水の庭というのも、またなかなかの配慮である、と思った。中華料理店であるのにだ。

枯山水《こせんすい》と読む人もいるようだが、決して誤りではない。平安時代には、そう読んだのだ。

その中庭を取り囲むようにして多様な客席が設《もう》けられているのであったが、朝倉の位置からはそれらの客席を確かめる術《すべ》も無い。

二階には目を引くさまざまな形の窓が設《しつら》えられていた。おそらく大小たくさんの宴会室が整えられているのであろう。

朝倉の目が届く範囲の一階の客席は、殆どが埋まって〝静かに賑《にぎ》わって〟いた。

（一見客《いちげん》の私を、よくぞ入れてくれたものだ……）

何かウラがあるのではないかと考え過ぎた自分に、思わず彼はひっそりと苦笑した。

この超高級中華料亭の客室の何処かで、日本政府転覆にかかわる『日中経営経済有識者会合（20《トエンティ》＋1《プラスワン》）』があるという情報など、到底信じられない極上な雰囲気の店だった。

ランチタイムだが、さすがに客の身形《みなり》は良い。

先程の魅惑的な客席係がメニューを手にやってきて朝倉に手渡し、「お決まりになった頃にまた参ります」と、笑顔を忘れずに下がっていった。

朝倉は「さあて……」と、メニューを開いた。このとき指先を使ってであろう、トントンと遠慮がちに彼の左肩を叩く者があった。

朝倉は振り返った。

朝倉の顔に「あ……」という抑《おさ》え気味な、しかしかなり大きな驚きが広がり、彼は周囲《まわり》の客席を気遣いつつ立ち上がっていた。

17

身長一八〇センチを超える朝倉《あさくら》の目の前に、ブロンドが見事な白人女性の端整な顔があった。

なんとロシア大使館の——任務は不明だが——クラスノーワ・ナターリヤ　アレクサーンドロヴナではないか。

他人目《ひとめ》を引く茜《あかね》色のエレガントなジャケットとストレートパンツが、ヒールを履《は》くと一八〇センチに近付く長身に似合っている。

ジャケットの下のブラウスも茜色だ。

朝倉は思わず周囲に視線を走らせていた。それほど思いがけない、いや、不自然な相手の出現だった。

しかし、目が届く範囲の席に、ロシア人を思わせるような白人系の男女の客は見当たらない。もっとも一席一席、物を探すかのようにして丹念に見回した訳ではないのだが。

「ゴ一緒サセテ戴《イタダ》イテ　ヨロシイデスカ」

にこりともせず、彼女は囁いた。

朝倉は黙って頷《うなず》き、彼女よりも先に腰を下ろした。

それがこの場における朝倉の、不快の表わし様《よう》であった。

今朝早くにロシア大使館で別れたナターリヤが、一見《いちげん》を許されるか気にしながら飛び込んだ超高級中華料亭へ、待ち構えていたかの如《ごと》く突如《とつじょ》現われたのだ。

これが自然であろう筈《はず》がない、と朝倉の神経は尖《とが》った。

「随分《ずいぶん》と早い再会だな、ナターリヤ」

朝倉はメニューを眺めながら、冷やかな低い声を装《よそお》った。

内心は、この明るい中庭に面した客席で改めて眺めるナターリヤの美貌と均整の取れた豊かな肢体《したい》の美しさに、気持を奪われかけていたのだが。

とにかく中庭の明るさが、ナターリヤを輝かせていた。

なにしろ彼女と出会ったのは、時間が朝に向かって駆け出していた〝暗い深夜〟だった。

それにロシア大使館で雑談しか出来なかった部屋も、薄暗い納戸《なんど》のような部屋だった。

コレヲ見セレバ大使館ノ外ニ出ラレマス、と小さなカードを手渡され背を押されるようにして納戸のような部屋から出されたとき、朝はまだ仄《ほの》明るかった。

そのとき背後で閉まったドアの、ガチッという感情の無い音が朝倉の耳の奥にまだ残っている。つい、先程のことのように。

「まったく早過ぎる再会だ。面白《おもしろ》い程にね」

朝倉は再び言ってメニューを閉じ、こちらをじっと見ていた中国服《チャイナドレス》の客席係に小さく片手を上げた。

朝倉の二度目になるその冷やかな低い声に対し、ナターリヤは言葉では答えず美しい微笑を返しただけだった。

朝倉はテーブルにやってきた中国服《チャイナドレス》が似合っている魅惑的な客席係に、表情も声も温《あたた》かく拵《こしら》えて料理を注文した。

返事ひとつせず美しい笑みだけ見せたナターリヤに対する当て付けのような態度だった。

そのような自分が可笑《おか》しくはあったが、これでよし、と自分に言い聞かせた。

注文を受けた客席係はハンディキイを叩きながらそれを復誦《ふくしょう》し終えて朝倉の頷《うなず》きを得ると、次に「いつも有り難うございます」と笑みを満面に浮かべ、ナターリヤに対し丁寧《ていねい》に御辞儀をした。

朝倉は舌こそ打ち鳴らさなかったが、多少呆気《あっけ》にとられた。どうやらナターリヤは、この店の常客《じょうきゃく》だったようだ。

朝倉は、さすがにちょっと苦笑しつつ天井を軽く仰《あお》いだ。

ナターリヤが「イツモノ昼定食《ランチ》ヲオ願イシマス」と朝倉の顔から視線を逸《そ》らさずに言い、客席係は調理場へハンディで通知をすると、「承知いたしました」と笑みを残し下がっていった。

「君はこの店の常客だったのか……〝常客〟の意味、判るかな」

「判リマス。コノ店ノ味トテモ気ニ入ッテイマス。通イ始メテスデニ　カナリニナリマス」

「負けたな。そうだったのか」

「朝倉サンハ？」

「今日が初めてだよ」

「コノ店ハ　夜ハ一見《いちげん》客ハ　絶対ニ受ケ入レテクレマセン」

「昼はいいのだな」

「昼デモ　誰モ彼モヨイトハ　限ラナイヨウデス」

「詳しいのだね。さすが常客だ」

「胸　ドウカシマシタカ」

「え？」

「胸　穴ガアイテイマス」

声の調子を落としたナターリヤの言葉に、「あ……」と己れの迂闊《うかつ》さに気付いて鼻白《はなじろ》んだ朝倉は、視線を下げて胸元を見た。

濃紺のスーツの二箇所に、はっきりと判る乱れた傷みがあった。刃《やいば》を突き刺し様《ざま》えぐるように回しやがったな、と思いつつ朝倉は「あれえ……」と怪訝《けげん》な顔つきを拵えた。スーツも、その下のワイシャツも二度と着れまい、と諦《あきら》めはつく。ワイシャツの下に着込んでいた防衛省技術研究本部が開発の薄くて軽い優秀な防刃《ぼうじん》ベストが命を護《まも》ってくれたのだから、スーツやワイシャツの損失など安いもの、と思えばいいのだ。

「鋭イ何カニ　突カレタノデスネ」

下向きの朝倉を眺めるナターリヤの目つきが、ほんの一瞬ではあったが端整なその顔には似合わない鋭さを覗かせた。

「思い当たらないねえ。ところでナターリヤ、昨夜の今日だというのに大使館からかなり離れたこのような場所にまで昼食に出向いて、大丈夫なのかね」

顔を上げた朝倉はやや厳しい表情で、彼女自身の事へと、話題を逸《そ》らせた。

「私ノ自由デショ。大好キナコノ店デ　昼食ヲ摂《と》リタイノデスカラ」

「そりゃまあ、君の自由だがな」

「エエ……」

「私はひとり静かに昼食を楽しもうとしていたのだ」

「ア　怒ッテイルノデスネ」

「べつに……」

「フフフッ　朝倉サンテ　何ダカステキ……デスネ」

朝倉は小さく舌を打ち鳴らして、苦笑した。

「ところで、また蒸《む》し返した話になるのだがね、ナターリヤ」

「昨夜　私ニ対シテ発砲シタ二人ニツイテハ　何者カ全ク判リマセン。コレニツイテハスデニ　オ答エ致シマシタ」

低い声で交《か》わす会話であったから、テーブルを挟んで向き合っている二人は、やや上体を前に傾けた姿勢で顔を近付け合っていた。

「では別の方角から訊《たず》ねようか。あのような深夜に君はひとり何用であの界隈《かいわい》をうろついていたのかね。それとも何者かに拘束《こうそく》されていたのを、振り切って逃走していたところだったのか」

「ソノ点ニツイテ　オ答エスル積モリハアリマセン。朝倉サンニハ　ソノ点ニツイテ私ニ質問スル権利ハナイト思イマス」

「美しい君を助けた者として気になるのさ。だから訊《き》いただけだ。調べようとする気などは持ち合わせていないし、その立場でもない」

「ネエ朝倉サン……」

「なんだ」

「貴方《アナタ》ハドウシテ　コノヨウナ物ヲ　持ッテイタノデスカ」

ナターリヤは右手の親指と人指し指を使って銃《ピストル》の形をつくり、悪戯《いたずら》っぽく片目を閉じてみせた。

声にこそ出さなかったが、唇が妖《あや》しく微笑みながらダーンと言っている。

「その点について、お答えする積もりはありません」

朝倉は真顔《まがお》でそう切り返しながら、銃《ピストル》の形をつくっているナターリヤの白い右の手を「よしたまえ」と自分の手で包み優しくテーブルの上に押さえた。

「今夜　オ礼ヲサセテ下サイ」

ナターリヤがそう言いながら、スルッと右の手を引いた。

「お礼？」

「私ヲ助ケテ下サッタ　オ礼ヲサセテ戴キタイノデス」

「うーん、少し考えさせて貰《もら》おうかな」

「ドウシテ　少シオ考エニナルノデスカ。ロシア人女性ハ　ゴ迷惑デショウカ」

「いや、誤解しないで貰いたい。決してそういう訳ではない」

「デハ　ナゼ？」

「強《し》いて言えばナターリヤ。君が余りにも何者か判り難《にく》い、美人だからだよ」

「変ナ理由ダコト……」

「私は美し過ぎる女性には用心している」

「何カ　怖イ目ニ遭ッタノデスカ」

「答えられないね」

ナターリヤは前に傾けていた姿勢を椅子《いす》の背に戻すと、ぷいっと顔を横に向けてしまった。

その仕草がわざとらしくなかったから、（本気で機嫌を損《そこ》ねたかな……）と朝倉は思った。

君が余りにも何者か判り難い美人だから……などといった断わり方は、相手の国民性次第では無礼となるのかも知れない、と思い直した朝倉ではある。

小さな反省が胸の内に湧き上がってきた。

だが直《す》ぐに（面倒くせえ……）という気分に陥《おちい》った。

この店『天鵝《ティエンオー》』へ入ったのは店内の様子が知りたかった事に加え、何か摑めるかも知れない、という任務上の期待があったからだ。

あるいは〝店側〟から何らかのアクションを起こしてくるのではないか、という別の期待にも囚《とら》われていた。

そういう意味では、目の前に現われた美しい白人女性が邪魔だった。雪のように白い肌、澄んだブルーの瞳、凜《りん》と流れている二重《ふたえ》の瞼《まぶた》、圧倒的に豊かな胸元、目に眩《まぶ》しいそのような美貌の白人女性を目の前に置いて、一つの〝事案〟に集中し切れる筈がない。

ナターリヤが黙っているから、朝倉も沈黙した。

沈黙しながら次第に気分を鎮《しず》めてゆき、店内の造り（構造）、目に届く限りの客席の配置の仕方、従業員の動き具合、などを検《み》ていた。

けれども格別に「お……」と思うような点は無かった。従業員の動き方は丁重《ていちょう》でしなやかで笑顔を忘れず、教育が充分であることを窺《うかが》わせる。

「いい店だ」

朝倉は呟《つぶや》いた。黙り続けているナターリヤに聞かせる意思も含んでいた。

端整な横顔を朝倉に見せて中庭を眺めていたナターリヤが、ゆっくりと視線を朝倉へ戻した。なかなか魅力的な、ゆっくり加減、だった。

ようやく二人の目が〝再会〟した。

「赤坂《アカサカ》ノ　ロシア料理ノレストラン『サムレット』ゴ存知デスカ」

ナターリヤが小声で訊《たず》ね、ちょっと小首を傾げてみせた。

その愛くるしさが、演じられたものと読めた朝倉であったが、彼女のために笑みを拵えて頷《うなず》いた。こちらも演じてやろう、という思いだった。よくよく考えてみる迄《まで》もなくナターリヤの突然の出現は不気味であった。

深夜のあの時刻、あの場所へ、(私と出会うための計算がすでに有って現われたのかも……)と、思えなくもない。

彼女に発砲した男共も脇役としての協力者と見ることが出来る。

つまり仲間。

なにしろ、その僅《わず》か前には防大時代の無二の親友、芳元英雄《よしもとひでお》3等陸佐が自分のマンションで射殺されていたのだ。

「デハ行ッタコトガ　アルノデスネ」

「いや、行ったことはないが、赤坂グランドセンターという高層ビルの一階にあることはよく知っているさ。その店が『天鵝《ティエンオー》』には決して負けない最高級レストランだということもね」

「実ハ一階ダケデハナク　二階ニモ客席ガアルノデスヨ」

「ほう。それは知らなかったな」

朝倉の表情が驚きを見せた。本当に知らなかったのだ。

政界よりも高級官僚とか財界筋に大事に利用されていることで知られている『サムレット』だった。これについては、朝倉は承知をしている。

「二階ノ客席ニツイテ　朝倉サンガ知ラナイノモ　無理ハアリマセン」

「どういうこと？」

「二階ハ非公開ニ　ナッテイルノデス。駐日大使館ヲハジメトシテ　各国ノ諸機関ノ偉イ人タチガ　利用シテイマス。初メテ訪ネタオ客サンハ　入レマセン。絶対ニ」

「そのようなことを、昨夜出会ったばかりの何者とも知れぬ私に教えてもいいのかね」

「朝倉サンハ私ノ命ノ恩人デス。ソレニ別ニ　駐日ロシア大使館ガ直接経営シテイル秘密ノ店　ト言ウ訳デモアリマセンカラ」

「そりゃあそうだろうが」

「ソノ『サムレット』ノ二階デ　朝倉サント一緒ニ　夕食ヲ摂《ト》リタイト　思ッテイルノデス」

「いずれにしても今日は駄目だ。大事な予定が入っている」

「デハ明日ノ夜ハ？」

「明日も以前から決まっている仕事が、びっしりと詰まっている。駄目だね。その内に案内して貰うことにするよ」

「多忙ナ方《カタ》ナノデスネ。シカモ　コレヲ持ッテ　イラッシャイマス」

ナターリヤが又《また》しても右手の親指と人差し指で銃《ピストル》をつくったが、直ぐにテーブルの下に引っ込めた。真顔であった。

「もう一度、今の手真似をするようなことがあったら、私は日本人として君を軽蔑するし、この席を立つ。二度と君に会うこともない」

強い調子の小声で言いながら、朝倉は自分のナターリヤに対する話し方が幾年も前から知り合った者同士のようであることに気付いた。敬語を殆《ほとん》ど用いていないし、上からの目線で話しているような自分であるなあ、とも思った。

ナターリヤが急に肩を落とした。瞼を伏せがちにして〝しょんぼり〟という表現がそのまま当て嵌《は》まるかのような様子だ。

少し言い過ぎたか、と朝倉は後悔した。

ナターリヤに対する自分の〝この調子〟は、明らかにナターリヤを救った優越感からきている、と判っていた。

もう一つの理由は、実にあっさりと自分をロシア大使館へ連れてゆき左耳の下の軽微な弾傷《たまきず》に薬を塗布してくれたこと——であろうと思っている。

少しばかり思い上がっていたかな……と朝倉は肚《はら》の内で苦苦しく思った。

「来週なら昼でも夜でも時間をつくるよ、ナターリヤ」

「来週？……本当デスカ」

「ああ、約束する。君の都合に合わせて時間をつくろう」

「嬉シイ……本当デスヨ。約束シテ下サイネ」

「日本の侍《サムライ》は、女性《おんな》に対して嘘《うそ》はつかない」

言ったあと朝倉は、お……と怯《ひる》んだ。なんとナターリヤの両の目が湿《しめ》り始めていたのだ。

「どうしたのだ」

「イイエ……ベツニ」

「言い過ぎたか……なら、謝るよ」

ナターリヤは黙って小さく首を横に振り、右の目尻からこぼれかけている小さな涙の粒を白い指先で拭った。

「目元　鼻スジガ……」

「ん？」

「目元鼻スジガ　似《ニ》テイルノデス」

「誰が誰と？」

「亡クナッタ私ノ兄ト　朝倉サントガ」

「そんな馬鹿な」

「本当デス」

「私は日本人だ。ロシア人である君の兄と目元、鼻すじが似《に》る訳がない」

「似テイルカ　イナイカニ　民族差ナド無イト思イマス」

「う、うむ……ま、それはそうかも知れないが」

「アナタノ顔ヲ昨夜タクシーノ中デ初メテ間近ニ見タトキ　胸ガ張リ裂ケソウニナリマシタ」

「それほど似ているのか……本当に？」

「本当ダト先程言イマシタ。私ハ下手《ヘタ》ナ嘘ハ　ツキタクアリマセン」

「似ていて驚いたから、思わず私をロシア大使館まで連れていったのかね」

「ソウカモ知レマセン。私　カナリ混乱シテイマシタ」

「お兄さんは何故亡くなったんだ……病気？」

「ソレハ言エマセン」

「君はそれほど美しいのに、全く言えない事の多い人だなあ。出会って僅かな時間しか経っていないのに、謎が多くて困る」

「私カラ見タ朝倉サンダッテ　謎ダラケノ　素敵ナ男性デス」

朝倉は苦笑まじりにフンと小さく鼻を鳴らした。涙の小さな粒を見せたナターリヤの言葉ではあったが、そっくりそのまま受け入れてはいない朝倉だった。まだ用心していた。

そこへ、二人の料理がワゴンに乗せられて運ばれてきた。中国の古代王宮で使われてきたものか、と思わせるような贅沢《ぜいたく》な造りのワゴンだった。

にこやかにそのワゴンを押してきたのは、小柄な若い男の客席係だった。

「お酒の御用意もしてございますが」

料理をテーブルの上に置くと、彼はワゴンの下の段へ掌《てのひら》を流すようにして示してみせた。上体を少し横斜めに傾けるようにしてワゴンの下を見た朝倉の口から、

「ほう……」と漏れた。透明なクールボックスの中で、ワインなどに混じって静岡

の純米酒「かがやき」が冷えているのを見つけたのだ。好んで呑んでいる静岡の純米酒であったが、製造本数が少ないのであろうか、都内では手軽には見つけ難《にく》い傾向がある。

「どうするね?」

ナターリヤを見て朝倉が訊ねると、彼女は「私ハ駄目。食後ニハ大使館へ戻リマスカラ」と言い言い料理を豊かな胸元へ少し引き寄せた。

「そうか……」

朝倉は客席係に酒を断わって、「ありがとう」と付け足した。超高級中華料亭へ、一見客として敬意を表した積もりだった。

食事が始まって二、三分と経たぬ辺りで、朝倉は箸《はし》を持つ手を休めて言った。

「なるほど。常客だけあって、箸を上手に使うねえ」

「私ヲ観察シテイルノデスカ。謎ノ多イ女ダカラ」

そう言って、彼女も箸を置いた。

「皮肉を言いなさんな。来週なら昼でも夜でも時間をつくる、と言った。君の都合を私の携帯へ電話してくれたまえ。ショートメールでも構わない」

「丸一日デモ　時間ヲツクッテ戴《イタダ》ケマスカ」

「日にもよるが、君がそう望むなら、努力を約束しよう」

「有リ難ウゴザイマス。トテモ嬉シイデス。必ズ連絡ヲ入レマス」

「うん、じゃあショートメールで待っていよう」

朝倉は思いきり目をやさしく細めてナターリヤを眺めやり、箸を手に取った。

何だか妙な事になってきた、という困惑のようなものが、胸の片隅にはあった。

右脚の裾《すそ》近くに装着のアンクル・ホルスター——ベレッタBU9《ナイン》ナノを納めた——が、いやに気になり出していた。

18

食後、朝倉とナターリヤは時間をずらして、別別に『天鵝《テイエンオー》』を出た。支払いも別別であった。

朝倉は「支払いは私が持つから……」と提案したが、ナターリヤは「レジノ

領収書《レシート》ガ無イト　私ガ昼食時ニ何処ニ居タノカ　証明デキマセンカラ」と、応じなかった。

　ロシア大使館ならば、ま、それもあるか、と朝倉も思ったから、食後の別れは実にあっさりとしたものだった。

　ほんの少し大き目なショルダーバッグを肩から下げて『天鵝《ティエンオー》』の鮮やかな朱塗りの正面玄関を出たナターリヤは、辺りを用心深く見まわすようなことをしなかった。

　その様子には、何者かが辺りの生垣に潜《ひそ》んで熟《じ》っとこちらを観察しているのでは、という用心深さなどはなかった。

　朝倉という男は芯《しん》の強い強烈な個性の油断ならないサムライ、という評価が、店の外に出たナターリヤの心の内でほぼ固まり出していた。最初の出会いから、半日が経つか経たない内にである。

　表通りに出たナターリヤは流しのタクシーを拾って「有楽町《ゆうらくちょう》ノ東京クラウンタワーホテルへ　ヤッテ下サイ」と告げ、ちらっと腕時計を見た。

　東京クラウンタワーホテルは地上四十五階、地下三階で、政界や経済界の国際会議が頻繁《ひんぱん》に行なわれることで知られた関東関西の、私鉄連合が経営する本格的クラシックホテルであった。ホテル内の飲食店は、実に大小合わせ五十店舗にも及んでいる。

タクシーは珍しく混雑の無い道路を十五分ほど走って、東京クラウンタワーホテルの正面玄関に滑《すべ》り込んだ。このホテルは八階までが巨大な円筒形の構造体となっており、九階以上は菱形《ひしがた》構造の二本のタワーとなって並び建っている。

世界建築学会のアカデミー賞と称されている『グッドデザイン最高金獅子賞』受賞に輝く美しい建物だ。

「ドウモ　アリガトウ」

ナターリヤは丁寧《ていねい》な運転を心掛けてくれたタクシーの運転手に美しい笑みを残して、タクシーから降りた。

日本に着任して以来、この国のタクシーの運転手の気配りや優しさを殊《こと》の外《ほか》気に入っている彼女である。

「いらっしゃいませ。いつも有り難うございます」

タクシーを降りてからホテル正面玄関の瀟洒《しょうしゃ》な回転ドアを潜《くぐ》る迄の間に、ナターリヤは少なくとも三人の男女従業員たちから控え目に声を掛けられたり笑顔を向けられ、いずれも軽い頷きの表情で応じた。口許に笑みを覗かせて。

ナターリヤはどうやら、不忍池《しのばずのいけ》の『天鵝《テイエンオー》』に続いて、この超高級クラシックホテルにおいても常客らしい。

彼女の足は真っ直ぐに化粧室へと向かった。

このホテルの化粧室はまさしく『化粧室』であって、いわゆる『トイレ』はずっと先、奥の突き当たりに目立たない然《さ》り気《げ》なさで清楚さと豪華さを両立させて存在している。

『化粧室』は明るい照明のもと三十室ほどが並んでおり、各室は三・三平方メートル（一坪）ほどの広さがあって三方を厚みのある強化曇りガラスで仕切られ完全にプライバシーが護《まも》られていた。

ナターリヤは『空き』を示す青い小さなランプが強化ガラス製扉の上で点灯している一室に入り、カチッと小さな音をさせて扉をロックした。手動である。この瞬間、青い小さなランプは室内室外共に赤に変わり『使用中』を示すのだった。

左右に続いて並んでいる『化粧室』からの音は、全く聞こえてこない。

正面には大きな鏡《ミラー》、ゆったりした余裕の大理石の洗面カウンター、プリンセスチェアと呼ばれている重厚なデザインの椅子、などが設《しつら》えられていたが、『要・不要』の幅とか好みの程度とかが人によって大きく違うアメニティ・グッズは何一つ備えられていなかった。よく見られる化粧品などは、アレルギーの問題も無視できない。

ナターリヤはプリンセスチェアには座らず、ショルダーバッグを大理石の洗面カウンターの上に置き、腕時計を見た。

「アト五十分……」

ナターリヤは日本語で呟き、少し考える表情を見せたあと、スラリとした立ち姿勢のままショルダーバッグの黄金色の口金をひねった。

次いでファスナーを鈍く鳴らして、ショルダーバッグの中口を大きく開ける。

彼女が鏡《ミラー》に向かって行なったことは先《ま》ず、携帯用の小さな四角いコットンで唇の薄い紅を拭い、次に歯を磨《みが》いて鏡《ミラー》の右に付いている白い釦《ボタン》を指先で押したことだった。

鏡の中でコトッと小さな音があった。

ナターリヤはその鏡を手前に引き開けると、右側の小さな棚に自動的に排出されて乗っている紙コップを取り出し、鏡を閉じた。

手馴れたその動き様《よう》から、彼女が幾度となくこの『化粧室』を使っていることが判った。

紙コップに水を満たして口を清めたナターリヤは、漸くプリンセスチェアに腰を下ろした。唇に薄く紅を塗り直し、もう一度腕時計を見た。

どうやらこのホテルで、何時何分かに何事かが行なわれる様子だ。

「アト三十五分……」

またしても日本語で呟いたナターリヤは空になった紙コップを、大理石のカウンターに設けられている丸い投屑口《とうせつこう》へ押し入れた。

紙コップが吸い込まれるように滑り落ちると、大理石模様の丸い口蓋《くちぶた》がスプリングの力で音も無く閉まった。

ナターリヤは振り返って、強化ガラス製の扉が閉じられていることを示す赤いランプを確認すると、ショルダーバッグの奥へ手を差し入れた。

取り出したのは何と、黒っぽい二つの金属の塊《かたまり》、いや、驚くべき形状のものだった。

一つは小型の自動拳銃、そしてもう一つは、一見して明らかにラウンド・ノーズな銃弾が縦《たて》一列に装填《そうてん》されていると判る弾倉《マガジン》である。

ラウンド・ノーズとは弾頭部が丸い（団栗《どんぐり》のように）形状の弾丸《たま》を指し、拳銃弾の殆どはこのラウンド・ノーズである。

殆どは、と言うことは無論、特異な機能を強めた異なる形状の弾丸もあるということだが。

ナターリヤは、自動拳銃の銃把《グリップ》の中へ静かに弾倉を挿入した。

挿入のスムーズな完了を告げる、カチッという小さな音。

朝倉が若《も》しこの場に立ち合っていたなら、ナターリヤがいま手にしている自動拳銃をベレッタM１９３４（イタリア製）と即座に〝見破った〟ことだろう。

ベレッタM１９３４の１９３４とは製造発売開始年の１９３４年を意味している。

つまり相当に古い小型自動拳銃であったが、今日ある数数《かずかず》の優秀なベレッタ自動拳銃の多くは、このM１９３４の形状を今もなお踏襲《とうしゅう》していた。

M１９３４は、全長１５０㎜、重量７５０g、使用弾丸９㎜×17弾（９㎜ショート弾とも)、装弾数七発、であって作動不良が極めて少なく、世界各国の〝その筋の女流〟プロフェッショナルたちから「名銃」として現在も愛用されているとかであった(一時期、映画『007《ダブルオーセブン》』の愛銃としても登場)。

ただ、相当古い銃であるため、現在の市場で手に入れることが出来るのは、当時の伝統のまま**現代において製造**されたものだ。

ナターリヤは弾倉に装塡されている9㎜ショート弾の最初の一発を機関部(薬室)へ送り込むため、音を立てないよう用心しながら利《き》き手(右手)でスライドを引き、そして一発目の銃弾が薬室へと滑り込む微《かす》かな手触《てざわ》りのようなものを掌《てのひら》に覚えつつ、スライドを戻した。

スライドを引くというナターリヤのこの手順によって、弾丸の尻(撃針→ファイアリング・ピン)を叩く撃鉄《ハンマー》も同時に起こされた状態になっているため、放置しておくことは危険である。

起きた撃鉄が下りて撃針を打ち、暴発を招きかねない。

ナターリヤは馴れた手つきで起きている撃鉄を寝かすと(戻すと)、立ち上がって拳銃を持つ手を茜色のジャケットの内懐《うちぶところ》へと持っていった。

腋の下に吊している茜色のショルダー・ホルスターが、ちらりと見えたが、ジャケットもストレートパンツも茜色であり、しかもブラウスも同じ色と来ているから殆ど目立たない。

そのショルダー・ホルスターにベレッタM（1934は省略）を納めたナターリヤは、バッグを肩から下げて『化粧室』を出た。

セミオートマチック・ピストルで武装したナターリヤは一体何者であるのか。ロシア大使館の『単なる普通の職員』でないことは、どうやら明らかのようである。

もっとも、ベレッタMの登場を待つまでもなく昨夜、銃撃する二人の人物に追われていた時点で、『単なる普通の職員《ナターリヤ》』でないことは充分以上に考えられた。

化粧室を出たナターリヤは、外国人客が目立つフロントを右に見て、広いロビーを横切るかたちでエレベーターホールへと向かった。

ブロンドにブルーの瞳、雪のように白い肌、そう高くはないヒールを履いても一八〇センチに迫る長身、豊かで美しい胸のライン、他人目《ひとめ》を引かない筈がないナターリヤの存在であった。

だが、その美貌には全く不似合いな9㎜ショート弾七発装塡の小型自動拳銃を、彼女はジャケットの内側のホルスターに忍ばせている。

『自動（式）拳銃』と称されているオートマチック・ピストルの多くは、フルオートではなく、『半自動（式）拳銃』つまりセミオートマチック・ピストルと考えるのが正しい。

ナターリヤが向かったエレベーターホールは、乗降口が十か所にも分かれており、それぞれに『8＝1』『20＝1』などと行き先階が照明で表示されていた。

彼女が黒いスーツを着た二人の男（日本人）が待機している『8＝1』の乗降口へと近付いてゆくと、それを待っていたかのようにエレベーターの乗降扉が左右に開いた。

「ようこそいらっしゃいませ。いつも御利用下さいまして有り難うございます」

二人の男の内の一人が、ナターリヤに向かって頭を下げて流暢《りゅうちょう》なロシア語を使った。

ナターリヤは笑顔で頷いたきり、黙ってエレベーターに乗り、8の釦《ボタン》をプッシュした。

ドアが閉まり、エレベーターが上昇をはじめた。乗っているのはナターリヤ一人である。

エレベーターが上昇速度を落とし、八階に着いて扉が左右に開いた。

とたん、静寂だったエレベーターの中とは全く違った『静かな賑《にぎ》やかさと熱気』がナターリヤを包み込んだ。

英語、フランス語、ドイツ語、ロシア語……色色な言葉が飛び交《か》っている。そう、飛び交っているという表現が許されるほどの外国語が入り混じって熱を孕《はら》んでいた。

そこは『ピース・ミッション（平和使節）』と名付けられている大国際会議場前の広広としたロビーだった。

西側の弧《こ》を描くシネマスコープ状の大窓からは、日比谷《ひびや》公園、霞《かすみ》が関《せき》官庁街、皇居前広場などが一望であった。

いまソファに座ってセンターテーブルを挟み、あるいは窓際に立って、大勢の外国人が向き合い談笑していた。

いや、深刻な表情の者もいれば、頻《しき》りに頷き合っている者もいる。

肌の色は、白、黄色、ピンク、黒、褐色《かっしょく》と様様《さまざま》だった。

彼等《ら》、そして彼女等の多くは、自身の母国において『軍事情報学』の碩学《せきがく》として尊敬を集める重鎮、あるいは大物である。

ただ、彼等、そして彼女等の『現職』は一様ではなかった。政治家や官僚、あるいは軍人や巨大軍需産業の役員、著名な民間シンクタンクの代表など多士済々《せいせい》。軍事情報工学や安全保障学ほかの分野で多くはドクター（博士）の学位を有している。

ナターリヤはエレベーターホールからロビーへと入った位置で佇《たたず》み、暫くロビーを顔を殆ど動かすことなく見回していた。

外国人男女が大勢なこのロビーではさすがのナターリヤの美貌も、薄曙《うすあけぼの》の中の白百合ほどにも目立たない。

間もなく『ピース・ミッション』で始まる米国主導の**第一回世界情報平和会議**では、〈軍事情報とテロリズム〉について話し合われる事になっていた。

軍事情報を有機的生命体として捉《とら》え、それをテロリズムにどう向き合わせればよいのか、が議論される。

この会議への参加者は、数か国語に長《た》けた有能な女性秘書を伴っている場合が多く、したがってナターリヤの美貌はなお目立たない。

ナターリヤが再び腕時計を見て、「あと二十分……」とロシア語ではなく英語で呟いた。

周囲《まわり》からロシア人女性と思われたくない事情でもあるのだろうか。

ナターリヤが英語で呟いた「あと二十分……」とは、あと二十分経てば参加者が会議場へ入る事の出来る時刻であることを意味していた。

それ迄は会議場の扉は堅く閉ざされ、会議場内では警視庁の手により開場時刻ぎりぎりまで爆発物などのチェックが実施されている筈だった。

ナターリヤが、ロビーの中央に向けて歩き出した。

と、窓際中央辺りで立ち話を交わしていた数人の男女の中から、ひとりの男――長身の白人――が振り向いてナターリヤと顔を合わせ、ビリッと表情を動かした。

ナターリヤの歩みが止まる。

男は話を交わしていた相手へ言葉短く何事かを言うと、足を止めたナターリヤの方へ足早にやってきた。真剣な顔つきである。ナターリヤの二十六歳（自称）よりは幾つか年長であろうか。

ナターリヤはちょっと天井を仰ぎ見て、自分の真上に照明があるのを避けるためか、七、八メートル離れた柱の陰へと、ゆっくり移動した。

長身の白人の男は追い付くと、彼女の形よい耳許へ斜め後ろの位置から、すうっと顔を近付けた。

「心配致しておりました主任。トラには然《さ》り気《げ》なく近付けましたか」

ロシア語であった。囁《ささや》き声である。

「ええ、昼食を一緒にさせて貰ったわ。どうやら近い内に夕食にも付き合って戴けそう」

「それはようございました。しかしくれぐれも御油断ありませんように」

「大丈夫よ。相手はトラというよりは、子犬みたいに可愛気《かわいげ》な性格の御方《おかた》のようだから」

「ほう、それはまた意外なことで……」

「ところで御殿様の居場所は何処《どこ》？」

「私の右肩が指している方角二、三十メートル先の窓際です。中国国家安全情報大学の学長と立ち話中です」

「確認出来ました。さ、もう私から離れるように。ロシア国防情報庁長官のサポートをしっかりと致しなさい」

「心得ております。では主任……」

長身の白人男性は年下に相違ないナターリヤに軽く一礼をして離れていった。

明らかに**主任**の肩書らしいナターリヤよりは格下の印象だった。

ナターリヤは柱の陰の位置からは動かず、御殿様なる銀髪が美しい白人男性と、五十前後に見えるがっしりとした体格の中国国家安全情報大学の学長とを、射るような眼差《まなざ》しで熟《じ》っと見つめた。

銀髪の白人の紳士は今日の会議の中心的人物、つまり『御殿様』とナターリヤに見られている米国軍事情報庁副長官ロバート・ヘイグ、そして一方は中国国家安全情報大学の学長王《ワン》　長然《チヤンラン》博士（工学）であった。

ロバート・ヘイグは『連邦議会上院』の重鎮であって、同じ上院の長老で『**軍事小委員会・委員長**』エリオット・オクスレーの盟友だった。そして、大統領の右腕とも側近とも見られており、米国軍事情報学の大権威であって法学博士でもある。

先進的な民主主義国家は大抵《たいてい》の場合、立法（府）、司法（府）、行政（府）の**三権分立**となっている。

アメリカで言えば、合衆国連邦議会（立法府）、合衆国最高裁判所（司法府）、そしてホワイトハウスつまり合衆国大統領（行政府）であって、合衆国憲法は連邦政府を構成する、以上の**三権を分立**させている。

人格清廉《せいれん》にして博愛主義者と言われて久しいロバート・ヘイグ法学博士は、軍事情報庁副長官という難《むずか》しい地位にありながら、上・下両院とその周辺に長老エリオット・オクスレー他、強力な人脈を有している事でも知られていた。

司法府である合衆国最高裁判所の判事（任期↓原則終身、九名）については大統領が指名し、連邦議会の上院（任期↓六年、議員一〇〇名）によって**承認**される。そのため大統領の右腕とも側近とも言われている法学博士ロバート・ヘイグが司法府とその周辺にも強い人脈を有しているのは当然のことだった。

ナターリヤが、またしても腕時計に視線を落とした。

「アト七分ネ……」

彼女が日本語で呟いて視線を上げた、その瞬間だった。

バシッという鈍い音がはっきりとナターリヤの耳に届き、額《ひたい》から血液を放出させたロバート・ヘイグ法学博士が、体をS字状に一度震わせたあと、中国の王《ワン》長《チャヤン》然《ラン》工学博士にぶつかるようにしてもたれかかった。

がっしりとした体格の王《ワン》長然《チャンラン》博士が血を浴びながら、ロバート・ヘイグ博士を思わず抱き支える。

「伏せて。皆さん伏せてっ」

警視庁の私服警察官多数が配備されていたのだろう。あちらこちらで英語の鋭い叫びが生じた。

イヤホーンを耳に嵌めた一人が「weixiǎn《ウエイシエン》！」（あぶないっ）と叫びざまスーツの裾をひらめかせて、ロバート・ヘイグ博士と王《ワン》長然《チャンラン》博士に頭から飛びついた。

ロビーにいた要人たちは何が突然に生じたのか判らないらしく、まだ床に伏せない。

二度目のバシッという音が生じ、盾《たて》となるかたちで米・中の要人二人に飛びついた中国語の男が、ロバート・ヘイグ博士にしがみついた姿勢で首をのけぞらせた。

飛び散る鮮血。窓ガラスの二か所に丸い小さな穴があいて蜘蛛《くも》の巣状に亀裂が走った。

「伏せて、早くっ」

私服警察官たちの叫びが怒声となった。

ナターリヤが脱兎《だっと》の如く走り出す。

眦《まなじり》を吊り上げた彼女の視線は、まだ立ったまま茫然とした状態のロシア国防情報庁長官デニーソフ・ニコライ　ミハイロヴィチを真っ直ぐに捉えていた。世界一安全な国ニッポン、を信じ切っているのであろうか。

「デニーソフ長官、伏せて下さいっ」

走りつつロシア語で叫ぶ彼女の右の手は内懐に入り、腋に下げたセミオートマチック・ピストル、ベレッタMに触れていた。

ナターリヤの体が突入するかのようにデニーソフ長官に激突しかけた、まさにその直前、彼女は声もなく前のめりに大きく崩れた。

間近な窓ガラスを、三発目の銃弾が貫通していた。

19

千代田区《ちよだく》麹町《こうじまち》の緩《ゆる》やかな高台にある『スイス国際信用銀行《インターナショナルトラストバンク》』が、正面玄関のドアを僅《わず》かな軋《きし》み音も立てずに、左右に開いた。訪れた者を圧倒する、マンモスサイズの総ガラス製ドアである。

この正面玄関のマンモスドアこそ、『世界一信用出来る銀行』という名声を物語るものであった。このマンモスドアが閉じられるのが、日本の常識よりも三十分余裕をもたせた、「午後三時半」で知られている銀行でもある。

いまグレーのハンチングを目深《まぶか》に被《かぶ》った一人の男が、正面玄関からゆっくりとした足取りで三、四歩外へと出て立ち止まると、無造作に左手にしていた決して薄くはない札束を呆《あき》れる速さで数え出した。まるでマシンにセットしたような速さだ。

アタッシェケースを手にしたいかにも秘書らしい若い男を伴った初老の紳士が、俯《うつむ》き加減でアッという間《ま》に紙幣を数え終えた男に呆気《あっけ》に取られ、その脇を足早に過ぎて正面玄関へと入ってゆく。

マンモスサイズの総ガラス製ドアの両側には、紺の制服に紺の制帽を被り、両手を後ろに組む不動の姿勢で警備員が立っていたが、マシンのような速さで紙幣を数えた男に関心を示すことはなかった。

「数えている」のは自己責任の範疇《はんちゅう》という判断なのであろう。

ただ、油断なく八方へ注意を払ってはいる。

紙幣を数え終えた男がスーツの内ポケットへ薄くはない札束を滑り落とした。その動作も無造作だ。

顔を隠し気味にグレーのハンチングを目深に被っている男の身形《みなり》は、印象を悪くするものでは決してなかった。

濃い目のベージュのスーツに清潔そうな真っ白なボタンダウンのワイシャツ、小豆《あずき》色の地に白く細い斜線を走らせたネクタイを、歪《ゆが》みなくビシッと締めている。

男は正面玄関から表通りの歩道へと長く伸びている、これも圧倒的な庇《ひさし》の下を、少し足を急がせた。

庇の外側に出て五段の階段を下り歩道に立った男に、午後の遅目の日差しが降り注いだ。

男は振り向いて、自分が出てきたビルを眩《まぶ》しそうに目を細めて見上げた。

朝倉一矢《あさくらいっし》であった。スイス国際信用銀行に、預金をしているとでもいうのであろうか。

この銀行は世界的な大企業か、個人であれば世界二百位以内の大富豪しか相手としない筈《はず》である。要するに並の銀行ではない。何もかもが『特別』という表現で構成されている、まさに国際的な『特別銀行』なのだ。いや、『特殊銀行』と表現すべきかも知れない。

スイス国際信用銀行の極東本店が七階までを占めている地上四十一階建のこの高層ビルは、六車線の表通りの向こう、日本最大銀行の東京五菱《いつびし》銀行本店ビルを頭から呑み込まんばかりにして、いま長い影を落としていた。

朝倉は腕時計をちらりと見て、歩き出した。午後三時半になったところであった。彼は己れの特殊な仕事柄、アシがつき易いカードの利用は避け、なるべく現金で決済するようにしていた。

スイス国際信用銀行は午後三時半で、マンモスサイズの総ガラス製ドアの内側で音もなくロックを作動させる。

だが二名の警備員は、不動の姿勢で立ち続けている。勤勉で勇敢で針の先程の不正をも嫌う彼等は、午後五時まではこうして立ち続けるのだ。

午後三時半が過ぎた。

一見何の変化も生じていないかのように思われるスイス国際信用銀行の正面玄関。

しかし絶対に解《と》き開けることが出来ないとされている電子暗号ロックによって、すでに護《まも》られていた。

それまで見ることの出来た総ガラス製ドアの内側、つまり広広として森閑《しんかん》としたメガ銀行《バンク》（巨大銀行）のロビーの様子は、全く見えなくなっている。高度な光化学的作用によって、このビル一階の全ての窓ガラス及び総ガラス製のドアなどが自動的に曇りガラスに変化したのだ。ガラスの硬度は極めて硬く銃弾にさえ強い抵抗性を示し、したがってスチール製のシャッターを下ろすまでもない。

銀行内にはまだ多くの客が残っている筈であったが、彼等は別の出入口からうやうやしく送り出される筈であった。

朝倉はSITビル（スイス　インターナショナル　トラスト　ビルディング）の裏手へと回ると、そこに設けられているタクシー乗り場から個人タクシーに乗った。

「上野《うえの》の不忍池《しのばずのいけ》までやって下さい」

「判りました。どの辺《あた》りに着けますか」

「不忍池の近くまで行ったら、言いますので」

「了解」

タクシーは滑《すべ》り出した。ゆったりと落ち着いたハンドルさばきをみせた、車の滑り出しようだった。客に対して「了解」という応答の仕方も、どこか妙に信頼を感じさせる印象だ。それに都内とその近郊に相当詳しいのかどうか、カーナビゲーションではなく単純なカーラジオである。

「急がないので、安全運転で頼みましたよ運転手さん」

「ええ、それはもう……」

朝倉はゆっくりと次第に後方へ下がってゆく、超高層SITビルを窓の外に眺めながら、運転手に気付かれないよう少し眉をひそめ溜息を吐いた。疲れてでも、いるのであろうか。

タクシーが明るい日差しの中から、SITビルの影の中に入った。東京五菱銀行本店ビルを、すっぽりと呑み込んでいる巨大な影である。

「大変な事が起きてしまいましたね、お客さん」

「え?」

いきなり運転手が切り出した言葉の意味が判らなかったのであろうか、窓の外を眺めていた朝倉は運転席のバックミラーへ視線を移した。だが「……安全運転で頼みましたよ……」と朝倉から告げられている運転手は、確《しっか》りと前方を見ていたから、バックミラーの中で二人の視線が合うことはなかった。

「大変な事って言いますと？」

「あ、お客さん、まだ御存知なかったのですか。お客さんが乗車になるちょっと前にカーラジオが臨時ニュースを流したのですよ。ラジオ、もう一度スイッチを入れてみましょうか」

「いや、ラジオは結構ですから運転手さんの言葉で説明してくれませんか。何があったのです？」

「有楽町《ゆうらくちょう》の東京クラウンタワーホテルで午後三時二十分頃、銃撃事件があったらしいですよ」

「なんですって……」

朝倉の顔色が、サアッと変わった。

「今日、東京クラウンタワーホテルで米国《アメリカ》が主導する国際会議があったようで、各国の偉い人が幾人も撃たれて死傷したとか」

「偉い人というと？」

「臨時ニュースでは死傷した人物の名前までは報道しませんでしたけど、現場近くから実況を伝えているらしいアナウンサーもかなり興奮というか、混乱しているような口ぶりでした」

「運転手さん。すみませんが有楽町へ車を向けてくれませんか」

「えっ、周辺の道路はすでに規制されていると思いますよ」

「ま、ともかく行ってみて下さい」

「お客さん、政府関係の方《かた》ですか」

「そういう訳じゃあないですが……」

「野次馬なら止して戴《いただ》けませんか。おそらくテロに違いありませんから、そのような場所へ近付くのは勘弁して下さいよ」

「そうですか……そうですね、すみませんでした」

「第一回世界情報平和会議とか言うらしいですね。東京クラウンタワーホテルで実施のその国際会議ですが……」

「世界情報平和会議ですか……そのような場所を狙《ねら》ってテロとはねえ」

朝倉は暗い表情を窓の外に向けて呟《つぶや》いてみせた。

「これから日本で実施される大きな国際競技会とかも心配ですねえ。つい最近行なわれた国際マラソンでは、テロを警戒のため幾人もの警察官がランナーとなって、選手と一緒になって伴走《ばんそう》しておりましたですねえ。大変な時代になったもんです」

朝倉はそれには答えずに、黙って窓の外を見続けた。道路の地下で何かの工事が行なわれる所へ来たのか、長く敷き詰められた鉄板の上を走る車が、ガタガタとうるさく鳴震《めいしん》した。

「すみません。揺れますが、ちょっと辛抱《しんぼう》して下さい。地下鉄の工事らしいんで」

運転手がバックミラーの中で、前を向いたまま小さく頭を下げた。

「平気です」

「日本の警備上の責任になるんでしょうかねえ、お客さん」

窓の外を見たまま朝倉は、どことなく重そうに言葉短く答えた。

「さあなあ……」

「日本の警備のかたちとかいうのは甘いのですか」

「そのような難しい問いに答えられるような経験は、私には無いですよ運転手さん」

朝倉はようやく、苦苦《にがにが》しい表情をバックミラーに向け、こちらを見ている運転手と目を合わせた。

「前方をお願いしますよ」

「あ、はい……」

運転手は前方へ視線を戻して言葉を続けた。

「テロリストって言うのは屈強なんでしょう」

「かも知れないですな。とくに外国人のテロリストというのは……訓練が行き届いて体格も大きいかも知れないです」

「これは素人《しろうと》判断だと笑われますかねえ。さきほど言いましたマラソン選手と一緒になって伴走するテロ警備の警察官ですけどね。伴走によって体力を著《いちじる》しく消《しょう》耗《もう》するじゃないですか。私は中学高校と陸上部に入っていたんですけど、〝走る〟ということは、とくに〝長時間走る〟ということは両脚に決定的なダメージを与えるんですよ」

「ほう、六年間も陸上部で……」

「はい、でね、お客さん。両脚のエネルギーを著しく消耗させたところへ、強い殺意を持つ訓練された屈強の外国人テロリストが飛び出してきたなら、とても捕縛《ほばく》のための格闘など出来やしませんよ」

「なるほど……」

「一撃で倒されてしまいますね。脚を払われたら終わりだ。あーあ、渋滞が始まりましたよ。有楽町行きは諦《あきら》めて下さいますね」

「諦めます。うまく渋滞から逃げて、不忍池へやって下さい」

「有り難うございます。それにしてもお客さん、立派な体格ですね」

「そうですか……」

「身長、一八〇センチを軽く超えてらっしゃるでしょう。印象としては一八五、六センチってとこかな」

朝倉は答えずに、再び窓の外へ顔を向けた。

渋滞から逃れるためであろう、タクシーが鋭角の交差点で大きく左へハンドルを切った。

(世界情報平和会議か……)

胸の内で呟いた朝倉は、チッと舌を打ち鳴らしていた。

その国際会議が、世界建築学会のアカデミー賞と称されている『グッドデザイン最高金獅子賞』受賞の美しい高級クラシックホテル、東京クラウンタワーホテル八階の大国際会議場『ピース・ミッション（平和使節）』で行なわれることを、知らぬ筈がない朝倉一矢である。

ただこの国際会議、日本としては政府の方針でか『防衛省と言う組織』は一切関与していなかった。しかし、『防衛省と言う組織』が一切関与しない理由について、朝倉は知らされていない。また、知る必要がある立場ではない、と思ってもいる。

米国主導のこの会議に、日本政府は内閣に属する組織である国家安全保障局、内閣情報調査室および外務省国際法局を当てていた。

朝倉一矢は、これらの内閣府および外務省の組織が、会議に出席することについても全く知らされていなかったし、格別知りたいとも考えていなかった。心底から強く知りたいことがあらば、他力本願に陥《おちい》らず自分から調べる主義の朝倉だ。

「まったく怖い時代になってきたものですねえ」

暫《しばら》く沈黙していた運転手が思い出したように言った。いかにも不安そうな喋《しゃべ》り方だった。

「本当になあ。一体誰が銃撃したのだろうか」

朝倉は気の無い調子で応じた。もう、この凄惨な事件で運転手と余り話を交《か》わしたくはない朝倉であった。好むと好まざるとにかかわらず胃袋が食欲を失うことは明らかだった。

「窓の外から狙撃したということは、凄い射撃の腕ですよね、お客さん」

「もう止しましょうや、その話。気持が沈みます」

「そうですね、失礼しました。申し訳ありません」

「私は気が小さいものだから……」

前を見てハンドルを握っている運転手の左の横顔を、斜め後ろから眺める朝倉は、彼の首筋から肩にかけてが少し不機嫌そうに硬くなったのが判った。

朝倉は腕を組み、目を閉じた。

不快そうな顔つきになっていた。

と、スーツの右ポケットで携帯電話が振動《バイブレーション》したので、朝倉は薄目をあけた。

だが、彼は携帯を取り出さなかった。誰から掛かってきたか見当がついていた。

振動は諦めたように直ぐに鎮《しず》まった。この諦めの良さも、誰が掛けてきたかを示すものであった。朝倉の不快そうな様子は改まらなかった。

タクシーに乗ると、鏡面加工になっている携帯電話の裏側で後方をしばしば確認する彼の習慣も、この個人タクシーの中では見られない。

「間《ま》もなくです。着ける場所を教えて下さい」

運転手の声で朝倉は腕組を解いた。

「なあに、何処《どこ》でもいいから、なるべく池の畔《ほとり》で降ろして下さい」

「承知しました」

朝倉は少し上体を右へ傾け、助手席の背もたれで隠れている料金メーターを見て、ズボンの後ろポケットから革財布を取り出した。

「この辺りでいいですか、お客さん」

「いいですね、有り難う」

タクシーが路肩にゆっくりと停車をして後部座席左のドアを開けた。

料金の精算が終わらぬ内に後部座席左のドアを開けたということは、運転手に与えた朝倉の印象が随分《ずいぶん》と良かったのだろうか。

近頃は料金未精算の内にうっかりドアを開けると、矢庭《やにわ》に溝《どぶ》ネズミの如《ごと》く突進的に走り出す客がいるらしいから油断ならない。

観光ブームの到来で国内が外国人観光客で賑《にぎ》わい出すと、気性やさしい善良な運転手が多い日本のタクシー業界は身をひきしめる。

「あ、お客さん、おつり……」

運転手が慌《あわ》て気味に声を掛けたとき、朝倉はすでにタクシーから二、三歩の所だった。

彼は振り返って運転手に笑顔と頷きを返すと、やや大股な足取りで離れていった。

運転手の礼の言葉が、朝倉の背中を追う。

朝倉は直《す》ぐ目の前、池の畔に出て、晴れた午後の空を仰《あお》ぎ、大きく背伸びをした。

そして「ふうっ」と一息吐く。まるで重い疲労を吐き出すかのような、一息であったが、しかし目つきも口元も引き締まっていて参っている様子ではない。

彼は視野の右の端の方で、任務のオフィスである『日本考古学研究普及会』が入っている七階建の分譲マンションをすでに捉《とら》えていた。

この有り難いほど間近なところでタクシーが止まってくれたのは勿論《もちろん》、偶然だろう。

「おっと忘れていた……」

呟いた朝倉の手がやや慌て気味に、ベルトに装着している「Gボタン」（位置情報発信装置）のスイッチをONにした。

この「Gボタン」のスイッチのON・OFF判断は原則として朝倉に一任されている。しかし、彼が「おっと忘れていた……」と呟いて小慌てになるほど、スイッチをOFFにしていたのは珍しい。

これまで彼は滅多《めった》に、この小さな「Gボタン」を沈黙させたことがない。

スーツの右ポケットで携帯電話が再び振動《バイブレーション》した。朝倉の予想していた通りだった。

いい具合に誰も座っていない背中合せのベンチが傍《かたわ》らにあった。一方は池に向いている。

朝倉はスーツの右ポケットから携帯電話を取り出しながら、池に背を向けるかたちでベンチに腰を下ろした。

左手のポケットからイヤホーンを取り出して携帯電話の端子に差し込んだ朝倉は、もう一方を左耳に嵌《は》めて然《さ》り気《げ》なく辺りを見まわした。

イヤホーンをするのは相手（上司）の言葉を鮮明に聞き取るためだ。鮮明に聞こえれば、こちらの声も小声で済む。

「環境オーケーです」

誰から掛かってくるか判っていた朝倉は、自分の方から低い声で切り出した。

〝環境〟とは、通話環境を意味している。

しかし、そのあと彼はヒヤリとなった。当たり前なら防衛大臣新家康吾郎からしか掛かってこない〝任務用携帯〟であった。もっともこれの扱い方は特別に規制されている訳ではなく、朝倉の自由判断を信頼した上で一任されている。

朝倉がヒヤリとしたのは、この携帯電話の番号をナターリヤに教えてしまっていると気付いたからだ。

「今は何処かね？」

新家防衛大臣の声であったので、朝倉はホッと胸をなで下ろした。

これがナターリヤであったなら「環境オーケーッテ何《ナン》ノコト？」と切り返されていたところだ。

「オフィスの近くです。不忍池畔のベンチに座っております」

「暫くGボタンを切っていたようだが、何事かあったのか」

「いいえ、何事もありません。さすがに、ときどきですが、スイッチONを忘れることもあります。申し訳ありません……ご不審ならGボタンをOFFにしていた間の『行動報告書』を提出いたします」

「そんなもなぁ要《い》らん。べつに君の行動を心配し過ぎている訳じゃあない。幼《おさな》い子のランドセルに取り付けたGボタンではないのだから」

「はあ……すみません」

「謝る必要などないよ。ところで君、大変な事が起こってしまった。もう耳に入っていると思うが」

「午後三時二十分頃に、東京クラウンタワーホテルで生じた狙撃事件ですか」

「そいつだ」

「午後三時半過ぎでしたか、ちょうどタクシーに乗車している時に、カーラジオが臨時ニュースを流しておりましたので、それで知りました。ただ、ニュースとしては大雑把《おおざっぱ》でしたが」

朝倉は運転手から聞いたとは言わず、そう小さく脚色して言った。

「いま政府は外国の要人に犠牲者が出たことで少なからず混乱している。私も大雑把にしか把握できていない。事件は警察の扱いで、君の任務に直接関係しないとは思うが、何か大事な情報をキャッチしたなら速《すみ》やかに報告してくれたまえ」

「了解しました。犠牲者の詳細についてはまだ大臣宛てに報告が入っていないのですか」

「その通りだ。詳細はまだ入ってきていない」

「この事件は当然、大ニュースとなって世界中に飛びますね」

そう言いながら、朝倉の脳裏には、米国《アメリカ》・連邦議会調査研究局の軍事問題研究チーム首席チーフ、コリーン・キングストンの顔が甦っていた。七チームを統括するという重職についている彼女は、女性としても黒人としても最初の首席チーフである。

「残念だが、君が言う通りだよ」

「私に出来そうなことがあれば、追ってでも指示ください。警察の動きにぶつからないよう用心して動いてみせますから」

「判った。考えておこう」

「それから、スイス国際信用銀行から、任務費用を少し引き出しました」

「そんなつまらぬ事を、いちいち私に報告してくれるな。君に任せてある口座だ」

プツッと微《かす》かな音がして新家防衛大臣が電話を切った。大事件が生じた直後の割には、落ち着いた新家の口ぶりであったので、「さすが……」と朝倉は思った。

ベンチから立ち上がった彼は、表情を険《けわ》しく一変させ、オフィスへ向けて足を急がせた。

20

オフィスへ戻った朝倉一矢は、それが習慣であるかのように腕時計で時刻を確認した。

午後三時五十五分であった。そして室内をゆっくりと歩いて見回し、以前と全く変わっていない様子に、「うん、よし……」と満足そうに頷いてみせた。

営繕《えいぜん》のあとの掃除も念入りで綿埃《わたぼこり》ひとつ落ちていない。

撃ち砕《くだ》かれて落下した天井の照明であったが、フローリングには目につく傷は一つもなかった。

おそらく床修復剤を巧《たく》みに塗布したのだろう。

三発の銃弾を撃ち込まれてガラス戸が飛散した天井高の書棚は、ひと目で新品と判るものに、取り替えられていた。

ただ、内部に納められていた考古学に関する多数の文献は如何《いかん》ともしがたく、被弾した生々《なまなま》しい傷はそのままだ。

朝倉はひと通り室内を検《み》て回ったあと、駐車場へ車を預けたままとなっている『日本伝統芸術文化協会本部』へ電話を入れ、「四、五日車を預かっておいてくれるように……」と頼んだ。

駐車資格を有する車のため、とくに電話を入れる必要はなかったが、一応の礼儀を通したのだ。

そのあと彼は上着を脱ぎ、五人掛けのロングソファにごろりと横になった。

直ぐにもテレビのスイッチを入れ、東京クラウンタワーホテルの事件がニュースとなっているかどうか、確かめてみる様子もない。

それどころか、たちまち軽い寝息を立て出した。

何者とも知れぬ美貌の女の侵入を許したばかりであるというのに、神経質に警戒しようともしない。豪胆なのか繊細なのか、よく判らない部分がある朝倉だった。

肘掛けに乗せた右脚のズボンの裾《すそ》が少し膝方向へとずれて、足首に装着したアンクル・ホルスターの下端が覗《のぞ》いている。

このようなところを若《も》し新家防衛大臣が見たなら、苦苦しい顔つきとなって小首を傾げるのではないかと思われた。よほど心身の疲労を要する任務の直後ならまだしも。

窓は全て不忍池の方向に向いており、ベネチアン・ブラインドは下ろされている。外の日差しの明るさを実によく通すブラインドではあったが、目隠し効果は完全だった。

そのベネチアン・ブラインドが次第に明るさを失っていった。

近頃の日は釣瓶《つるべ》落としに近付いている。そろそろ季節の変わり目なのであろうか。

このとき、ロングソファの背に投げ掛けた上着が、曇ったような鈍い音を伝えた。

携帯電話の振動《バイブレーション》だった。

けれども朝倉は目覚めない。

携帯電話は、すぐに沈黙した。長く着信音を作動させては相手に迷惑が掛かる、と気を利《き》かせたかのように。

彼がロングソファの上で大きな欠伸《あくび》をしつつ両腕を天井へ突き上げたのは、それより小一時間が経った頃だった。

壁に掛かった電気時計は午後五時ちょうどを示している。

ブラインドはすでに外からの明りを弱めて、室内は薄暗くなりかけていた。このオフィスは、室内の暗さをセンサーがキャッチして照明が点灯するようにはなっていない。朝倉のような任務に就《つ》く者にとっては、〝暗さ〟が必要な時もあるからだ。

ロングソファに体を起こした彼は、もう一度小さな欠伸をしてから、「さてと……」と面倒臭そうに立ち上がった。

眠りが浅かった訳でもなさそうなのに、不快そうな表情だ。何もかも面白くない、と言いたげな顔つきにも見える。

天井の照明を点灯させた彼は、眩《まぶ》しそうに目を細めて見上げ、「これでよし……」と頷いた。

そして「腹は空いていないし、呑む気もないし……」とかすれ声で呟きながら、考古学関連の文献がびっしりと詰まった天井高の書棚へと近付いていった。

上着はロングソファの背に残したままだ。

スイス国際信用銀行《インターナショナルトラストバンク》から少額ではない金を手にして出てきてからの朝倉は、新家防衛大臣やナターリヤなどと向き合っている時とは目つきが少し違っていた。厳しいというよりも、険しかった。

それよりも何よりも、午後三時半まで店頭を開けている事で異例なスイス国際信用銀行は当たり前な個人を相手にしない筈だ。

朝倉が航空自衛隊の極めて有能な高級自衛官であったとしても相手にして貰えないことは明白である。

繰り返すが、この銀行が強い関心を持つのは、世界的な大企業や世界で二百位以内の大富豪たちだけである。

巨額ならば黒い資産《かね》にも手を出すらしい、という噂が無くも無いが、それとて五十億円とか百億円などには見向きもしないだろう。

おそらく——想像だが——一千億円以上なら関心を示すのではと思われる。

そのようなスイスのメガバンクから、なぜ朝倉は金を引き出せたのであろうか。それも初めてではない——行き馴れているかのような——印象であった。

実はこの著名な『特殊銀行』にはもう一つの**別の顔**があった。それが各国情報機関の秘密運営資金を『プールしているという顔』であった。それは、何処の国から幾らを預っている、という単純なシステムではなかった。結論から先に言えば、各国からは一銭たりとも預かってはいなかった。双方の間（銀行と国家の間）にあるのは、秘密契約書が一部、だけであった。それはともかく——。

天井高の書棚の前に立った朝倉は、ガラス越しに被弾して傷ついた何冊かの本を見て、「あの女……」と、小さく舌を打ち鳴らした。

彼がガラス戸の一隅へ右の掌《てのひら》をかざすと、先ず書棚が静かにスライドを始め、次にその奥から現われたスチール製の扉が音を立てることもなくスライドし出した。

もう一つの薄暗い部屋が、朝倉を待ち構えていた。その部屋の中へ入った彼は書棚とスチール製の扉を元に戻した。この部屋に入ったなら、書棚とスチール製の扉は直ぐに元通りスライドさせることが鉄則だった。

オフィスに侵入してきた謎の美貌の女性に朝倉が銃撃されなかったのは、その鉄則を守った御蔭だとも言える。

彼は薄暗がりの中で、右足首の上の位置に装着したアンクル・ホルスターをはずし、五十インチサイズのディスプレイをのせている大きな机《デスク》の上へ、そのまま静かに置いた。

しっかりとした皮革でつくられているアンクル・ホルスターではあったが、納まっている『ベレッタ・モデルBU9《ナイン》ナノ・セミオートマチック・ピストル』(略称ベレッタBU)の金属《スチール》部分が机を打ったのであろう、ゴトッという〝太い音〟が鳴った。ベレッタらしく〝太い音〟だ。

この部屋の広さは隣室の約半分、八十平方メートルくらいだった。ベッド、ソファ、冷蔵庫、シャワールームなど日常生活に必要な設備はひと通り備わっている。窓はむろん不忍池の方を向いており、ベネチアン・ブラインドが下りている。

朝倉は窓に近付いてゆき、ブラインドのルーバー(羽根板)を右手の人差し指と親指を使って少し開き、顔を寄せていった。

外は薄暮であった。不忍池の水鏡には、西の方角にまだ残っている強い茜《あかね》色の空が眩しく映っている。少し視線を振ると、ライトアップされた『天鵝《ティエンオー》』の巨《おお》きな朱塗りの建物も映っていた。

昨夜、その『天鵝《ティエンオー》』を見張るためブラインドのルーバーにズームレンズを嚙ませていた高性能カメラは役割を終えたかのように後ろへ下げられている。

朝倉はデスクまで戻ると椅子《いす》に座った。それ迄《まで》と違って表情がきつく引き締まっていた。

そのあと彼がやったことは、机の引き出しを開けてサングラスを取り出して掛け、ディスプレイを作動させて主要紙の夕刊を見始めたことだった。

この時刻ならば多分「早刷り」版だろう。

一度のチェックだけでは済ませず、二度丹念にチェックした彼はホッとしたように表情を緩《ゆる》めた。

天麩羅《てんぷら》専門店『市松《いちまつ》』での突発的騒乱が記事となっていないことを確かめたのだ。

こういう事態の善後策については確《しつか》りと出来ることで総理の信頼が厚い新家防衛大臣ではある。

この点については朝倉の信頼も大変厚い。

『市松』の事件が夕刊に載るくらいならば、テレビもラジオもニュースとして取り扱っていたであろうから、先程のタクシーの運転手から一言あってもいい筈だった。

しかし運転手の口から出たのは、東京クラウンタワーホテルの狙撃事件だけだ。午後三時半に迫る頃に生じたこの事件は、夕刊の「早刷り」版にはまだ載っていなかった。

五十インチディスプレイに対する朝倉の接し方は、全くと言ってよいほど感情を表に出さない事務的なものだった。干《かわ》いた接し方、とでも表現すればよいのであろうか。淡淡としている。

朝倉はその画面をTV《テレビ》に切り替えた。先ず公共放送から始まって、次次に民放へとつなげていく。どの局の報道記者も、東京クラウンタワーホテルの前で血相を変え甲高《かんだか》い声で事件を報じていた。まだ殆《ほとん》ど実際を把握できていない表現が目立つ報じ方だ。

薄暮の中、黄色い立ち入り禁止のテープが報道陣のライトを浴び、小風で揺れている。

それらの画面に対しても、食い入るように見つめるでもない朝倉だった。

実際がまだよく判っていないニュースに顔色を変えても仕方がない、といった態度で脚を組んで見ている。

その朝倉が姿勢を正して真剣な様子を見せたのは、三つのキイを叩いて画面の右上端に『枢密情報部』の表示を出し、更に二つのキイ操作で『査察』の表示に置き替えた瞬間だった。

画面一杯に文字・数字などが並んだのである。

朝倉はプリント・キイを押して、それを刷り出すと、頭上の——机の真上の——ダウンライトのスイッチをONにした。このスイッチもディスプレイに連動している。いちいち立ち上がって壁のスイッチのところまで歩いてゆく必要はない。

ディスプレイを消した朝倉は、険しい表情と鋭い目つきを拵《こしら》え、椅子の背に体を預けて刷り出されたものを、熟《じ》っと見つめた。

それは昨夜高級中華料亭『天鵝』で行なわれた日中経営経済有識者会合『20＋1（トエンティプラスワン）』に関する調査報告だった。

短い時間のうちに調査を担当し調べ上げたのは、亡き芳元英雄《よしもとひでお》3等陸佐（陸軍中佐相当）が統括していた『特殊作戦本部・枢密情報部』に所属する調査専門官たちである。

こういった面倒な調査は、朝倉の務《つと》めではない。それに〃彼ら〃は、朝倉の任務上の素顔を知らない。

朝倉が責任をもって辿《たど》り着かなければならないのは、それよりも、遥《はる》かにもっと先に潜んでいるであろう危険な『奥の院』であった。

その途中の〃幻想的な光景〃などは、彼にとっては、重要ではないのである。

では、彼にとっての『奥の院』とは一体何なのか？

暫くして朝倉は、身じろぎもせず手にして見続けていた『特殊作戦本部・枢密情報部』の調査結果を、まるで紙屑《かみくず》でも捨てるようにポイと机の上に投げ置いた。

そして椅子の背を軋ませて天井を仰ぎ「ふうっ」と大きなひと息を吐いたあと、カリッと歯を嚙み鳴らした。

昨夜『天鵝《ティエンオー》』へ集まった二十一台の高級車とそれに乗ってきた者たちは、日中経営経済有識者会合の参加者でも何でもなかった。

若しも実際にそのような会合が実施されていたなら、その会合の事務局は早目早目に積極的な広報活動をしていたであろうし、小さな扱いであるにしろ翌日の主要新聞の端記事《はきじ》くらいにはなっていただろう。

だが、彼が老舗《しにせ》の天麩羅専門店『市松』がある高台下のコンビニエンスストアで求めた新聞のどれにも、そのような広報記事などは載っていなかった。

枢密情報部に所属する調査専門官たちの調べによれば、二十一台の高級車は、所有者がはっきりとしていた。いずれも企業形態で大規模に中華料理店を全国展開する著名な二十一人で、うち八名が日本人経営者、十三名が中国人経営者であった。

集まった目的は、今後首都圏で開催されるオリンピックやパラリンピックなど数の国際競技大会に対応するため、『天鵝《ティエンオー》』を遥かに超える国際的中華迎賓館を合同建設しようと言うものであった。候補地も、大使館街と言われている南麻布《みなみあざぶ》、次に虎《とら》ノ門《もん》、そして赤坂《あかさか》、の三か所、および大阪のキタ（梅田）に絞られていると言う。

「……ガセ情報《ねた》でなければな」

「我我の任務にガセ情報《ねた》は付き物だよ。一つ一つを確かめ潰《つぶ》してゆくしかない。面倒でもな」

亡き盟友、芳元英雄と交わした言葉が、朝倉の脳裏《のうり》を過《よ》ぎった。

何者かに狙撃されて命を落とした芳元の遺体が、その後どうなったかについて、朝倉はまだ新家防衛大臣から聞かされていない。

朝倉もまた直属上司である防衛大臣への未報告事項を抱えている。

朝倉は「ガセ情報《ねた》野郎が……」と呟くと、ディスプレイに向き直ってキイを二つ叩き、中空を眺めてちょっと考え込む表情をつくった。

ディスプレイの左上端には、defense（防禦）の表示が出ていた。

あらゆる防禦機能が組み込まれているこのオフィスの五十インチディスプレイであったが、念のための「強化」を図《はか》ったのである。

新家防衛大臣へ未報告事項について、㊙扱いのメールを送信するつもりなのだ。

「うん」という感じで、ひとり頷いた朝倉の両手の指がキイを叩き出した。

新家防衛大臣は文章にうるさい人だった。

朝倉の頭の中から紡《つむ》ぎ出《だ》された語句の一つ一つが、首から肩、肩から腕へと流れゆく過程で明快な文章に組み立てられていき、それが両手の指先から迸《ほとばし》り出て、素晴らしい速さでキイを叩いた。

朝倉の視線はキイを全く捉えていない。画面に生み出されていく文章が、①オフィスに侵入して発砲した美貌の女のこと、②亡き芳元3等陸佐のマンションの部屋の様子、③ナターリヤとの出会いに関する報告、などを次次と組立ててゆく。あざやかに。

最後にエンド・キイを右手人差し指の先でポンと叩くと、朝倉は立ち上がってサングラスを外した。冷やかな顔つきだった。

隣室のロングソファで気持よさそうに寝息を立てていた時とは、まるで違っている。

彼はシャワールームで熱いシャワーを浴びて全身を清めると、ベッドの上に脱ぎ捨てた防刃《ぼうじん》ベスト以外のものには見向きもせずに着替えた。今日一日のうちに外で衣服に着いた埃《ほこり》とか臭いを嫌うかのようにして。

上着は渋い茶色のジャケット、ズボンはグレーで綺麗《きれい》な線が走ったダブルの裾だ。ベルトはそれまでの黒から茶に替えたが、スイッチがONになっているGボタンは何故か装着しなかった。

彼は机上のアンクル・ホルスターに納まっている小型セミオートマチック・ピストルを、ベッドの足元に位置するウォークイン・クローゼットの中の重量金庫に納めた。

この金庫は頑丈な床と一体型で、どれ程の腕力自慢が挑んでも絶対に持ち上がらない。

彼はディスプレイの文章が一字も残さずに消えているのを確認してから、机の上を明るくしている天井のダウンライトを消し、ディスプレイをＯＦＦにした。そして隣室に戻ると、ロングソファの背に掛かったままの上着の右ポケットから、携帯電話を取り出す。

作動しているＧボタンはベッドの上に残したままだ。

朝倉からの報告メールを大臣室か自邸で受信した防衛大臣は、朝倉はこのオフィスにいると判断するだろう。

二人の信頼関係がそう判断させる筈だ。

着信ランプを点滅させている携帯電話を、朝倉は表情ひとつ変えずに開いた。

21

朝倉はエレベーターで管理人室のある一階の玄関へと降りた。

地上に建ち並んでいるマンション六棟分の共同駐車場がある地下一階へ行っても、今夜の朝倉には、いつも用いている車がない。『日本伝統芸術文化協会本部』の駐車場へ預けたままになっている。

朝倉は、閉ざされている小さな管理事務所の窓口の前を足早に通り過ぎて、外に出た。

管理事務所に管理人が詰めているのは、月曜日から金曜日までの午前九時から午後四時までである。

管理人は警視庁を定年退職した実直な元警部の男とその妻の二人だった。

このマンションの自治会の直接雇用だ。居住者が強い力を有している自治会ではあったが、『沈黙の自治会』と称されていて殆ど活動していない。

朝倉は流しの個人タクシーを拾って、煙草臭い車内に軽く咳込《せきこ》んで座った。

「有楽町へやって下さい」

「あ、お客さん、有楽町界隈《かいわい》は現在《いま》、立ち入り禁止区域が多いんです。ホテルで銃撃事件とかがありましてね」

と、運転手の口調は物静かであった。

「それはニュースで知っていますが、まだ立ち入り禁止は続いているのですか」

「はい、もののしい感じですよ。外国の政府関係の偉いさんが撃たれたようでして……」

「いやだねえ。事件や事故というのは……それじゃあ虎ノ門へやってください」

「虎ノ門のどの辺りに着けましょうか」

「国立虎《とら》ノ門《もん》総合医療センターの手前にある都立親水《しんすい》公園前あたりで結構です」

「親水公園ですね。判りました」

朝倉は、有楽町界隈の立ち入り禁止がまだ続いているのかどうか、確認したくて持ち出したに過ぎなかった。

タクシーが動き出した。ゆるやかな運転の仕方だった。

朝倉が窓を細目にあけると、運転手が律儀《りちぎ》に謝った。

「すみません。禁煙車なのに先のお客さんが、ぷかぷかやりまして」

「いやいや、運転手さんの方が大変だ。有害なガス・粒子は髪や着ている服、カーペットやシートなどあらゆる物体に付着して、そこから呼吸器に吸い込まれると言いますから」

「はあ。実はスパイロメトリーによる検査、あまりよくなかったのです」

「COPD（慢性閉塞性肺疾患）が赤信号？」

「に近いから、充分以上に注意するようにと医者から言われました。あれは、命にかかわる病気ですからねえ」

「つらいですね、無理をせず体を大事にして下さい。お客さんの命を預かっている大事な仕事だから」

「仰《おつしや》る通りです。有り難うございます」

丁寧《ていねい》なハンドルさばきの運転手であった。

順調な走りのタクシーであったが、五分も経つと事件の影響なのか車のスピードが落ちて、つながり出した。

「お客さん、このまま行くと其《そ》の先で〝事件渋滞《じけんじゆうたい》〟に出くわしますから、少し迂《う》回《かい》させて貰えませんか」

「構いませんよ。お任《まか》せしますので」

「そうですか。はい……では」

「ええ、やって下さい」

運転手が、スピードを落とした車列から逃れるように、ハンドルを左へ切った。

運転手の言葉通りであった。ビルが建ち並ぶ脇道へと入ったタクシーはスピードをあげ、たちまち正面に白亜のビルが見え出した。

七階建の中央棟の左右に翼を広げたような十七階の病棟を持つ巨大なビルだった。一階から最上階迄の殆どの窓から皓皓《こうこう》たる明りが漏れている。

全国からむずかしい患者が集まってくるとか言われている国立虎ノ門総合医療センターであった。殆どの窓が明るいところから見て、夕食後の休息時間にでも入ったのだろうか。

時間的には、そう考えてもおかしくない頃合だった。

「ここでよろしいですか」

運転手が都立親水公園前で静かに車を止めた。気配りの利いたブレーキ操作だった。

「体をお大事に……」

支払いを済ませて車外へと出ながら朝倉が言い残すと、「有り難うございます」

という声が返ってきた。

朝倉はタクシーが走り去る音を後ろに捉えて、都立親水公園へと入っていった。

よく手入れがされた美しい園内は照明の設備が行き届いており、夜でも安心度が高い。

昼間などは総合医療センターの入院患者が、ナースセンター長の許可を得た介護人に車椅子を押して貰って、園内を楽しむ光景が見られたりする。

巨大病院の敷地と広大な公園とが接していることから、専用の出入口が設けられていて、そこに警視庁のマンモス交番が在《あ》った。

朝倉は公園の散策路を斜めに横切り、マンモス交番を右手に見て警察官からとがめられることもなく病院の敷地内へと入っていった。

マンモス交番は、べつに病院を訪れた者に目を光らせる目的で設けられたものではないし、入院見舞が許される午後八時まではまだ充分に余裕があったから、交番口から病院へと訪れる者《の》は朝倉だけではない。

ただ、東京クラウンタワー事件の直後だけに、マンモス交番の前には若い警察官が二人、両手を後ろ組にして厳しい表情で仁王立《におうだ》ちになっていた。

むろん、目の前を通りすぎる一人一人を、じろじろと睨《ね》めまわすような事はしない。

朝倉は中央棟の正面玄関を入ると、足元を迷わせたり躊躇《ちゅうちょ》させることもなく馴れた調子で真っ直ぐに進んだ。

広い待合室を擁《よう》する事務センターの前の広い院内通りを過ぎると、東西に走る矢張り広広とした院内通りと丁字《ていじ》形に接する。

この東西に走る通りの両側に、まるで繁華街を思わせるような、さまざまな店が入っていた。

和・洋の飲食店、喫茶店、ハンバーガーショップ、コンビニエンスストア、理髪・美容室、花屋、書店、クリーニング取扱店、そして都市銀行と入院生活に必要なものは殆ど院内の店などで間に合うようになっている。

朝倉は花屋を訪ねた。片手間な小店ではない。それこそ総合と称してよい相当な規模の花屋で、取り扱っている花の種類も多彩だ。

「いらっしゃいませ」

若い女性店員が笑顔で朝倉に応対した。

「見舞の花を見繕《みつくろ》ってください」

「病室は個室でいらっしゃいますか、それとも……」

「個室です。但《ただ》し香りの強い花は避けてください」

「はい。当店では香りの強い花や、花粉の飛び易《やす》いもの、花びらが散りやすいもの、などは揃えておりませんので大丈夫でございます。ご安心下さいませ」

「あ、確かそうでしたね。失礼……」

朝倉はこの病院を訪れるのは、今日が初めてではなかった。

親しい防衛官僚や高級将官がこの病院へ入院したこともあって、見舞に訪れたことがある。

入院患者の側から見て『一般』に当たる見舞客の見舞時刻は午後八時まで。

『特別』と患者が判断する見舞客は事務センターへ事前に連絡しておく必要はあるが午後九時までと、一時間の延長が認められており、その点についても朝倉は心得ている。

朝倉は見舞の花を手にして事務センターへと戻り、かなりの数ならんでいる面会証Aの窓口の前を過ぎ、入退院相談室の向こう隣、ひとりも並んでいない面会証Bの窓口の前に立った。

面会証Aは午後八時までの面会認証の手交《しゅこう》窓口であり、面会証Bは午後九時までの面会認証の手交窓口である。

後者はまた『特証』とも称されていた。

窓口のデスクに座っている白衣を着た中年の女性は、上目《うわめ》使いでチラリと朝倉を一瞥《いちべつ》したきりで何も言わない。

また、何も言う必要はなかった。

窓口には面会認証の手交に必要な書類は、ちゃんと備わっているのだ。

朝倉はそれに記入して提出すればいいだけである。

但しこの病院では面会証Bで申し込むには顔写真が付いた身分を証明するものを要した。

どこそこが発行した、どのような証明書に限る、というむずかしい制約はない。

朝倉は面会認証交付書に身分証明書を添えて窓口に提出すると、事務所の奥側の天井から、こちらを見ている小さな監視カメラに向かって、まっすぐに顔を向けた。

監視カメラが捉えた朝倉の情報（画像情報）は、病院の中央警備センターに集中し、そこに『蓄積されている情報』と自動的あるいは人（セキュリティ・スタッフ）の眼《がん》力《りょく》によってチェックされ、『問題の有る無し』が判定される。

ただ、『蓄積されている情報』に誤りがある場合は、『問題の有る無し』が正しく判定されないばかりか、取りかえしのつかない深刻で重大な人権問題へと結びついていく恐れがある。

その結果、セキュリティ担当部門はもとより、その部門を擁《よう》する組織（企業ほか）全体が大きな社会的批判を浴びて一気に信用を失墜《しっつい》することになりかねない。

とくに銀行、ホテル、デパート、ショッピングセンター、巨大病院といった、人が集まりやすい大きな組織のセキュリティ部門は大切なだけに、その信頼性は更に重要になってくる。

「社会不安が複雑なため、ついセキュリティを厳しくやり過ぎまして……」という言い逃れなどは、『誤判定』にはいっさい通用しない。セキュリティ部門に従事するおそらく大多数の者《スタッフ》は、正義感が強く頼もしく賢明《けんめい》で善良な従事者であるに相違ない。テロの防止には不可欠だ。

事実、立派な成果をあげてもいる。

それだけに**一粒の不良分子**がセキュリティ部門に紛《まぎ》れ込む事がないように、あるいは**一粒の不良情報**（誤情報、捏造《ねつぞう》情報）が『蓄積情報』として潜《もぐ》り込む事がないように、さらには監視カメラで得た画像情報あるいは『蓄積されている画像情報』が**邪《よこしま》なる第三者へ邪なる目的で流出することがないように**、万全を期さねばならない。

警察や検察などが最近になって神経質なほど憂慮しているのは、特にそういった『情報が邪なる第三者へ邪なる目的で手渡される』といった点についてである。

「ご苦労さま、午後九時を守ってくださいね」

朝倉から面会認証交付書と身分証明書を受け取った窓口の女性スタッフがほんの十数秒、それと机の上のディスプレイを見比べたあと、ようやく朝倉に向かって笑顔を見せた。

「ええ、心得ています。ありがとう」

朝倉は小さく頭を下げて、窓口から離れた。

こういった場合でも朝倉は実名を用いる。身分証明書がそうなっているから、仕方がないと言えば仕方がない。

身分証明書を用いず偽名に頼ると、かえってあとあと厄介《やっかい》が訪れることを経験的に知っていた。

それに自分のような任務についている者にとって、偽名などはそれほど有意義でも有効でもないという考え方である。

朝倉は面会認証を胸前に下げるとエレベーターで、病室が全て個室となっている東棟の八階にあがった。

八階で降りたのは彼一人だった。

降りた直ぐ目の前がナースセンターとなっていて、面会証提示の窓口がこちらを向いている。

警備の制服を着た三十半ばくらいと四十過ぎに見える女性二人が、やわらかな表情で座っていた。

朝倉が窓口に近付いてゆくと、二人とも立ち上がった。

穏《おだ》やかな表情ではあったが二人とも、すっくとしたいい姿勢であった。背すじが確りと伸びている。

(よく教育され訓練されているな……)

と、幹部自衛官である朝倉には、たちどころに判った。すがすがしい印象の女性警備員だ。

朝倉の胸前に下がっている面会証を見て、「廊下を右へお進みください」と若い方の女性警備員が告げ、もう一人の方は微笑《ほほえ》んでちょっと頷いてみせた。

朝倉は病室の番号を見ながら、ゆっくりとした足取りで廊下を進んだ。

彼の足が止まったのは、８１１７号室の前であった。

病室の前には、他の病室の前と同じように、誰の姿もない。夜のせいか、シンとして静かなフロアだ。

（や、いいな〈８１１７〉とは、良い病室を与えられたものだ……）

見舞の花を左の手にした朝倉は口の中でぶつぶつとさせ、扉に名札が無いのを確かめながら、そろりと右へ引き開けた。

ゆったりとした印象の病室だった。

二十平方メートル以上はありそうな広さであろうか。洗面所、トイレ、シャワールームの備えがあるのが窺《うかが》えた。

朝倉は病室へ入って、また静かに扉を閉めた。

ベッドにはブロンドの白人女性が仰向けに眠っていた。照明はとくに絞られてはいない。

朝倉は見舞の花を手にしたままベッドの足元を過ぎるかたちで、ベージュ色のカーテンが下りている窓へと近付いていった。

サイレントシューズを履いていることもあって、足音は全く立てない。

彼は衣擦《きぬず》れの音が生じないよう用心しながら、目の高さで右手の人差し指と中指を用いてカーテンを細目に開《あ》けてみた。

東京クラウンタワーホテルの、菱形《ひしがた》構造のツインタワーが意外な近さで聳《そび》えていた。どの窓も皓皓たる明りを点《とも》しているかに見える。

「美しいホテルだ……」

朝倉が声を漏らさぬようにして呟いたとき、後ろで「来テ下サッタノデスネ」と澄んだ声があった。

クラスノーワ・ナターリヤ　アレクサーンドロヴナの声であった。

朝倉は振り返りベッドに近付いてゆくと、冷蔵庫の上に見舞の花を横たえ、ベッド脇のパイプ椅子に座った。

どこの病院の病室でも見られるパイプ椅子で、特別に上等な物という訳でもない。

移動させやすいよう軽量で安全であることが重視されているパイプ椅子だ。

「メールを見て驚いたよ。まさか君が撃たれたとは……」

「来テ下サラナイカモ知レナイ　ト思ッテイマシタ」

「何故？」

「判リマセン。オ会イシタイ　トノ気持ガ強スギタコトデ　逆ノ心理ガ頭ヲ持チ上ゲタノカモ知レマセン」

「だが、こうして現われたよ。見舞の花を手にしてね」

「嬉シイデス　トテモ……」

「痛みは？」

朝倉の視線は、ナターリヤの右の耳下《じか》に注がれていた。

大き目な四角い白いガーゼが当てられ四隅がサージカルテープで斜めに止められている。

肌が雪のように白いだけに痛痛しい。

「気ガ付イタ時ニハ　コノ病室ニ運バレテイマシタ。傷口ノ痛ミヨリモ　頭痛ノ方ガヒドイノデス」

「掠《かす》めた弾丸《たま》の衝撃が頭に走った、ということかな」

「医師《ドクター》ハ　ソノヨウニ説明シテ下サイマシタ」

「綺麗な肌に、傷あとは残らないのだろうか。君の肌は本当になめらかで白く美しいから心配するよ。御世辞じゃなく」

「アリガトウ　ゴザイマス。弾丸《タマ》ガ掠《カス》メタコトニヨル　軽イ火傷《ヤケド》ラシイノデス。傷アトノ心配ハナイト告《ツ》ゲラレマシタ」

「それはよかった。ほっとした」

朝倉は目を細めて微笑んでやり、想像できる自分の笑顔に少し満足して言葉を続けた。

「それにしても君がニュースとなった事件現場に居たとはね。メールを貰って仰《ぎょう》天《てん》してしまった。仰天の意味、判るかな」

「判リマス。衝撃ヲ受ケルホドノ大キナ驚キデスネ」

「君は狙われたのか。それとも偶然の被害者なのか」

「判リマセン。事件現場ハ大パニックニ陥ッテイマシタシ……」

「君は昨夜、深夜の路上で銃撃されているんだ。その延長線上にある狙撃事件とは考えられないのかね」

「事件ノ詳細ニツイテ　朝倉サンニハ報告ガ入ッテイルノデハ　ナイノデスカ」

「冗談ではない。私はそのような立場にはない」

「デモ朝倉サンハ　武器ヲ所持シテオラレマス」

「その話は二度と私の前ではしないこと、と『天鵝《ティエンオー》』で申し渡した筈だが」

「デハ事件ノ詳細ヲ　マダ把握シテイナイノデスネ」

「もう一度言っておこうか。私はそのような立場にはない。だいいち事件の詳細に関しては、まだニュースにもなっていない。報じられたのは、著名な『東京クラウンタワーホテル』で狙撃事件が生じ死傷者が出た模様、といった程度だ」

「報道管制ガ敷カレテイルノデスネ」

「私には判らないが、余程の事でない限り、この国では原則として報道管制はあり得ないと考えている」

「フフフッ……」

「なに？」

「朝倉サンノ今ノ話シ方ハ　ナンダカ官僚ミタイデスネ」

「なあ、ナターリヤ。偶然にしろ君も私も位置は違うが、耳の下に銃撃によって負傷したんだ。ちょっと位置がずれていたなら確実に、命を落としていただろう。顔面を撃ち砕かれてね」

「何ヲ仰リタイノデショウ……」

「共に危機を潜り抜けたんだ。一度しか頼まない。君が目撃した事件現場の、いや狙撃の状況を詳しく話してくれないか」

「私ハ撃タレテ気ヲ失イマシタカラ　何ヒトツ判リマセン。マタ縦《タトエ》詳細ヲ目撃シテイタトシテモ　何者トモ知レヌ朝倉サンニハ　打チ明ケラレマセン」

「矢張り、そう答えたかね。ま、両隣の病室に大使館に所属する屈強のボディガードを配置している立場としては、そう答えるしかあるまいね。壁に耳あり障子《しょうじ》に目あり、だ」

「…………」

「ナターリヤ、君は一体何者だ」

「ソノ質問ハ　朝倉サンニ　オ返シ致シマス」

朝倉は再びやさしい表情を拵えて微笑むと、パイプ椅子から立ち上がり、ナターリヤに顔を近付けていった。ナターリヤは迫ってくる朝倉の目を、撥《は》ね返すような厳しい目つきで捉えていたが、諦めたのかどうか目を閉じた。

朝倉の唇が、ナターリヤの額《ひたい》に触れるか触れないところで止まった。

「またメールをくれたまえ、白雪姫《しらゆきひめ》さん」

ふわりとした呟きを残して朝倉の体はベッドから離れ、足音を立てることなく静かに病室の外へと出ていった。前の病室と両隣の病室が扉を開けていて、日本人の警察官三人と白人の巨漢四人が、廊下の両側に真っ直ぐな姿勢で並び立っていた。

やや天井を眺めるようにして。

朝倉は肩をすぼめ、自信なさそうに足元へ視線を落とし、恐る恐るの態《てい》で彼等の間を抜けてエレベーターホールへと急いだ。どうだ、この弱弱しい演技は、という思いがあった。胸の内に笑いが生じていた。

若い二人のナースと一緒に、朝倉はエレベーターに乗った。彼女たちは三階で降り、代わって見舞を終えたと思われる老夫婦が力ない様子で乗ってきた。

朝倉は腕時計を見た。午後八時を五分ばかり過ぎている。

一階で降りたところで、彼は携帯の振動を感じた。

通りかかった中年のナース——胸に病棟師長と判る名札を付けた——をつかまえて彼は丁重《ていちょう》に訊《たず》ねた。

「恐れいりますが教えて下さいませんか。この病院は入院患者のメールの発信は許されているのでしょうか」

「いいえ、病室内では認められておりません」

事務的に答えて、多忙なのであろう、朝倉に背を向けて離れていったが、数歩と行かぬところで振り向き、

「原則、と申していい部分もあるのですけれどね」

と、声を落として言い、足早に遠ざかっていった。

朝倉は歩きながら携帯を取り出して開いた。思った通り、別れたばかりのナターリヤからのメールが届いていた。

「御免なさい」

ちゃんとした漢字と平仮名のメールであった。

朝倉は、ナターリヤの携帯電話はどのような構造になっているのであろうか、と、この時になって少し関心を抱いた。

情報大国ロシアの大使館と重いかかわりがあるに相違ないナターリヤの携帯電話である。

多言語機能を有していることは当然であろうが、その他情報の受発信に不可欠な多数の機能を持っていると考えられる。

むろん市販の携帯電話であろう筈がない。特殊任務用携帯、とでもいうか。

そういった点でも日本は遅れている、と我が携帯電話を思わず眺めてしまう朝倉だった。

朝倉はナターリヤに対し返信をせず、午後九時まで営業をしている院内レストランへと入ってゆき、コーヒーを注文した。

自分の周囲を観察するための、ひと休みだった。

そのため、ナターリヤの病室を出たときとは、目つきがガラリと変わっている。のんびりとした〝外見〟を見せてはいるが。

今夜は〝丸腰〟の朝倉だった。用心には用心がいった。

(……どうも判らない。不忍池の畔にオフィスを設けてから、長い月日を経過している訳でもないのに、何かを試さんとでもするかのように次次と事件が立ち向かってくる。先ずは天麩羅専門店『市松』で倒した三人の素姓の解明を急がないと……)

胸の内で呟いた朝倉の前に、コーヒーが運ばれてきた。

彼の左手が、カップに伸び、五本の指を屈伸させた右手がバキリと低く鳴った。

22

国立虎《とら》ノ門《もん》総合医療センターの正面玄関を出た朝倉《あさくら》は、立ち止まって夜空を仰《あお》いだ。

夜空を仰いだのは演出《ジェスチャー》に過ぎなかった。

そうしながら彼は、自分に対して急速に迫ってくる異常事態が無いかどうかを、然《さ》り気《げ》なく探《さぐ》っていた。

今夜は丸腰であるだけに、一層のことそういった点についてが気になっている。

いつも右足首近くに装着するアンクル・ホルスターの重みをどれほど有難く感じることか。

自分のような任務の者にとっては、矢張り銃の所持は安心だと思った。

朝倉は、病院の正面玄関から表通りへと続いているフラワーロードをゆっくりと歩いた。

その両側に等間隔《とうかんかく》で設《しつら》えられている外灯の明りの下に、色とりどりな花が咲き乱れている。

朝倉は〝足音を立てない〟自分の靴音《くつおと》を、気分よく胸の内で聞き取る気分になっていた。自分の〝足音なき〟靴音などを意識するのは、久し振りであった。ロードの両側に咲き乱れる色とりどりな花のせいなのであろうか、と思ったりする。

あるいはナターリヤの返信メール「御免なさい」のせいかも、と苦笑が漏れた。

表通りに向かって左手に守衛室を置いている表門は、三十万石大名家の江戸《えど》屋敷門が移築されたもので、国の重要文化財に指定されている。

守衛室の窓口に向かって礼儀として軽く頭を下げ、表通りの歩道へと出た朝倉は、路肩にまで寄って赤い空車ランプを点《つ》けている流しのタクシーに手を上げた。

そうしながらも、周囲《まわり》への注意を怠《おこた》らない。

「東京駅へ……少し急いでいます」

タクシーに乗った朝倉は、運転手がドアを閉めるのを待って告げた。

ドアが開いた状態では、絶対に運転手に行き先を言わない。それが、今の任務に就《つ》いてからの習慣となってしまっている。

偶然にしろ、歩道を往《い》き来する『何者』に聞かれるか、判らないからだ。とくにタクシー乗り場の待ち客には、用心している朝倉だった。

「新幹線にお乗りですか」

「はい」

「了解しました」

運転手のその言葉が終わらぬ内に、車は走り出していた。

新幹線に乗るとは、朝倉は一体何処へ行く積もりなのであろうか。

彼は暗い車内で腕時計を見た。

最終の新幹線には充分に乗れると思っている。

気にはなっている亡くなった芳元英雄《よしもとひでお》（元《もと》）3等陸佐の実家《さと》、兵庫県宝塚《たからづか》市へ行く訳では決してない。

今はとても東京を幾日も離れる状況にはない、と考えていた。

（それにしても……）

と、胸の内で呟《つぶや》いて、朝倉は腕組をし、窓の外を後ろへ流れていく大都会の夜を眺めた。

タクシーは渋滞に遭《あ》うこともなく、快調に走行している。

（少数の関係者以外には知られていない筈《はず》の不忍池《しのばずのいけ》のオフィス……もう使えないかもなあ）

結構な予算を注《つ》ぎ込んで構えたオフィスなのに、と朝倉は軽く下唇を嚙んだ。

かと言って、あたふたと余所《よそ》へオフィスを移すのも、考えものだ。

移すなら移すで、傍若無人《ぼうじやくぶじん》にオフィスへ侵入してきたあの女、日本人にも中国人にも見える二十五、六歳のあの美しい女と先《ま》ずコーヒーを飲む必要がある、と下唇を軽く嚙む朝倉だった。

東京駅の明りが、フロントガラスの向こうに見えてきた。

「スムーズでしたね。どうも有り難う」

「東京クラウンタワーホテルで銃撃事件とかがありましてね。少し前まではあちらこちらが進入規制で、大渋滞でしたよ」

「一流ホテルで銃撃事件なんて、怖いですねえ」

朝倉は関心無さそうに言いながら、ズボンの後ろポケットから財布を取り出した。タクシーがゆっくりとスピードを落とし、そして止まった。

料金を支払って車から降りた朝倉の足は、全く迷いを見せていなかった。考え考えこの東京駅へタクシーを乗り着けたのではなく、確固たる目的を持ってやって来たのだ。

彼は入場券を券売機で購入すると、八重洲《やえす》中央の新幹線改札口を入った。この時刻でも人出の多さは昼間とさして変わらず、さすがに大東京駅だった。

そこから朝倉の歩みは不自然でない速足《はやあし》となって先ずトイレに入り、入口直ぐの手洗場に立って腕時計を見てから、実際に手を洗った。

尾行者が若《も》しいたなら殆《ほとん》どの場合、トイレの前で待ち構えていることが少なくない。これは経験的に摑んでいた。

面白《おもしろ》いことに尾行者も様子を見るためトイレを「覗《のぞ》き」にくることがある。確認せねばという追跡者の完全を求めようとする心理、とでもいうのであろうか。かわいくもあり、おかしくもある心理だ。

朝倉はミラーに映っている自分の顔を見ながら、濡れた手をハンカチで拭《ふ》き、念のためかまた腕時計を見た。

乗る積もりでいる列車の発車時刻は迫っていたが、慌《あわ》てるほどでもない。

(尾行者は無しか……)

と、朝倉は、自分もまた完全を求める心理状態に陥《おちい》っていることに気付いて、トイレを出た。

完全を求める心理が重要であることは、常に承知している朝倉である。

しかし、それが過ぎると心の疲労が重なる恐れがあるから、『ほどほどの大切さ』も見失わないようにせねばならない。

そう己《おの》れに言い含めることを、忘れていない朝倉ではあった。

入場券だけで彼は東北新幹線のホームへと上がった。

暗殺された盟友芳元英雄の生家がある宝塚へ行くことを急ごうとせず、東北新幹線に乗って一体何処へ行こうというのであろうか。

最終列車はすでにホームに入っていて、車内もホームもかなりの混雑だった。

朝倉は自由席の乗車口から入って、指定席、グリーン車へと足を運んだ。

グリーン車に一席の空きを見つけて座り、なんとまあこの時刻にこの満員は、と朝倉は大東京の眠らぬ夜を、改めて感じた。

そう言えば、ナターリヤと自分が揃《そろ》って銃撃されたのも深夜であったのだと……。

隣の席は、七十半ばは過ぎていそうな地味な和服の老女であった。上品な着こなしだ。この時刻まで夕食を食べないでいたのか、それとも早目の『夜食』でもあるのか、弁当を音立てず静かに開けて食べだした。美味しそうに。

老いて食欲ある者は老いを知らず、と何処かの医科大学の有名な医師が言っていたような記憶が、朝倉にはある。

（なるほどお元気だ……）

と、彼は祖母でも眺めるようなやさしい眼差《まなざ》しを拵《こしら》えると、背後の座席に座っている人に配慮しつつ、シートをそろりと後ろへ倒した。

何か固いものを噛み砕《くだ》いたらしく、隣の老女の口がパリッと鳴った。

朝倉は口元に笑みを浮かべて目を閉じた。どうやら問題なさそうな老女、つまり変装していない本物の老女らしいので、朝倉はともかく少し眠ることにした。

列車が動き出して暫くすると、乗務員による車内検札の声で、朝倉は浅く眠りかけていた意識を戻され、検札による精算を済ませた。

目的駅は終点であるから、乗り過ごしの心配は無い。

検札を終えた安心感で、直ぐに心地《ここち》よい眠りが訪れた。老女が今度はポリポリという音をさせている。

やはりお元気だ、と感心しながら朝倉は意識を遠くさせていった。

どれほどか経って、彼は車内アナウンスが遠くから次第にこちら、こちらへ近付いてくるのを感じ、薄目を開けた。

列車はホームにゆっくりと滑《すべ》り込んでいた。

彼は頭の中を眠りの余韻《よいん》に絡み付かれながら、顔の前に左手首の時計を持ってきた。

なんと、時計の針は終着駅への到着時刻を指している。

おっとっと、とシートを起こした朝倉は、隣の席に老女の姿がないことに気付いた。乗降口へ向けて乗客が既に、通路に列をつくっている。よく眠ったせいか、気分はさっぱりしていた。悪くない。

朝倉は、通路の列に加わった。

列車が止まって、通路の列が前に進み出した。

列車の外に出ると、この時刻、これ程大勢の乗客が一体何の目的で、と朝倉が思わず首をひねりたくなるほど、終着駅仙台《せんだい》のホームは人で溢《あふ》れていた。

あの食欲があって元気な老女の姿は、朝倉の目の届く範囲には見当たらない。

若《も》し老女が不忍池のオフィスへ拳銃を手に侵入してきたあの美しい女の完璧《かんぺき》な変装であったなら、と考えてさすがにちょっとヒヤリとなった朝倉だった。隣に座って眺めたときは、どうやら体の大丈夫そうな『問題のない老女』と見えたのが今頃になってどうも怪しい、と思えたりする。

「俺も案外にいい加減な男だ……」

と、ひとり苦笑した朝倉は、足を急がせた。

眠っている間に奪《と》られて大騒動となるものは何一つ所持していない。

スーツの内ポケットの大き目な革財布とその中に入っている百万円を少し越える現金くらいのものである。その殆どはスイス国際信用銀行《インターナショナルトラストバンク》から引き出したものだ。

彼は深夜の仙台駅前からタクシーに乗りかけたが「待てよ……」と思い止《とど》まった。

腹が空《す》いていた。ここ仙台は生れ育って高等学校まで学んだ町だ。町の特徴は知り尽くしている。

ひとつあの居酒屋を覗いてみるか。

そう気持を動かした朝倉ではあったが、しかしその考えは、祖父母の顔を脳裏《のうり》に思い浮かべた途端に消えてしまった。

幼くして事故で両親を失った自分を、両親に代わって育ててくれた大恩ある祖父母であった。

朝倉はタクシー乗り場に戻って、短くない客の列の一番最後に加わった。

此処《ここ》に並んでいる自分が若しいま狙撃されるとすれば、と朝倉は深夜の駅前ビルを一つ一つ眺めていった。

東京や大阪の巨大都市とは違って、どの駅前ビルからも今の自分の位置は至近だ。つまり命中の確率が非常に高い。

「どうも嫌なことばかり考えてしまうなあ」

思わず舌打ちをした朝倉だった。

十分ほど待って、彼は漸《よう》やくタクシーに乗ることが出来た。

「青葉区《あおば》の澱橋《よどみばし》三軒屋敷町《さんげんやしきまち》までやって下さい」

「三軒屋敷町、了解致しました」

運転手が丁寧《ていねい》に応じて、車は走り出した。

朝倉にとっては、実に久し振りな故郷《ふるさと》への帰宅であった。もっとも、電話は折に触れて入れてはいたが……。

タクシーは地下鉄南北線《なんぼく》の真上（愛宕上杉通《あたごかみすぎどおり》）を北に向けて走り、中央二丁目の交差点を左へと折れ広瀬通《ひろせどおり》に入った。

朝倉にとって見馴れた町は、まだ眠りに入っていないかのように躍動的に見えた。

彼は高等学校まで学んだ仙台の町が好きだった。ビルが立て込んだ窮屈な通りを歩いていても、城下町の名残《なごり》を見せている静かな通りを歩いていても、何とも言えない詩情を感じた。実は殺された防大同期の芳元英雄を無二の友としたのも、その辺りに彼との共通点があったからだ。武道に秀《ひい》でた屈強の芳元ではあったが、中学・高校の頃は詩人になるのが夢でドイツの詩人リルケを読むことにのめり込んだという。

同時代、朝倉はリルケに近付くことは全く無かったが、フランスの詩人にして作家のラディゲに夢中になって、大翻訳家新庄嘉章《しんじようよしあきら》の圧巻な名文に痺《しび》れに痺《しび》れたものだった。

「着きましたが、この辺りでよろしいですか」

運転手に声を掛けられて、瞼《まぶた》の裏に盟友芳元の顔を思い浮かべていた朝倉は、現実へと引き戻された。

「あ、この辺《へん》で結構です、有り難う」

朝倉は支払いを済ませて、車から暗い外に降り立った。

此処は広瀬川に架かった澱橋を渡った右岸で、仙台城の真北に位置している。現在《いま》も三軒の武家屋敷が残っており、それで澱橋三軒屋敷町と称した。

いずれも六十二万の石大藩伊達《だて》家（仙台藩）の百石級家臣の屋敷とされていた。大藩の百石級屋敷ということは、今の世の中に立って眺めればその敷地は、相当に広く見えるのは当然だろう。

百石級とは雖《いえど》も仙台藩時代の武家屋敷ともなれば、県の重要文化財に指定されている筈だから、勝手な造改築などは難しい。

朝倉は深夜の静寂の中に三軒並んでいる武家屋敷の一番東端の小路を、左へと折れた。

この東端の屋敷が、朝倉の祖父母が住む屋敷だった。

今は亡き朝倉の父親武一郎《たけいちろう》はこの屋敷の長男であって祖父母――朝倉の――と一緒に生活を共にしていたから、朝倉はつまりこの屋敷で生れ育ったという事である。

彼は暗い小路を台所門《だいどころもん》(勝手口)のある屋敷裏へと回った。

実は表門の傷《いた》みがかなり激しく、日常生活では余り使用しないようになっている。県の重要文化財を新しい材料を用いて補修するにしても、その許容範囲はなはだ小さいから、うっかりしたことは自分では出来ない。

そういった事は県の文化財担当者に任《まか》せておいた方が無難だが、相手も厳しい予算に四苦八苦している。

朝倉は台所門の前に立って、この深夜に申し訳ないと思いつつも、携帯で電話を入れた。祖父は患《わずら》っているから、電話に出るとすれば台所横の大納戸《おおなんど》で夜遅くまで読書をする習慣を持つ祖母であった。

台所はちょうど台所門と向き合う位置にあって近い。

「はい」と聞き馴れた祖母の声が、携帯から伝わってきた。

用心深い性格の祖母は決して電話口で名乗ることがない。武者小路実篤《むしゃのこうじさねあつ》、川端康成《かわばたやすなり》、野間宏《のまひろし》、志賀直哉《しがなおや》、幸田露伴《こうだろはん》などを好んで繰り返し読む祖母の日常生活における泰然さを朝倉は心から尊敬している。

「一矢《いっし》です。すみません、いま頃に着きまして……」

「お待ちなさい」

声質と受信した携帯番号で孫の一矢であると確信できたのであろう、祖母は穏《おだ》やかに応じて電話を切った。

武家屋敷であるとはいっても、待たされる程の大邸宅では決してない。小屋敷だ。台所門の向こうまでやって来た足音が止まって、両開き門扉の片側に設えられている一寸四方ほどの覗《のぞ》き窓が開いた。

内側からしか開けられないようになっている覗き窓だ。

開いたその覗き窓に向かって朝倉は、もう一度「すみません」と言って頭を下げた。

23

台所門を入った朝倉《あさくら》は祖母増代《ますよ》に対しもう一度肩を窄《すぼ》めて黙って頭を下げ、その後に従って薄暗い明りが漏れている目の前の台所口へと向かった。

台所口を入ると嗅《か》ぎ馴れた湿った匂いがして、朝倉の気分は漸《ようや》くホッとなった。わが家へ帰ってきた、という土間特有の匂いだった。

左手には昔のままの竈《かまど》が大中小三つ並び、その隣が流し台となっている。いずれも現役だった。

土間を挟んで右手は十畳大ほどの板の間となっていた。天井からは60W電球が一つぶら下がっているだけであるから、とにかく薄暗い板の間だった。

竈に流し台、それと土間に板の間を合わせた三十畳大の空間を、年老いた家婦が動き易《やす》いよう、今で言うリビングダイニングルームに改造すべく役所へ伺《うかが》いを立てた事がある朝倉であったが、担当者に泣きべそ顔で丁重《ていちょう》に断わられていた。

逆に懇願された、という断わられようだった。

武家屋敷の台所の面影《おもかげ》をそっくり残しているわが家の台所まわりは確かに貴重、と朝倉も頷《うなず》けていたから役所へ余り強く願いを主張する訳にもいかない。

「食事は摂《と》りましたか。めばるの煮付けでよければありますよ」

板の間へ「よいしょ」と漏らしながら上がった祖母が、床板を軋《きし》ませ軋ませしながら水屋《みずや》へと近付いていった。

「あ、お祖母《ばあ》さん、飯《めし》はいらないです。明日の昼には何か旨《うま》いものを作って下さい」

「今回は幾日泊まれるのですか」

「明日の午後には発《た》ちます、時間はとくに決めていません」

「そう……」

「熱いシャワーを浴びてもう寝ます。お祖母さんは今夜も読書でしたか」

「いま武者小路実篤《むしやのこうじさねあつ》を読み返しています。お祖父《じい》さんの部屋をそっと覗《のぞ》いてあげなさい。目を覚ましているようなら、ひと声掛けてあげてから寝るように」

「判りました。そうします」

祖母は板の間に隣接する読書室――大きめな納戸《なんど》――へと、格子が横に走った重そうな板戸を引き開けて入っていった。

朝倉が「おやすみなさい」と告げて軽く頭を下げ、祖母が閉めた板戸が受け柱に当たって静かな音がした。気骨ある祖母増代の気性が朝倉は好きであった。

「なぜ、それほど武者小路実篤が好きなのですか」

と、あるとき朝倉は祖母に訊《たず》ねたことがある。すると祖母は目を細めてやさしく微笑《ほほえ》み、こう答えた。

「武者小路実篤は、無能な者を憐《あわ》れんで静かに悠悠と書き続けたから好きなのです」

「は？」

朝倉は祖母の言っている意味が判らず小首を傾《かし》げたものだ。

「武者小路実篤という作家は、ある無能な文芸書評家から『まるで素人《しろうと》の作文だ……』と貶《おとし》められたことで知られている作家なのです」

「ほほう、そのような事があったのですか。それは知りませんでした」

「けれども、その唯我独尊《ゆいがどくそん》的な無能な書評家に対し、芥川龍之介《あくたがわりゅうのすけ》が逸速《いちはや》く反発して『武者小路こそ文壇の天窓を開け放ったる作家……』と高く評価したことは、武者小路の愛読者の間ではよく知られています」

「へえ……」

なるほど祖母が武者小路実篤を大事にしている理由《わけ》がこれで判った、と朝倉は膝を打ったものであった。

朝倉は幼い頃から、祖父よりも祖母を怖いと思って育った。

べつに祖母から体罰という折檻《せっかん》をたびたび受けた訳ではない。

祖母を怖いと思うのは、決まって穏《おだ》やかな口調の叱り（説教）と冷やかな眼差《まなざ》しに捕《つか》まった時だった。

ひょっとして自分は見捨てられるのではないか、と思ってしまうほど〝他人行儀〟な雰囲気を祖母の態度に覚えたりしたからだ。

いま思えばそれが、貧しい田舎《いなか》の国漢《こっかん》教師の家庭で厳しく育てられてきた祖母の、小童《こわっぱ》を叱る時の骨《コツ》というものなのだろう。

朝倉は暗い廊下の板床をなるべく踏み鳴らさないように、と気を遣《つか》いながら祖父の寝間でもある居間へと向かった。

祖父は祖母より三つ上の八十九歳であった。朝倉は、日本人としては恵まれている自分の身長と体軀《たいく》は祖父のＤＮＡ（デオキシリボ核酸）を引き継いだからであろう、と内心思っている。

祖父の居間の前で、朝倉は静かに正座をした。

それでも板床はギシッと軋んだ。

祖父が室内に居ると判っていて障子が閉じられている場合は「立ったままの姿勢で決して障子を開けてはなりません」と、幼い頃より厳しく祖母から言いつけられてきた朝倉である。

障子は、枕元灯であろう、弱弱しい薄明りを映《うつ》していた。

これが侍の時代ならば蠟燭《ろうそく》の明りがポッポッと揺れていたところだ、などと想像しながら、朝倉はそろりと障子を開けた。

「帰ってきたか……」

とたんに生じた野太い物静かな声であった。

祖父厳次郎《げんじろう》は小さな枕元灯の明りの下《もと》で目を覚ましていた。

枕元灯の脇にソニーの年代物の「トランジスタラジオ」が、イヤホーンを付けたままで置いてある。

若《も》しかして今の今まで、それで世の中のあれこれを聴いていたのであろうか。

「夜分の帰宅になってしまい、すみません」

朝倉はそう言いつつ立ち上がって座敷に入り、障子を閉め祖父厳次郎の枕元へと近寄っていった。

寝床の脇に祖母が座るための見慣れた薄い座布団が敷かれたまま残されてあって、それが朝倉を安心させた。何とはなしに大きな安心であった。

夜になると書斎代わりとなってしまっている大納戸に閉じ籠《こ》もって読書をしたり随想を執筆している祖母であったが、きちんと祖父の看病をしていると判るからだ。

「いかがですか、腰痛、膝痛の具合は……」

「腰や膝よりも、どうやら心臓の方が悲鳴をあげ始めているらしい。もう長くはないかもなあ」

「何を気弱なことを。お祖父《じい》さんには似合いません」

掛け布団の上で組み合っている祖父の手に自分の手をかぶせた朝倉は、軽く揺さぶって笑った。

ごつごつとした、祖父の大きな手であった。両手の甲《こう》の指丘《しきゅう》は完全に潰《つぶ》れており、皮膚の下には空手道の長年に亘《わた》る修行によって出来た巌《いわお》も砕く硬い岩丘《がんきゅう》(胼胝《たこ》)が、息を潜《ひそ》めている。この祖父によって朝倉は、五、六歳の頃から糸東流《しとう》空手道を激しく教え込まれてきたのだった。

「東京の一流ホテルの会議場前フロアでは大変な事件が生じたようだな一矢《いっし》。トランジスタラジオを聴いていて知ったんだが」

「はい、私が仙台《せんだい》へ向かうために東京を離れた時点では、事件の全容についてはまだ報道されてはおりませんでしたが……」

「ホテルの外から狙撃されて、〝何とか会議〟に出席予定だった米国軍事情報庁の副長官ロバート・ヘイグ、それに警視庁のSPひとりが死亡したと言うぞ。あとはロシア大使館の女性職員が負傷して病院へ運び込まれたらしい」

「えっ、そのような大事《おおごと》になっておりましたか」

「仙台への車中で、事件の詳細について確認しようとはしなかったのか。防衛省に籍を置くお前なら、確認のための何らかの手段は持っているだろうに」

「ですが、事件の扱いは警察ですし、防衛省がかかわる事案ではありませんから」

「あきれた奴だな、そういうのを怠慢《たいまん》というのだぞ。違うか」

「はあ……申し訳ありません」

「儂《わし》に謝っても仕方がない。その何とかいう会議には、防衛省の関係者は出席していなかったのか」

「出席していたのかどうかも私には全く判りません。これ、本当なんです。隠している訳ではありません」

「なんだか頼りない返事だな。お前は昔で言うなら空軍の中佐だろう」

「はあ、ま、その辺りですが……」

「お前は、我が国が保有する戦闘機は、操縦できるのか」

「できるよう訓練を積んだつもりです」

「で、いま何の仕事をしておるんだ。この前に掛けてきた電話では確か、航空自衛隊の仕事は余りしていないとか言ってたな。若しかして上役に嫌われて窓際《まどぎわ》の机《デスク》にでも追いやられているのか」

「案外に当たっているかも知れませんね、いや、当たっています」

「やれやれ、一生懸命に育ててきた孫だというのに、なんとまあ……」

祖父は天井を眺めたまま苦笑していた。

賢明なる祖父であった。今の自分の答え方で、公《おおやけ》には出来ない任務に就《つ》いていることは理解してくれただろう、と朝倉は思うことにした。

「もう眠い。お前も寝なさい」

「眠ってください。あと少し此処《ここ》にいます」

「そうか……」

天井を眺めたまま喋《しゃべ》っていた祖父が目を閉じた。

朝倉は「冷えますから」と、祖父が掛け布団の上で組んでいる両手を解《ほど》き、布団の中へ入れてやった。

祖父が「うん」と頷《うなず》く。

静かになった中で、朝倉の視線は祖父の足下の床の間へと移った。

普通は床の間へは足を向けて寝ないものであったが、この屋敷では違った。

その床の間には、刀ならぬ一丁の古い種子島《たねがしま》が、銃架に横たえられていた。

銃架は一見、茶褐色の木製に見えるが実は頑丈なスチール製で、床の間の厚い床板にがっちりと固定されている。

また古式銃とはいえ一応は小銃に分類される銃砲であるため、銃と銃架は鎖《くさり》でつながれていた。

ポルトガル人によって天文《てんぶん》十二年（一五四三）に日本へ伝えられたこの種子島という前装式の火縄銃は朝倉家の家宝であって、『桜撃《おうげき》』と名付けられ歴代の主人《あるじ》によって大事にされてきた。

桜《おう》とはサクラ、つまり日本を意味しているのだという。

そして「日本が敵を撃つ銃」という意味なのだと、朝倉は祖父から聞かされてきた。

朝倉厳次郎八十九歳は今、その家宝『桜撃』に足を向けて眠りに入ろうとしている。

床の間の家宝に足を向けるとはけしからん、と武家の時代ならばなっていたであろう。

しかし……。

『銃はあくまで銃であって〈温情〉も〈非情〉も有さず〈友情〉も〈絶交〉も企《くわだ》てない。銃は常に沈黙の物体に過ぎず如何《いか》なる場合も曲者《くせもの》なる人間の下にある』

それが朝倉家の歴代主人《あるじ》たちの銃に対する変わらぬ考え方であるからそのように

心得よ、と朝倉は祖父より強く言い渡されてきた。

朝倉厳次郎が家宝『桜撃』に足を向けて休むのも、その考え方を枕としているから問題無いのであった。

祖父が静かな寝息を立て出した。

朝倉は糸東流空手道の師でもある祖父に向かって頭を下げると、そっと居間を出た。

朝倉一矢の部屋は祖父の居間と廊下を挟んで向き合う位置にあって、中学生になった時に与えられた部屋だった。

それまでの朝倉は、**祖母の居間**で枕を並べ監視されて眠ったものだ。実は朝倉は小学校の高学年になるまで、寝小便が直らなかったから。

自分の部屋の前を通り過ぎた彼は薄暗い廊下を奥へと進んで、突き当たりの仏間に入っていった。

仏間は、畳六枚と四畳大ほどの板の間で成っていた。武家屋敷のものにしては小さ目な仏壇が、その板の間の部分に置かれている。仏壇を正面に見て座ると、左右に大造りな襖《ふすま》障子があり、背側は壁で、その壁の向こう側に**祖母増代の居間**があった。

朝倉は仏壇を前にして神妙な面持《おもも》ちで正座をすると、点《とも》っている蠟燭型ランプの明りの中でズラリと並んでいる位牌《いはい》の内の一つを熟《じ》っと眺めた。その殆《ほとん》どが古く、表に刻まれた金文字の多くは掠《かす》れて判読がやや難しい。

歴代の主人の位牌は上段に、妻女の位牌は二段目に並んでいた。

それ以外の家族の位牌というのは、存在しなかった。これが朝倉家のいわゆる『家流』であった。

ただ、その他家族の位牌に代わるものとして、菩提寺の住職によって認《したた》められた系図式の『極楽帳』なるものがあり、それは仏壇の引き出しの奥深くに終《しま》い込まれている。

朝倉の視線は今、上段の中央よりやや右手の位置にある古い位牌に、瞬《また》きを忘れたかのように注《そそ》がれていた。

位牌の表に刻まれているのは「知将院竜山義君居士《ちしょういんりゅうざんぎくんこじ》」という文武両道に通じているかのような戒名《かいみょう》だった。この戒名だけは刻み文字に金色《こんじき》を充塡《じゅうてん》したのであろう、一文字一文字が鮮明である。

俗名は朝倉竜吾郎信為《りゅうごろうのぶため》。今ある朝倉家の中興の祖であった。戒名は『院号《いんごう》』『道号《どうごう》』『戒名《かいみょう》』『位号《いごう》』の四つの要素で構成されていると言われているが、朝倉は情けないことにその辺りのことがいまだよく解らない。

彼は六、七歳の頃だったろうか、九十三歳まで長生きした曽祖父玄之助《げんのすけ》から、次のように聞かされたことを現在《いま》でもはっきりと覚えている。

『この朝倉家の中興の祖として知られている朝倉竜吾郎信為という御人《おひと》はな一矢や。伊達政宗《だてまさむね》公の時代、蔵王《ざおう》連山の屏風岳《びょうぶだけ》（標高一八一七メートル）の東側にある高さ五百メートルの大断崖（これが屏風岳の名の由来）の直下にあった優れた大狩猟《またぎ》集団（大集落）の頭領（村長《むらおさ》）だった人物なんじゃ。政宗公は大坂《おおさか》夏の陣に参戦の際、この朝倉竜吾郎信為を頭《かしら》とする大狩猟《またぎ》集団を本陣に直属する狙撃部隊として採用し大坂へと向かった。大坂の天王寺《てんのうじ》で大奮戦する政宗公の本陣へ敵が雪崩《なだれ》の如《ごと》く攻め込んで来たとき、八丁の鉄砲を己れの脇に備えて政宗公を守っていた竜吾郎信為は、その八丁の火縄銃を取っ替え引っ替えして神業《かみわざ》の如く連射をし、八名の切り込み隊を撃ち倒したということじゃ。その内の一丁が朝倉家の家宝として大事に残されているる〈桜撃〉だよ。〈桜撃〉という名は政宗公自ら名付けて下さったと伝えられており、殊勲の賞として今あるこの屋敷が授《さず》けられ、本陣直属（政宗公直属）の狙撃部隊の隊長として百三十石を賜《たま》わったのじゃ。この事を忘れてはいかんぞ一矢や』

曽祖父からそう告げられ頭を撫でられたことなどを思い出しながら、朝倉は膝を少し滑《すべ》らせるようにして仏壇との間を詰めた。

彼はスーツの内ポケットから白い封筒を取り出すと、それを仏壇に供《そな》えた。

封筒の中には幾許《いくばく》かの金が入っていた。スイス国際信用銀行《インターナショナルトラストバンク》から引き出した金ではない。あくまで彼の金（所得）の一部だった。

老い先極めてみじかい祖父母の毎日が少しでも楽であってくれればと願って、朝倉は帰宅のたび仏壇にこうして幾許かの金を供えるようにしている。

供える金額はべつに決まってはいなかった。自分が祖父母の力によって育てられ、小・中・高・大（防衛大学校）ときちんと教育される道を与えられたことに対する感謝の気持として、『概《おおむ》ねこれくらい』という額が頭の中にあった。したがって久し振りに帰宅すればそれなりの金高《かねだか》に、という計算にはなる。しかし、相手が金《かね》という流動財の事ゆえそう思い通りにはならず、著《いちじる》しく少なかったり反省して幾分多目だったりすることは、絶えずだった。

朝倉は仏壇に向かって深深と頭を下げると、仏間を出て自分に与えられている部屋に入った。

祖母の手によるものだろう、すでに明りが点されている。

部屋はむろん畳の部屋だった。畳の上には硬質な絨毯《じゅうたん》が敷かれ、勉強机、書棚、和洋箪笥《たんす》、ロッキングチェアーなどが置かれているが、いずれも年代物で古く黒褐色の艶《つや》を放っていた。朝倉がいつ帰宅してもいいように、毎日祖母増代の手で綺麗《きれい》に清掃されているのだろう。

朝倉は上着を脱ぎ、小・中・高校と世話になった勉強机の上にそれを置き、ロッキングチェアーに長身を沈めた。古くとも頑丈に出来ているロッキングチェアーが微《かす》かに軋んで、朝倉の体を揺らした。

「知将院竜山義君居士……朝倉竜吾郎信為様……かあ」

朝倉は呟《つぶや》いて目を閉じた。スナイパーとしての竜吾郎信為が正確な射撃で次次と敵を撃ち倒す光景が脳裏《のうり》に浮かんでは消えた。

朝倉家の後継者の立場にある朝倉一矢であったから、『またぎ』については自分なりにも調べて、多少の知識は持ってはいる。

『またぎ』とはアイヌ語のマタンギトノ（狩人の意）から転じたものとか、あるいは四国南部のマトギ（狩をする意）、また奥羽《おうう》地方の古語マダギ（狩人）が語源とも言われているが、いずれも学問的には肯定《こうてい》されていない。

古来より『またぎ』はプロの狩人として極めて誇りが高く趣味趣向のための狩猟などは決して行なわず、生き物の命を自分の命と同様に尊《たっと》んだ。

雑信仰を好まずひたすら山の神を敬《うやま》い、集団狩猟という組織の規律は厳しく、狩猟儀礼と山言葉を厳格に守る、まさにプロの中のプロの優れた職人集団だった。

近世においては、明治維新の幾多の戦場で、津軽《つがる》、秋田、宮城など諸藩の『またぎ』たちが必殺の幕軍狙撃兵として活躍したことは、歴史的事実である。

朝倉は自分の先祖に、名狙撃手であったらしい朝倉竜吾郎信為という人物がいることに密《ひそ》かなる誇りを抱いていた。防衛省や防衛大学の同期の誰彼に対しても、竜吾郎信為については打ち明けたことがない。

ただ、朝倉は、竜吾郎信為の故郷である屏風岳東側の高さ五百メートルの大断崖の真下にあるという狩猟集落は、まだ訪れたことがなかった。

もっとも現在においては、厳しい大自然の真っ只中にあったその集落は姿を消して無くなっている筈である。

朝倉は、ゆるやかな眠りに誘われ出した。

実にいい気分だった。綿雲《わたぐも》の上にねそべっているような気分だ。

と、勉強机が突然鳴り出した。スーツのポケットに入っている携帯の振動《バイブレーション》が原因と、綿雲の上でねそべっていた朝倉には直ぐに判って、その長身が跳ね起きた。

この時刻に何らかの連絡を寄越す人物は、一人しか考えられない。

朝倉は椅子へ移って座り、スーツのポケットから携帯を取り出した。

矢張り一人しか考えられない人物、防衛大臣新家康吾郎《しんけやすごろう》五十五歳からのメールだった。

新家は一橋《ひとつばし》大学時代に大学剣道選手権を二連覇した猛者《もさ》であり、現在六段である。

メールは簡略な文章による箇条書形式だった。『上司命令』の匂いがぷんぷん満ちている、命令調な文だ。

朝倉はそれらを読み終えて頭に叩き込むと、直ちにメールを抹消《まつしよう》した。

「このメールは読み終えたら自動的に消滅する、なんてえ便利な携帯が出てきたら受信した側は楽なんだがねえ」

などと冗談を呟いて朝倉は、ロッキングチェアーへと戻った。

防衛大臣からのメール内容は、①不忍池《しのばずのいけ》オフィスへ拳銃を手にして侵入した女の素姓は現在までの調べでは一切不明。②天麩羅《てんぷら》専門店『市松《いちまつ》』で奇襲してきた三人の男についての素姓も現在までの調べでは一切不明。尚、三人のうち一人は粉砕された肋骨《ろっこつ》一本が心臓に突き刺さって絶命。あと二人は瀕死《ひんし》の重傷。心肺停止の恐れも。③東京クラウンタワーホテルで生じた狙撃事件の詳細と関係国及びマスコミに対する対応で政府は混乱状態。この事件には、君は近付き過ぎぬこと。④兵庫県宝塚市《たからづかし》へ明日に発つこと。以上の四件に関してであった。

実は朝倉は、新家大臣の指示が無くとも、明日あたり宝塚へ行く必要があるな、と考えていた。無二の親友の死である。そう先へ一日延ばしにする訳にはいかない。そうと気持がかたまると急に肩のあたりが楽になって、再び眠気がゆるやかに訪れ出した。

さすがに生れ育ったわが家だった。防犯カメラも人感センサーも備わっていない用心の悪い丸裸な古い武家屋敷だというのに、朝倉は祖母に声を掛けられるまで、それこそ夢遊の中にいた。頼みの拳銃を身に付けていないことなど、すっかり忘れていた。

「もう九時を回っているのですよ一矢」

「えっ、そんな時間ですか」

頭の上で生じた祖母の言葉に驚き、朝倉は掛け布団を蹴り飛ばすようにして体を起こした。

祖母が庭に面する廊下との間を仕切っている障子を開け、次いで六枚の雨戸をたいして音を立てることもなく手際よく次次と開けていった。元気であった。老いて縮《うぢ》んだ体に気力が漲《みなぎ》っているように窺《うかが》える。

目に眩《まぶ》しい程の朝陽《あさひ》が座敷いっぱいに射し込んできた。

この古屋敷で、朝倉の部屋は最も日当たりがよく、それがために朝倉の部屋としてくれた優しい祖父母なのであった。

とにかく心の大きな祖父母なのだ。

「顔を洗って早く食堂へ行きなさい。お祖父《じい》さんが一矢と朝食を共にするのだと待っています」

「えっ、お祖父さん起きて大丈夫なのですか」

「老いたりと雖《いえど》も精神力は一矢よりもピシャンとしておられますよ」

「あ、はあ……申し訳ありません」

朝倉が洗面所で顔を洗って食堂へ入っていくと、なるほど祖父はむつかしい顔をして椅子《いす》に姿勢正しく座り、朝刊を両手で広げて読んでいた。

「おはようございます。わが家だとやっぱりよく眠れます。いいですね、この古屋敷は」

「そうか……」

とテーブルの上に新聞を折り畳んで置いた祖父の表情は、やはり眉を逆八の字にして、むずかしそうだった。

「ホテルでの狙撃事件、大きく報じられておりますか」

「うむ。日本の国家的信用に手痛い罅《ひび》が入ったのう。米国主導の国際会議が行なわれる寸前の狙撃事件だけに、問題が余りにも大き過ぎる。こいつは長期に亘って尾を引くぞ一矢」

「はあ……」

「なにしろ犠牲者であるロバート・ヘイグ氏は米国軍事情報庁の副長官という大物だ。それに記事になっている現場の様子では、ロバート・ヘイグ氏と立ち話をしていた中国国家安全情報大学の学長王《ワン》 長然《チャンラン》工学博士も危なかったようだな」

「まさしく狙い撃ちだったのですね。それにしても米中の要人二人を同時に狙うとは大胆な」

「まさしく大胆だな。警視庁のSPが盾となって犠牲になっていなければ、王《ワン》長然《チャンラン》学長も間違いなく首を射抜かれていた弾道だ、と記事は言うているが」

「弾道?……そんなの簡単には判る筈がありませんよ。が、まあ、恐るべき狙撃の腕ではありますよね。一体どれほどの距離から撃ったのでしょうか。外国人テロリストかなあ」

「いま警視庁は総力をあげて狙撃場所となったビルを探しているらしいが、記事によれば、これが難航しているらしいぞ。なにしろビルが多い東京だ。ビルからビルを狙撃するとなると、射撃の腕だけではなく、気象条件などをも把握する確かな能力が求められるんだろう。狙《ねら》ったからといって、そう簡単に命中するものではないからのう」

「はい、私もそう思います」

そこへ祖母の増代がやってきたので、祖父巌次郎は口を噤《つぐ》んだ。昔の武官である侍の家系へ嫁いだ増代であるというのに、文学にしろ映画にしろ血腥《ちなまぐさ》いテーマは嫌った。人間は本来、心の安らかなやさしい生き物である、というのが増代の信条であったから。

そして、祖母のその信条を大事に敬《うやま》い続けてきた、朝倉だった。

24

祖父母を相手としての話を楽しみながら朝食を済ませた朝倉《あさくら》は、「久し振りなので、ちょっと辺《あた》りを散歩してきます」と言い残し、ここで普段着にしている安物のブレザーをひっかけて古屋敷を後にした。むろん携帯電話は忘れない。

彼が言った「……散歩……」とは、この屋敷に備えの軽自動車を用いることであると、祖父巌次郎《げんじろう》も祖母増代《ますよ》も心得ている。

その通り朝倉は箱形《バン》タイプの軽自動車のハンドルを握って屋敷を出た。朝倉一矢《いっし》名義《めいぎ》の車であったが、新車で購入して既に数年は経っているから最早《もはや》立派な中古車だ。

が、故障知らずで、エンジンの調子はすこぶるよい。

祖父厳次郎は高齢で疾《と》うの昔に運転免許証を警察へ返納してしまっているし、祖母増代は運転免許証を得ていないから、朝倉が帰省しない間は車は可哀そうに置き去り状態で埃《ほこり》まみれだ。

かと思いきや、孫がいつ帰省しても気持よく乗れるようにと、車の外回りだけは増代の手でよく拭《ふ》き清められているから、新車購入時の艶《つや》はいささかも失なわれていないかに見える。

だから朝倉は、この小さな車を帰省して眺めるたび、祖母の愛情の大きさを感じさせられるのだった。胸が疼《うず》くほどに。

朝倉は軽快なエンジン音を轟《とどろ》かせる軽自動車を駆《か》って、屋敷から四キロと離れていない『水』と『森』が殊《こと》の外《ほか》に美しい広大な公園『水《みず》の森《もり》公園』へと向かった。

二つの大きな沼を擁《かか》え持つ『水の森公園』は、その西側に桜《さくら》ヶ丘《おか》一丁目から九丁目までの静かな住宅地と私立の女子大学及び付属高・中学校を置き、東側に虹《にじ》の丘《おか》一丁目から四丁目までの穏《おだ》やかな住宅地と私立の文化系大学及び付属短大・高校を置く、さわやかな空気が満ちた一帯であった。

朝倉は高台の公設無料駐車場で車を止め、外に出た。

帰省すると、たいてい訪れる高台の駐車場だった。

彼が見おろす目の下に、森に囲まれた、『竜《たつ》の落とし子』にそっくりな形の静かな沼がある。

その沼の畔《ほとり》に此処《ここ》から眺めても相当に古いと判る木造の校舎が、コの字形に建っていた。

朝倉は、身じろぎもせずに、それを眺めた。

真剣な硬い顔つきでは決してない。

唇の端に笑《え》みの漂《ただよ》いがあって、明らかに懐《なつ》かしんでいるかのような表情だった。

実は、彼が見おろしている沼の畔の木造校舎は、彼が三年間学んだ県立高等学校のかつての校舎であった。

そしてひと昔以上も前、県立第七女子商業高等学校の名で、優秀な美人女学生が多いことで知られた女学校の校舎でもあったのだ。

事実、女優や舞台俳優、高名なファッションモデルが幾人も誕生したりしている。

この第七女子商高が男女共学の、商業科、英語科、普通科の三科高校として編成し直されたのは、朝倉が新入生として入学する三年ほども前のことで、入学してみると前身が女子商高だから女生徒の数が六割以上と圧倒的に多く、朝倉の青春はこの新生高校で目覚め、〝爆発〟したと言ってよい。

通学バスの中も、通学路も、そして教室も、とにかく女生徒の香りでムンムンしていたものだった。

通学途中も、授業中も、放課後も、とにかく表情が緩《ゆる》みっ放しであったことを朝倉は今も鮮明に覚えている。

それゆえ、主要科目を除いた科目の成績は、ひどいものだった。

「いつ眺めても、懐かしい校舎だなあ」

呟《つぶや》いて身じろぎもせず、かつての木造校舎を見おろす朝倉であった。

現在、県立七高は木造校舎の耐震補強はされてきたものの老巧化が進んだことで、市街地へ移って鉄筋コンクリート造りの校舎となっている。

朝倉にとってこの上もなく懐かしい木造の学び舎《や》は、昭和初期に建設された貴重な『重要木造建築物』として県により保存が決定されていた。

県主催の教育的催《もよお》しや会議などでは現在も用いられる事があるらしい。

朝倉は（自分には二つの青春のかたちがあったのだなあ……）と、つくづく思うのである。

一つは「国家」というものと向き合った防大時代の青春だ。これは揺るぎない団結力を軸とした強固な『スクラムの青春』であったと思っている。

そしてもう一つは、可憐《かれん》で熱い『女生徒』たちに囲まれた高校時代の、炎《ひ》の玉《たま》のような『熱射・熱情の青春』である。

「懐かしい……とにかく懐かしい」

朝倉が目を細めてそう思った直後であった。ヒヨッと空気を裂く小さな鋭い音が右の頬を掠《かす》めるようにしてあり、背後の樹木に何かが当たったらしい平手打ちのような音がした。

朝倉は反射的に体を伏せていた。

伏せながら背後の樹木を見たが、何が当たったのか判る筈《はず》もない。

(今のヒヨッという音は威力はそう強くない……若《も》しかして空気銃弾か)

おそらくそうであろう、と思いながら朝倉は、辺りに用心して軽自動車の運転席まで戻った。

第二弾が何処《どこ》から飛んでくるか判らないため、朝倉はシートに深く座ってエンジンを始動させ車を発進させた。

かなり腹が立っていた。『熱射・熱情の青春時代』を心地《ここち》よく思い出していたのである。

それを邪魔されたのだ。不快な気分であった。

ただ朝倉には、今のは自分を狙《ねら》っての狙撃ではない、という確信のようなものがあった。

プロの射手《スナイパー》にとって不可欠なのは、『命中』であり且《か》つ『必殺』である。故意に計算した上で与える『負傷』を除いては、射手《スナイパー》の仕事は常に完璧《かんぺき》でなければならない、と朝倉は思っている。

その信念からすれば、先程の威力なきヒヨッという飛弾の音と外れ射撃は、とてもプロの仕業《しわざ》とは考えられない。

（あれは全くの素人《しろうと》が、何らかの目的で空気銃を撃ったのだ。間違いない……）

油断はできないが、そう判断して先《ま》ず間違いなかろう、とハンドルを握った朝倉は前を向いたままひとり頷《うなず》いた。

バックミラーに注意を払うことはむろん忘れない。

が、後続の車は一台もなかった。

緑豊かで静かな美しい環境の地域であるから、後続車が一台でもあればバックミラーが容易に捉《とら》えてくれる。

道路は、ほぼ真っ直ぐだ。

と、ブレザーの内ポケットで携帯電話が振動した。振動のリズムが、メールの着信音とは間隔《かんかく》が違っていた。つまり電話だ。朝倉の携帯は電話とメールの「着信リズムを分けること」が可能なように仕組まれている。

朝倉はバックミラーを覗いてから軽自動車を路肩に寄せ、携帯電話を取り出した。

案の定、防衛大臣新家康吾郎《しんけやすごろう》からの電話であった。かなり不機嫌そうだな、と朝倉は大臣の面相を勝手に想像した。その面相が眦《まなじり》を少し吊り上げている。

朝倉は携帯電話を耳に当てた。

「朝倉です」

「私だ。Ｇボタンを装着せずに、一体どこを出歩いておるのかね」

意外なほど、ゆったりとした大臣の口ぶりに、朝倉は「バレたか」と、かえって大仰《おおぎょう》に首をすくめてしまった。

「Ｇボタンは申し訳ありません。実は、いま帰省しております」

「仙台《せんだい》か。急にまた、どうした。ご家族に何ぞあったのか」

「いいえ。単純なホームシックです。午後の仙台空港発の日航《にっこう》機で伊丹《いたみ》空港へ向かいます。今日中には宝塚《たからづか》に入れます」

「判った。ま、そのことを確認したかったのだ。出発便の時刻を決めたらメールをくれたまえ。伊丹空港へ人を待機させる」

「え？……どういう意味でしょうか」

「意味も何もない。伊丹空港に着けば判る。君の方から相手を探さなくとも、相手が君を見つけて近付いてきてくれる。そう心掛けておきたまえ」

「はあ……そうですか。了解いたしました」

「用心して行動するように。油断なくな……原則を守れよ、原則を」

「常に油断しないようにしている積もりです。原則も誠実に守っております」

「守ってなど、おらん」

少し強い口調で言い終えて、新家防衛大臣は電話を切った。いつもらしい、切り方だった。

朝倉は苦笑をこぼして車を出しながら、バックミラーを見た。不審な光景は映《うつ》っていない。

ひょっとして新家防衛大臣は、情報本部の誰かを従えて不忍池《しのばずのいけ》のオフィスを訪ねたのかも知れない、と朝倉は推測し更に苦笑《にがわら》いをした。

スイッチをＯＦＦにしていないＧボタンがいつまでも一か所から移動しなければ、新家防衛大臣が不審を覚え、やがて「活動しておらんな」と気付いて不機嫌に陥るのは当たり前のことだ。

「大臣、よく怒鳴らなかったものだ……」

と、朝倉は呟いた。案外に大臣はＧボタン付きで行動する俺のことを「申し訳ない……」と思ってくれているのかも知れないと考えたが直ぐに、いや違うな、と思い直してひとり笑った。

古屋敷の前に着いた朝倉は、車の外に出て辺りを見回した。べつに怪しい気配なりを感じている訳ではなかった。習慣だ。

小構えな四脚門の両開き扉を開けるため、錠前付き——一昨年県の許可を得て漸《ようや》く実現したもの——の脇門（潜り門）から入った朝倉は、両開き門扉の閂《かんぬき》を抜いて内側へといっぱいまで開いた。

軽自動車はバックで、門屋根を支えている四脚の間を用心深く抜けて止まった。

要するに表門の直ぐ内側が車庫というか駐車スペースだった。

建築当初の武家屋敷構造を、そっくりそのまま残している貴重な古屋敷なのだ。欲しいと思っている普通乗用車の車庫など造れる筈もないのである。

「おや、早かったのだね。もう帰ってきたのかえ」

隠元《いんげん》や青菜《あおな》を豊かに実らせている庭畑《にわばたけ》の畝《うね》の向こうで、端《は》切《ぎ》れを寄せ集めて作ったという野良着《のらぎ》を着た祖母増代が立ち上がった。

収穫した青菜や隠元を、スーパーの大きなポリ袋に入れて皺深《しわぶか》い顔が満足そうであった。

やさしい表情だ。

「今年も隠元と青菜が豊作ですね」

「この青菜とトマトとバナナでつくったジュースをお祖父《じい》さんが大層好きなのでねえ」

「私にも昼飯の際に、青菜たっぷりのそのジュースをつくって下さい」

「そうだね。たくさん飲んで東京へお戻り」

増代はそう言うと、再び畝と畝の間へ小柄な体をしゃがませた。

その後ろ姿に朝倉は軽く頭を下げてから、玄関式台《しきだい》の前へ行って靴を脱いだ。

自分の部屋に戻った彼は、机の前に座ってノートPCで仙台空港発の日航便を押さえた。

この便で伊丹空港を目指せば、夕刻には宝塚市へ入れるだろうという計算だった。

新家大臣は、果たして伊丹空港で誰を待機させようとしているのか、などとあれこれ推測をめぐらすようなことは朝倉はしない。

そういう時間を費《つい》やす事こそ無駄であり、ストレスの源《もと》だという考えを常常《つねづね》持っている。

それでなくとも、ぎりぎりと頭が痛くなるような事案とか状況に追い込まれることの多い任務なのだ。が、正直を言えば、「誰彼を待たせておくから会え」という新家防衛大臣の命令は、『たった独《ひと》りの任務』を強く意識している朝倉にはありがた迷惑だった。どこで危険に遭遇するか知れない任務に就いているのだ。巻き添え事案が生じる恐れがあることに関しては、常に神経質になっておく必要がある。

「ＦＢＩで研修していた時よりも、何故か数倍つかれるなあ。日本という国は……」

朝倉は時に、そう感じたりする。ＦＢＩの統括本部長ジョージ・フランクスの鋭利さと温《あたた》かさを、なつかしく思うこともあった。

椅子《いす》から腰をあげた彼は、洋服箪笥《だんす》の扉の把手《とって》に、ワイシャツが掛かった一本のハンガーが吊るされているのに気付いた。

綺麗《きれい》にアイロンがかけられた、ワイシャツだった。

襟《えり》にも袖口《そでぐち》にも皺ひとすじ見られない。

帰省した孫が仙台を離れる際、その身嗜《みだしな》みについていつもよく気配りをしてくれる祖母であった。

古く重い旧式の電気アイロンを手にワイシャツの皺を丹念にのばしのばし、している祖母の小さな背中を脳裏《のうり》に思い浮かべて、改めて朝倉は胸を熱くさせた。

自分の部屋を出た朝倉は、祖父の部屋を覗いてみたが姿はなかった。

食堂へ行ってみると、祖父は大きな背中をこちらに向けて、姿勢正しく椅子に座りテレビを見ていた。

その大きな背中で十四インチの旧いデザインのテレビが隠れている。

「それではこれで『今朝の出来事』を終ります」

朝倉もその顔と名を知っているキャスターの声が消え、祖父がリモコンを使ってテレビを切り、フンッという小さな音がした。

『今朝の出来事』は、地元の今朝の明るい出来事、暗い出来事をやわらかタッチで速報する番組だった。

ニュースというよりは、『今朝出来番組《けさできばんぐみ》』というローカル番組で、結構な視聴率のあることで知られている。

「腰痛、大丈夫ですか……『今朝出来』の内容、いかがでした?」

朝倉は祖父の背中に声を掛けつつ、後ろから回り込むようにして椅子に座り祖父と向き合った。

「うむ。大層面白《おもしろ》いのもあったが、そうでないものもあったな」

「そうですか」

朝倉は、祖父のために目の前の古めかしい急須《きゅうす》に新しい葉茶を少し入れ、湯を注いだ。

朝倉家は葉茶を大事にして飲んだ。先に入れた葉茶の〝出〟が薄くなりかけても全てを取り替えるようなことはせず、少量新しい葉茶を足して充分に飲み切るようにしていた。

「はい。お茶……」

「うん。有り難う……それにしても、一矢よ」

「はい？」

「日本国民の全体的民度というのは、ふた昔前に比べると落ちたのかのう。近頃の儂《わし》にはどうも判らなくなってきた」

「突然、どうなさったのですか。僕は決して落ちてはいないと思いますよ。全体的には決して落ちてなんぞいませんよ。そう確信していますけど」

「そうか……それならよいがな。仕事の第一線に立っているお前がそう言うなら、少し安心するとしようか」

「はい。大丈夫です。安心して下さい。ただ、問題の部分というのは何事についても、目立つものなんだと思いますねえ。勝《すぐ》れた部分よりも、何倍も大きく醜《みにく》く見えたり感じたりしましょうから」

「なるほどなあ。そういう事か。うん、そう思うことにすれば、腹立ちも失望も少しは鎮まるかあ」

祖父が漸く目を細めて茶を口にした。

「一体どうなさったのですか。もしかして『今朝出来』が、何か腹立たしい事でも報じていましたか」

「それよ一矢。遠く県外から訪れた立派な風体《ふうてい》の五十男二人がな、少し前に『水の森公園』で空気銃を撃ったらしく、市民の通報で警察にスピード逮捕されよったわ」

「え？　空気銃を……」

朝倉は祖父に対し少し大仰に驚いてみせ、（それだ……）と思った。矢張り朝倉の予想したことは当たっていたようだった。

「一体何が目的で、その五十男二人は空気銃を撃っていたのですか。『水の森公園』は人人の憩《いこ》いの場であることぐらい、訪れれば幼子《おさなご》にだって理解できますよ」

「雀《すずめ》が欲しかったらしい」

「は？」

一瞬、祖父の言っている意味が判らなかった朝倉である。だが直ぐに雀つまり焼鳥と結びついた。結びついたから、表情はたちまち呆《あき》れ顔になっていた。

「お祖父《じい》さん、まさか、まさか……」

「その、まさか、だよ。霞網《かすみあみ》を用いると誰彼に気付かれやすく、それに最近の雀は霞網なんぞ警戒する智恵をちゃんと身に付けているとかで、それで空気銃を用いたらしいのだ」

「へええ……なんとまあ」

「二人の五十男の車には、小型の冷凍設備の備えもあったらしいぞ」

「獲物を凍結して持ち帰る肚《はら》だった訳かあ。それだと本格的じゃないですか。雀の密猟を商売としてやっているのでしょうかね」

「逮捕したばかりで、そこまでは、まだ判っていないようだが、テレビに映った二人の顔立ちは、なかなか凜《りん》として見えたぞ。商売人というよりは、経営者とか実業家といった風貌であったかな」

「ほほう……まさに、人は見掛けによらない、ですね。いま全国で雀の数が著《いちじる》しく減っているという話も聞きます。地域によっては餌《え》付《づ》けなどで雀を保護しているところもあるそうですよ」

「雀への餌付けは少しばかり行き過ぎだろうよ一矢」

「いや、しかし『絶滅危《き》惧《ぐ》IA類への道』というのは、他の生命に対する人間のこういった無茶から始まるものですよ。近頃ではアゲハ蝶《ちょう》もトンボも市街地ではすっかり見かけなくなってきました」

「うーん、ま、そうかも知れんのかなあ。絶滅危惧IA類への道、なるほど」

「その二人の五十男、何《ど》処《こ》からやって来たのですか。日本人ですか」

「日本人の名前で報じられていたな。キャスターが、何百キロも離れた県外からやってきて言《ごん》語《ご》道《どう》断《だん》、とえらく怒っていたよ。案外、大都会すじかも知れんぞ」

「大都会すじ、ですかあ」

朝倉はフウッと溜息を吐いた。空気銃の一発で一羽を得たとしても、車に小型冷凍庫が要《い》る程には獲《と》れない筈だが……と。

「お前、今日、東京へ戻るのだったな」

祖父の言葉で、朝倉は〝現実〟へ引き戻された。

「はい。午後には帰らせて下さい」

「帰る、という表現は仙台へ向かって来る場合だけに使うものだぞ。仕事場へ向かう場合は、戻る、でよい。そうしなさい。な一矢」

「はあ、あ、その通りですね。仰《おつしや》る通りです。以後、注意いたします」

朝倉は思わず胸が詰まった。孫が口にする「帰る」と「戻る」の表現にこだわる祖父の気持が朝倉にはよく理解できるのであった。

わが孫にとって「帰る」場所は仙台のみ、祖父にしてみれば是非にもそうあって欲しいのであろう、と朝倉は思った。

そう言えば先程、祖母が庭の畑の中で言った言葉も「……たくさん飲んで東京へお戻り……」であったと朝倉は思い出した。

子とか孫に対する、両親や祖父母の想いとか願いというのは、いつの時代どの家庭においても、こうなのであろうと朝倉は改めて感じさせられた。

「お祖父さん……」

「ん?」

「長生きして下さいよ。百歳までも二百歳までも」

「無茶を言ってくれるな。仙人じゃああるまいし」

「本気で言っているのです。長生きをして下さい」

「……そうか、判った。うん」

祖父はちょっと笑いかけたが、真顔《まがお》で頷き、湯呑みを持つ自分の手元に視線を落とした。八十九歳と老いた祖父であったが、それでも体調の余程よい時などは糸東《しとう》流《りゅう》空手の形の一つ、「突き」の連続攻撃に目の覚めるような冴《さ》えを見せる「**松風**《まつかぜ》」(ワンカンとも)を庭先で演じてみせたりする。

それも決まって朝倉が帰省している時であった。

祖父は今も私に対し正しい実戦的攻・守の姿(形)を見せようとしている、そのようなとき朝倉は必ずそう思って謙虚な気持で祖父の演武を眺めるように心がけるのだった。

25

空席が目立つ朝倉の搭乗機は伊丹空港への着陸態勢に入っていた。途中で揺れることもなく飛行はすこぶる順調だった。

空席が多く機体重量が軽いことが影響しているのであろうか。

しかし、窓から眼下を眺める朝倉の表情は、明るくなかった。

地上が次第に迫ってくるにつれて、胸の片隅で異様な不安が膨《ふく》らみ始めていたのだ。原因は自身の脳裏にあった。

不忍池のオフィスへ拳銃を手に侵入してきた謎の女が、脳裏に浮かんだり消えたりを繰り返していたのだ。

中国人と見ても日本人と見ても決して不自然ではないその美しい若い女を、ロシア大使館のクラスノーワ・ナターリヤ　アレクサーンドロヴナに腹立たしく置き替えようと試みるのだが、弾《はじ》き返されてしまう。

問答無用といわんばかりに、脳裏から離れようとしない。

しかも、中国人とも日本人とも見えるその女は、ふてぶてしく笑っているではないか。

思わず女の胸倉を摑んで吊し上げたくなる朝倉ではあった。

(ひょっとして、芳元英雄《よしもとひでお》3等陸佐を殺《や》りやがったのは……)

不忍池のオフィスに侵入してきた貴様《きさま》ではないのか、と朝倉は脳裏で笑っている女に、ぶっつけた。

返事が返ってくる筈もない。

このとき機体にドスンという鈍《にぶ》い衝撃が加わって着陸の滑走が始まり、朝倉の脳裏から漸く件《くだん》の女が消え去った。

昔から俗に「ドスン着陸」といわれているが、これは旅客機など大型機着陸の基本だ。

但し、叩きつけるような衝撃着陸は機体が傷《いた》み危険である。

朝倉は親友芳元の死の調査結果が、速《すみや》かに耳に入ってこないのが非常に不満だった。

そう容易には判るまい、と思ってはいるのだが。

（ま、亡くなってまだ日が浅い。俺が苛立《いらだ》っても仕方がない……）

そう自分を抑《おさ》えてはみたものの、思い切って自分で捜査行動に移ってみるか、という考えが無くもなかった。一度生じて、『ある形の結末』を迎えた事案については、原則としてだが、朝倉が調べに乗り出してはならないことになっていた。その務めを任されている者は『枢密情報部』に別にいる。朝倉に最も身近な組織ではあったが、しかし深い溝によって冷然《れいぜん》と区割《くかつ》されている双方なのだ。

したがって、朝倉が調べに乗り出すのは『原則違反』に該当する。新家防衛大臣の命令あるいは了承なしには「勝手に動いてはならない」のである。

「表と裏の二重世界もあるじゃないか……ふふっ」

そう呟いて唇の端にチラリと笑いを浮かべた朝倉の目が、一瞬だがこれまで見せたこともないような凄《すご》みを覗かせた。

何を意味する呟《つぶや》きであったのだろうか。表と裏の二重世界、というのは。それとも単なる思いつきの、呟きか。

滑走していた機体に強い制動が加わって、シートベルトで固定した朝倉の上体がやや、前方へ引っ張られた。

なかなか上手な着陸操作（操縦）である、と朝倉は思った。なにしろ彼は、3等空佐（空軍中佐相当）なのだ。日本の最新鋭戦闘機を操縦できる高度な能力を有している。

「さてと……一体誰が待機しているというのか」

新家防衛大臣の命令なりを受けて待機しているのであろうから、用心しなければならない人物でないことだけは確かだ。

しかし、芳元英雄3等陸佐が狙撃殺害された後だけに、その待機を命じられた人物が何者かに倒されて別の人物に取って代わる、ということもありうる。

映画や小説の世界で描写されること以上の〝現実〟が、朝倉の〝任務世界〟では生じても何ら不思議ではない。

ターミナルビルに入った朝倉は前後に注意を払った。丸腰の今、頼りとなるのは武道で鍛《きた》えた肉体と業《わざ》と研《と》ぎ澄まされた神経＝感覚だけである。なかでも祖父に幼い頃より叩き込まれた糸東流の実戦的空手道を、本当に有り難いと思う朝倉だった。

広広としたホールに出た朝倉は立ち止まることなくゆっくりと歩いた。伊丹空港は市街地空港だけに一時は騒音問題で、撤去運動の槍玉《やりだま》にあがって、存続が危ぶまれた。

だが『撤去』が次第に現実味を帯びてくると、「これほど便利な空港はない」「撤去による様様《さまざま》な形の経済的損失が余りにも大き過ぎる」などと今度は見直しの声が高まり、現在では『便利で大事な空港』として巨大都市大阪はもとより、周辺自治体にとっても欠かせぬ存在となっている。

なにしろ全国二十四空港から多数のフライトを受け入れているのだ。

したがってホールは混雑していた。

空席が目立った仙台発の搭乗機からは、とても想像できない混雑ぶりだ。

中国からのツアー便でも受け入れたのであろうか、声高《こわだか》な中国語が飛び交《か》っている。

その声高な中国人たちの間を、朝倉はタクシー乗車口の矢印の方角へと急いだ。

と、背後から――耳もと近くで――穏やかな低い声が掛かった。

「このままタクシー乗り場へ参りましょうか、朝倉さん」

瞬時に「枢密情報部のお前だったか……」と判る声であったから、朝倉は「そのつもりだ」とだけ声低く返した。

ターミナルビルを一歩出て、タクシー乗り場の前で朝倉は相手と向き合った。

相手は小型のアタッシェケースを左の手に提《さ》げていた。

「久し振りだな、火藤《かとう》」

「ごぶさた致しております」

薄い茶系のブレザーに、折り目の筋《すじ》が鋭く綺麗に立っているグレーのズボンの相手が、両足を揃《そろ》えて浅く頭を下げた。

まわりに多くの目があるから、控え目だが切れのある美しい一礼であった。自衛官の一礼だ。

「これから、どうする。言ってくれ」

「ひと先《ま》ずタクシーに乗りましょう」

「判った」

朝倉と火藤某《なにがし》の二人はかなり長い列をつくっている小型車の乗り場を避け、中型車の方へと移った。

ここもかなりの列であったが、充分な待機車両が次次と客を乗せていくため、二人は殆《ほとん》ど会話を交わさぬ内に黒塗りのクラウンに乗ることが出来た。

「宝塚へやって下さい」

朝倉が運転手にやわらかな口調で告げると、振り向いた人の善《よ》さそうな初老の運転手がにっこりと笑みを見せた。

「助かりますわ。そろそろ宝塚の車庫へ車を戻す時刻ですさかいに」

「そうでしたか」

「JR宝塚駅前に着けて宜《よろ》しいでっか。車庫が近いんで、其処《そこ》で降りてくれはりましたら、内緒で料金半分にしときますわ」

「ええ、JR宝塚駅前で降りましょう」

「そうでっか。えらいすんまへん」

タクシーは走り出した。朝倉は芳元英雄の生家を、JR宝塚駅前から徒歩で十分ほどのところと聞いていたから、JR宝塚駅前で降ろして貰えて料金が半額なら、願ったり叶《かな》ったりである。

が、まあ、朝倉は全額を支払う積もりでいる。

火藤某は、朝倉と運転手の話に、前を向いたまま黙って口元を綻《ほころ》ばせているだけだった。

空港を後にしたタクシーは間もなく国道176号線に入り、高速道路の下を西へと向かった。

火藤が自分の左膝の上にのせていた小型のアタッシェケースを、朝倉の右の膝の上へ然《さ》り気《げ》なく移した。

運転手の注意が、前方と左右へ注がれる交差点での一瞬を狙っての、火藤の判断である。

朝倉はと言えば、窓の外へ視線を向けたままの姿勢を全く変えず、右の手を小型アタッシェケースの上へと置いただけだった。

やがてタクシーは、小さくはない川を渡った。

「この川、猪名川《いながわ》と言いますねん。私が子供の頃は今よりもっと綺麗な川でしてね、よく泳いだもんですわ。今はおそらく遊泳禁止だと思いまっけど……」

運転手が言ったが、猪名川に架かっている橋が大きく、朝倉と火藤には流れがよく見えなかった。

「後日にでも、久し振りに二人で呑むか」

「いいですね。ご連絡をお待ちします」

運転手の背中を見たまま火藤が即座に応じた。事務的な口調だった。

運転手の背中をガードする透明なアクリル板に「車内禁煙」のステッカーが貼ってある。

火藤は名を征市《せいいち》といった。朝倉にとっては防大の一年後輩で、つまり亡き芳元英雄にとっても一年後輩であり、階級は1等陸尉（大尉相当）だった。

要員三百名の『枢密情報部』を『統括』する地位にあった芳元3等陸佐（中佐相当）を補佐する、『情報政策課長』の地位にある。その前職が防衛大臣秘書官で、新家防衛大臣の秘蔵っ子、などと言われたりしていた。

因《ちなみ》に亡き芳元3等陸佐の『統括』するという地位は、『枢密情報部』のトップである『部長』〈事実上のＣＩＯ（最高情報責任者。Chief Information Officer)〉である。つまりＣＩＯは全ての部下に対して、日常的および緊急的な指示命令を発することが出来るのだ。

組織としての全ての業務は、『統括』からの命令によって、稼動を開始する。

但し、朝倉一矢に対しては、繰り返しになるが、内閣総理大臣および防衛大臣しか命令を発することが出来ない。また彼への任務の詳細については、総理および防衛大臣しか知らない。『枢密情報部』の幹部といえども、『朝倉一矢は高度に重要な任務に就いている』というレベルまでしか知らない。

「芳元の後任の統括を早く決めないといけないいな火藤」

「仰る通りです」

「上からは何の話もないのか」

「はい、ありません」

そうか、と朝倉は頷いた。多くの表現を省略した、阿吽《あうん》の呼吸の二人の会話だった。

タクシーは渋滞に巻き込まれることもなく、快調に走り続けた。

二つの大きな池が午後の日差しを浴びて眩《まぶ》しく輝いている間を、タクシーが走り抜け切ったところで、朝倉が火藤に訊《たず》ねた。

何でもないかのような、静かな訊ねようだった。

「君は、この後どうするんだ」

「特急〝こうのとり〟で大阪へ出ます。二十分ちょっとで着きますので」

「それで?」

「一泊の許可を有給で得ています。部下の間で話題の、梅田《うめだ》地下街の串カツを一度食ってみたいので」

「ははは。串カツのために有給とは、君らしいな」

「ここ三か月ずっと無休でしたから、一日くらい許してやって下さい」

「構わんとも。串カツを存分に食ってゆっくりと休養し、日頃の疲れを取り除いてくれ。君の部屋の仕事は激務を通り越して超激務だからな」

「空席を早く埋めてほしいです。『統括』を誰がやるにしろ、急がなければ……」

「上に伝えておく。今のままだと、政策通《せいさくつう》である君への余計な負担が増えるばかりだ」

「お願いします」

タクシーがJR宝塚駅前に滑《すべ》り込んだ。広い通りの路肩に観光バスが数珠繋《じゅずつな》ぎで目立っている。

「有り難う運転手さん」

朝倉は火藤に「メーター通りの支払いで頼む」と囁《ささや》き終えてから、初老の運転手に犒《ねぎら》いの言葉を掛けると、小型アタッシェケースを手にして開いたドアの外へと出た。

午後の日差しの中に立った朝倉はきつい眼差《まなざ》しで、数珠繋ぎの観光バスを眺めた。声高な大勢の男女の中国語が耳に届いたからである。観光バスは、どうやら中国人観光客用らしかった。

指の間に領収書を挟んだ火藤が、苦笑しながらタクシーを降りてきた。

「逆に値切られてしまいましたよ。料金は半分でいいからと」

「いかにも関西らしいな。気持のよい運転手さんだ」

二人はタクシーから離れて歩き出し、四、五十メートル行ったあたりで、どちらからともなく立ち止まった。数珠繋ぎの観光バスからは、充分に離れている。まわりには人もいない。

「それでは此処で別れようか火藤。君は大阪へ向かえ」

「はい。そうさせて戴《いただ》きます」

「何か私に言っておく事があれば聞こう。新家大臣からの言付けはないのか。あるなら言ってくれ」

「体に気を付けて行動せよ、と仰っていました。疲れたら遠慮なく休息してよい。

うるさい事は言わぬから、とも仰っておられましたよ」

「そうか、判った」

「アタッシェケースは大臣から預かったものです。私には中身《なかみ》は判《わか》りません。二つの大事なものが入っているらしいです。一つは従来のもの、もう一つは最新のもの、とのこと」

朝倉は然り気なく周囲を見まわして、近くに人気《ひとけ》が無いのを確かめてから、

「承知した」と深く頷いた。

「大臣からの伝言は以上の通りですが、不明な点はありませんか」

「あったとしても君には判《わか》るまいよ。ともかく、君はもう行きたまえ。気を付けてな」

「ではこれで……先輩と呑めるのを楽しみにしています」

火藤征市1等陸尉は丁重《ていちょう》に腰を折ると、くるりと踵《きびす》を返した。

二人の間では、朝倉が何のために宝塚市を訪れたかの遣り取《やと》りも、芳元3等陸佐の生死についての遣り取りも、一切無かった。

火藤征市1等陸尉は上からの――おそらく新家防衛大臣からの――指示命令を逸《いっ》

脱《だっ》せぬよう正確に実行すれば、それでよいのであった。そのへんのことは弁《わきま》えている火藤である。

〈迂闊《うかつ》に余計な事は訊《き》くな、喋《しゃべ》るな、関与《かんよ》するな〉は、『枢密情報部』における明文化されていない規律の一つだった。むろん朝倉も、そうと心得ている。

朝倉は火藤1等陸尉の後ろ姿が、ＪＲ宝塚駅の駅舎に消えるのを待ってから歩き出した。

事前に頭の中に叩き込んである『ある場所』が、脳裏で蠢《うごめ》き出していた。

（次巻に続く）

●本書は、著者が光文社のために書下ろした作品「**応戦　たった一人の勲章**」に、「小説ＮＯＮ」（祥伝社）二〇一四年十二月号～二〇一六年八月号連載の作品（「官邸応答せず」）を挿入し、更に著者が大幅な加筆及び修正を加えて監修したものです。
●本作品はフィクションであり実在の個人・団体などとは一切関係がありません。

光文社文庫

文庫書下ろし＆オリジナル
応《おう》　戦《せん》　1　たった一人《ひとり》の勲章《くんしょう》
著　者　門《かど》　田《た》　泰《やす》　明《あき》

2019年2月20日　初版1刷発行

発行者　鈴　木　広　和
印　刷　萩　原　印　刷
製　本　ナショナル製本

発行所　株式会社　光　文　社
〒112-8011　東京都文京区音羽1-16-6
電話（03）5395-8149　編　集　部
8116　書籍販売部
8125　業　務　部

ISBN978-4-334-77798-2　Printed in Japan

組版　萩原印刷